MARTIN MEYER

Mord im Altmühltal

TOD AM KARLSGRABEN Altmühltal, Jahrhundertsommer 2018. Großgastronom Pit Baldauf möchte einen Biergarten eröffnen, ausgerechnet am Karlsgraben bei Treuchtlingen, der von Karl dem Großen errichteten und unter Denkmalschutz stehenden Kanalrinne zwischen Altmühl und Rezat. Eine Bürgerinitiative sowie die Historikerin Ricarda Held, die über die Geschichte dieses Landstrichs forscht, wollen das Projekt unbedingt zu Fall bringen. Ricarda Held befürchtet, dass der Biergarten dort für den umtriebigen Baldauf nur der Versuchsballon für ein überdimensioniertes Luxushotel ist. In dieser explosiven Gemengelage wird der Hobby-Archäologe Max Meindl im Karlsgraben ermordet. Neben der Leiche liegt ein Spaten. KOK Hans Wörle von der Kripo Ansbach ermittelt und auch Ricarda Held geht der Sache nach. Hat die Tat mit Baldaufs Biergarten zu tun? War Meindl, ohne es zu ahnen, einem Geheimnis im Karlsgraben auf der Spur?

© Manuela Obermeier

Martin Meyer, geboren 1967, studierte Jura und war in Bamberg als Staatsanwalt und Richter tätig. Nach seinem Ausscheiden aus dem Justizdienst im Jahr 2007 öffnete er sich seinen literarischen Begabungen und schreibt seither Romane, Kurzgeschichten und Gedichte. Er spürt in seinen Texten den Wunden und Brüchen im Menschen nach. Sein juristisches Fachwissen gibt er heute als Dozent in Workshops weiter. Außerdem spielt er Orgel und Posaune. So gilt sein Ohrenmerk stets dem Dreiklang von Sinn, Text und Wort. Martin Meyer lebt mit seiner Frau in Franken. Im Sommer 2020 erschien sein Romandebüt »Der falsche Karl Valentin«.

MARTIN MEYER

Mord im Altmühltal

KRIMINALROMAN

Immer informiert

Spannung pur – mit unserem Newsletter informieren wir Sie regelmäßig über Wissenswertes aus unserer Bücherwelt.

Gefällt mir!

Facebook: @Gmeiner.Verlag
Instagram: @gmeinerverlag

Besuchen Sie uns im Internet:
www.gmeiner-verlag.de

© 2022 – Gmeiner-Verlag GmbH
Im Ehnried 5, 88605 Meßkirch
Telefon 0 75 75 / 20 95 - 0
info@gmeiner-verlag.de
Alle Rechte vorbehalten
2. Auflage 2023

Lektorat: Christine Braun
Herstellung: Mirjam Hecht
Umschlaggestaltung: U.O.R.G. Lutz Eberle, Stuttgart
unter Verwendung eines Fotos von: © Vera Trescher; https://commons.
wikimedia.org/wiki/File:Karlsgraben,_Panorama.jpg
Druck: CPI books GmbH, Leck
Printed in Germany
ISBN 978-3-8392-0174-9

Personen und Handlung sind frei erfunden. Ähnlichkeiten mit lebenden oder toten Personen sind rein zufällig und nicht beabsichtigt.

MONTAG
23.07.2018

19 UHR. MAX MEINDL.

Meindl gab Gas, als er in seinem Mercedes-Kombi auf dem abendlichen Heimweg vom Karlsgraben zu seiner Doppelhaushälfte am Rande der Eisenbahnerstadt Treuchtlingen fuhr. Wieder hatte der Hobbyarchäologe mehrere Stunden mit Graben verbracht, auf der Suche nach Karlsreliquien, wie so oft seit seiner Pensionierung.

Seit Tagen wartete er auf Post aus Mainz. Wann bekam er endlich die Münze zurück, die er gefunden hatte? Und vor allem: Stammte sie von den Karolingern?

Schon von Weitem sah er es, ein Umschlag spitzte durch das Sichtfenster seines Briefkastens an der Haustür. Doch den konnte er nur von innen öffnen. Er nahm den Spaten aus dem Kofferraum und brachte ihn in den Schuppen. Setzte sich anschließend auf die Treppe zur Haustür und quälte sich aus seinen Gummistiefeln. Denn seine Knöchel waren wieder bedrohlich geschwollen.

Die Watteweste, die er beim Graben stets trug, war zu warm, der Schweiß rann ihm den Buckel hinunter,

mehr als zuvor in diesem Jahrhundertsommer. Zu heiß
für sein schwächelndes Herz.

»Jetzt sei so gut!«

Er zerrte den zweiten Stiefel vom Bein, stellte die Tre-
ter auf die oberste Stufe der Vortreppe und hebelte sich
aus dem Sitzen. In Socken schlurfte er zur Tür, schloss
auf, öffnete den Briefkasten, schlitzte das Kuvert noch
im Windfang mit dem Zeigefinger auf und entnahm die
darin enthaltene Münze, die er vor etwa drei Wochen
im Karlsgraben ausgegraben hatte, sowie das beigefügte
Schreiben des Römisch-Germanischen Zentralmuseums
Mainz. Das zu mickrig war, um das erhoffte Gutachten
zu enthalten. Es war also, wie befürchtet, kein erfreulicher Brief. Er lautete knapp:

*Es handelt sich nicht um eine karolingische Münze,
sodass wir von der erbetenen Expertise absehen. Sie ist
eindeutig römischen Ursprungs.*

*Die Provenienz (Kastell Biriciana, jetzt Weißenburg/
Bayern) dürfen wir als bekannt voraussetzen.*

In seiner Enttäuschung fasste Meindl in die Brusttasche
nach dem roten Kugelschreiber, welchen er, Studiendirektor blieb schließlich Studiendirektor, auf Schritt und
Tritt bei sich hatte, und versah das »Hochachtungsvoll«
unter dem Schreiben mit einer tadelnden Wellenlinie.
Er steckte den Kuli wieder ein, schlüpfte in seine Filz-
pantoffeln und schlurfte in sein Studierzimmer, wo er
den Briefumschlag zu vier Zetteln für schnelle Notizen zerschnitt und den Brief in seinem Biedermeier-
Sekretär verschwinden ließ. Mit einem Blutdruck jen-

seits von 180 sank er auf den Schreibtischstuhl und rang nach Luft.

Wie lange würde er noch graben können, um in der Fossa Carolina, wie der Karlsgraben von den Historikern genannt wurde, eine Münze oder eine goldene Stiefelschnalle des Frankenkaisers zu finden?

Hinter ihm ein Winseln, das Meindl aus den Grübeleien riss. Sein Dackel Pippin, der ihn auf allen Grabungen begleitete, dürstete nach Wasser.

»Langsam, langsam. Wirst du dich noch den einen Moment gedulden?«

Meindl erhob sich schwerfällig, ging in die Küche und gab Pippin zu trinken.

Blieb die Münze, über die sich sein bester Freund Wendelin Hartnagel freuen dürfte.

Zurück in seinem Studierzimmer, setzte sich Meindl an seinen Schreibtisch, nahm einen wattierten Briefumschlag aus der Schublade und adressierte ihn an Wendelin. Sein Freund war, wie er selbst, auch ein Außenseiter, ein kleiner Postbeamter im Vorruhestand, der nun auf Minijobbasis die Mesnerstelle an der katholischen Kirche bekleidete und damit seine dürftige Pension aufbesserte.

Meindl ließ die Münze in das Kuvert gleiten. Er legte, da kein Mann feierlicher Worte, nur einen Notizzettel mit »Zu treuen Händen« und »Pass gut auf Dich auf« mit hinein. Klebte den Briefumschlag mit zwei Streifen Tesafilm zu und versah ihn mit einer Briefmarke. Wendelin Hartnagel stiftete die Römermünze vermutlich dem Reichsstadtmuseum Weißenburg, in dessen Beirat er saß.

Noch.

Zu viele, die Wendelin bloß für einen Schmarotzer hielten. Was geradezu absurd war. Als ob man reich werden könnte mit dem kargen Sitzungsgeld. Auch in der Kirchengemeinde wollten ihn viele loswerden. Weil er an den Gottesdiensten die Kirchentüren sofort nach dem Ende des Glockengeläuts schloss. Recht so. Wer zu spät zur heiligen Messe kam, der hatte darin auch nichts verloren.

»Pippin, los jetzt!«

Meindl überlegte, sich umzuziehen, doch dies rentierte sich nicht für einen Gang durch das Städtchen. Und weil es ihm nicht schnell genug gehen konnte mit dem Brief. Daher würde er, statt zum nächsten Briefkasten, zu der im Zentrum Treuchtlingens gelegenen Mietwohnung Wendelins laufen und seinem Freund das Schreiben selbst zustellen. Meindl glitt in seine alten Sandalen und machte sich auf den Weg.

Als er am Ziel war, behagte ihm etwas nicht. Er fühlte sich nackt. Und erschrak bei dem Griff in die Hosentasche. Sein Geldbeutel fehlte, zwar die Grabengeldbörse ohne größere Barschaft, aber mit der PIN seiner Bankkarte. Wie fahrlässig von ihm!

Meindl sammelte sich. Er warf den Brief bei Wendelin ein, eilte durch die Bahnunterführung zurück nach Hause, den Dackel im Schlepptau. Immer wenn es pressierte, kam der nicht auf Touren.

»Scheißköter, hundselendiger!«

Es dämmerte schon, doch noch war es hell genug. Meindl ging rasch ins Haus, holte seine Stirnlampe und zog feste Halbschuhe an. Wieder zurück am Wagen, befahl er Pippin einzusteigen. Setzte sich ans Steuer, um noch einmal zum Karlsgraben zu fahren und nach dem Geldbeutel Ausschau zu halten.

Er hatte den Motor schon gestartet, zögerte dann aber. An der Stelle, wo er am Nachmittag gegraben hatte, war er auf etwas Seltsames gestoßen. Dem er, zu entkräftet von der stundenlangen Arbeit, nicht mehr auf den Grund gegangen war. Das wollte er nun nachholen.

Meindl stieg aus, streifte die Halbschuhe ab und quälte sich in die Gummistiefel. Er holte den Spaten aus dem Schuppen, lud ihn in den Kofferraum und machte sich eilig auf den Weg zum Karlsgraben.

Zum Glück fand sich dort schnell das Portemonnaie und er konnte in aller Ruhe weitergraben. Doch dieses Mal ohne den Hund, der störte ihn bloß.

Er steckte den Geldbeutel ein, führte Pippin zurück zum Auto und sperrte ihn in den Kofferraum seines Kombis. Nahm den Spaten und lief zurück zur Grabungsstelle.

20.45 UHR. PIT BALDAUF.

München, am selben Abend.

Pit Baldauf zog das Sicherungsseil der Abdeckung durch die Ösen am Anhänger und befestigte es sorgfältig. Darunter, fürs Erste, 200 Meter Stacheldraht in Rollen, um sein Grundstück am Karlsgraben einzuzäunen und damit die Fäden in Sachen »Biergarten am Karlsgraben« zu ziehen. Also um vollendete Besitztatsachen zu schaffen.

Stacheldraht, für den er ins anonyme München gefahren war, in einem von seinem Schwager geborgten BMW-SUV mit großem Hänger. In Altmühlfranken hätte sich der Kauf herumgesprochen, noch ehe der Draht verladen gewesen wäre.

Pit nahm sein neues Phone aus der schwarzen Five-Pocket-Edeljeans, aktivierte die Selfie-Kamera und bespiegelte sein Outfit. Betätigte den Auslöser und begutachtete das Resultat. Faszinierend, trotz der einsetzenden Dämmerung: sein markantes, sonnengebräuntes Gesicht, sein schlanker Hals und der Haifischkragen seines weißen Hemdes, dessen schnittige kurze Ärmel Bizeps und Trizeps bestens in Szene setzten.

»Passt!«

Er sicherte das Foto in der Cloud, steckte das Smartphone ein und lief noch einmal kontrollierend um den Anhänger. Machte sich auf den Weg, bretterte, so schnell es eben ging, durch die Ausfallstraßen des Münchner Nordens und erreichte rasch die Autobahn nach Nürnberg. Dort gab er Gas, trotz des Hängers. No risk, no fun. Sollte er geblitzt werden, dann saß er in einem fremden Auto, und sein Schwager war bei der Polizei und kannte daher seine Rechte. Nichts kam Tätern so zugute wie der treudeutsch hypertrophierte Rechts- und Gesetzesstaat.

Die Knarre!

Pit, bereits kurz vor Ingolstadt, ging unwillkürlich vom Gas. Er hatte das Jagdgewehr völlig vergessen, das er zusammen mit passender Munition vor dem Kauf des Stacheldrahts in einem Waffenladen besorgt hatte. Für einen Jagdgenossen, ganz legal, dank Jägerdiplom und Waffenschein.

Das Gewehr lag im Fond. Nicht sichtbar auf der Rückbank, sondern zwischen Rück- und Vordersitzen und noch in der originalen Sicherheitsverpackung. Doch sollte man das Schicksal auch nicht herausfordern.

Er fuhr mit 100 km/h weiter, bremste sogar brav auf 80, wo es vorgeschrieben war, und verließ die A9 an der Ausfahrt Altmühltal.

Auf der Hochstraße nach Eichstätt bog er im Wald kurz nach Pfahldorf in einen nach rechts abzweigenden Flurweg ab, dem er sicherheitshalber noch einen halben Kilometer folgte. Dann hielt er an, stieg aus, öffnete die Heckklappe des SUV und liftete die Bodenabdeckung des Kofferraums. Zum Glück hatte sein Schwager das Notrad aus dem Hohlraum entfernt. So war Platz genug für Knarre und Munition.

Rasch war Eichstätt erreicht. Die Grenzen der Schwerkraft voll auslotend, fegte Pit die kurvenreiche B13 hoch. Oben auf dem Jura angelangt, gab er Vollgas, besann sich jedoch, dass er mit seiner delikaten Fracht die letzten Kilometer bis zum Graben besser nicht auf Durchgangsstraßen zurücklegen sollte. So bog er bei Laubenthal von der B13 ab und fuhr auf Straßen dritter Ordnung über Suffersheim, Haardt und Dettenheim. Von wo aus er auf noch kleineren Straßen an das westliche Ende des Karlsgrabens gelangte. Zu seinem Grundstück. Ackerland, das er für ein wenig Geld den Bauern abgekauft hatte. Es lag direkt am Karlsgraben-Spielplatz und war nur durch die wenig befahrene Straße nach Grönhart vom Karlsgraben getrennt. Der ideale Ort für den geplanten Biergarten.

Mittlerweile war es Nacht, kurz vor 23 Uhr. Dennoch standen Pit Schweißtropfen auf der Denkerstirn, als er den Anhänger zum Abladen in Position rangierte.

Ganz zu schweigen von den schweren Drahtrollen. In München hatten kräftige Angestellte des Händlers mit angepackt; hier war er auf sich allein gestellt.

Nach der ersten Drahtrolle strich Pit die Segel. Trotz zweier ordentlicher Bizepse dank Fitnessstudio hob er sich einen Wolf mit dem Draht. Zumal die Stacheln piekten und ihm die Arme, ja sogar sein Gesicht zu malträtieren drohten.

Was tun, sprach Zeus?

Nein, ein Zeus verletzte sich nicht, sondern trommelte in aller Frühe die Göttin der Morgenröte und den Rest der Mannschaft zusammen. Pit ließ also die bereits abgeladene Rolle Draht am Rand des Grundstücks zurück und befestigte die Plane wieder am Hänger.

Denn Umsicht tat not. Was sich auch immer im Umkreis des Grundstücks abspielte, bedurfte stetiger Kontrolle. Zu viele Gegner und Neider im Lande, die ihm Pest und Cholera an den Hals wünschten, vor allem die links-grün-versiffte Gruppierung »Rettet den Karlsgraben«.

Der ging es nur vordergründig um Rettung von irgendetwas, in Wahrheit wollte diese Gruppe allein seinen Biergarten torpedieren.

Zornig, wie er war, hatte sich Pit in Wallung gelaufen. Hatte die Straße überquert und stand jetzt auf dem Spielplatz, der nicht mehr als ein Alibi war. Nur ein Tisch mit Bänken, Schaukel, Rutsche, Kletterturm und eine Wippe. Das lockte die Kids heute nicht mehr hinterm Ofen hervor.

Gut für ihn. Käme es darauf an, dann könnte er Gemeinde und Landratsamt ködern. Indem er selbst einen Spielplatz sponserte, der diesen Namen auch verdiente. Und allen Gästen des Biergartens zugutekam.

Ein Unbehagen aber blieb, denn vom Spielplatz aus hatten die Ämter einen weiteren Weg angelegt, der über eine hölzerne Brücke zum Wanderweg auf der anderen Seite des Grabens führte. Und nur um Haaresbreite an der Katastrophe vorbei.

Hätte man die Brücke lediglich fünf Meter weiter nach Norden gebaut, dann …

Pit schrak zusammen. Nahe der Brücke und genau diese paar Meter weit nach Norden, sprich links des Weges, dem Pit unwillkürlich ein Stück gefolgt war, flackerte ein Licht, das zu einer Stirnlampe gehören musste.

Keine Panik. Erst mal die Lage checken. Pit sammelte sich und trat etwas näher. Was er dank der hellen Nacht sah, bestätigte seine Befürchtungen. Diese Stirnlampe hatte einen Spaten dabei.

Da grub einer. Das konnte nur dieser Meindl sein. Dieser abgehalfterte Schulmeister, der mit der Pension des Studiendirektors allen Leistungsträgern auf der Tasche lag. Sich anscheinend zum Ziel gesetzt hatte, Karl den Großen persönlich auszugraben. Ausgerechnet dort, wo er auf gar keinen Fall graben durfte, sonst …

Die Knarre!

Die Chance, Meindls Grabungen an seinem Biergarten zu unterbinden. Mit der Waffe, die er bei sich hatte.

Kurz entschlossen schlich Pit zurück zum Wagen. Öffnete den Kofferraum.

Obacht, Handschuhe!

Diese gehörten zum Glück bei seinem Schwager quasi zur Berufskleidung. Ein Polizeibeamter war schließlich immer im Dienst.

Pit behielt recht, nach kurzer Suche fand sich eine Packung Gummi-Einweghandschuhe. Die sogar noch unberührt, also verschlossen war.

Das Weitere ergab sich von selbst. Mit spitzen Fingern zog Pit ein Paar aus der Packung und streifte sie sich über. Dann nahm er auf der Ladefläche des Kofferraums die Flinte aus der Verpackung, öffnete die Schachtel mit der Munition und lud die Waffe gleich durch.

Blieb die Gefahr seiner Designer-Sneaker mit ihrem typischen Sohlenprofil, das sich auf den sandigen Wegen abzeichnete, ein Fest für die Spurensicherung. Barfuß ging auch nicht, da fänden sie DNA. So nahm er ein weiteres Paar Handschuhe aus der Schachtel und streifte sie wie Gamaschen über seine Sneakers. Nun los!

Pits Schritte zitterten. Nahe, sehr nahe musste er an Meindl ran, um ihn in der Dunkelheit anvisieren zu können. Da half auch das Zielfernrohr nur wenig.

Ein paar Meter vor dem Waldweg zur Brücke horchte Pit auf. Aus dem Graben gellten Schreie, wie von verwundetem Wild.

Pit fokussierte sich. Versuchte den Atem zu beruhigen. Schritt auf die Brücke zu.

Meindl kauerte auf der Brücke. Hechelte, röchelte, rang nach Luft. Klammerte sich hilflos, wie es Pit schien, am Geländer fest.

Pit triumphierte. Meindl sah ihn erst gar nicht, auch war er zu keiner Gegenwehr imstande. Und ein echter Baldauf ließ nicht zu, dass ihm etwas missriet.

Ein Schuss genügte. Meindl sank zu Boden. Pit wartete eine Minute, dann trat er an den Leblosen heran und stieß ihn mit einem derben Tritt unter dem Geländer der Brücke durch, sodass er in den Graben fiel.

Pit lief zum Auto. Als das Adrenalin abriegelte, pochte ihm das Herz bis unter die Kopfhaut. Er überlegte. Was waren das für Schreie gewesen kurz vor dem Schuss, was war mit Meindl los gewesen?

»Reiß dich zusammen!«, rief Pit sich zur Ordnung. Ja nicht herumgrübeln, so schnell wie möglich davon. Zu langwierig und gefährlich wäre es, die Leiche ins Auto des Schwagers zu schaffen. Waffe, Bekleidung und Handschuhe jedoch musste er schleunigst verschwinden lassen. Aber nicht hier, sondern irgendwo im Niemandsland, am besten außerhalb des Bereichs der hiesigen Kripo.

DIENSTAG
24.07.2018

0.15 UHR. RICARDA HELD.

Ricarda Held saß im letzten Zug der Regionalbahn Nürnberg–Treuchtlingen, weil ihr Auto den Geist aufgegeben hatte. Am Mittag hatte sie den Hybrid-Honda wegen akuter Überhitzung und geplatzten Kühlers zu einer Erlanger Werkstatt abschleppen lassen.

In Weißenburg waren die letzten Mitreisenden ausgestiegen; Ricarda war nun die Letzte im Waggon. Die Zunge klebte ihr am Gaumen. Sie hatte heute viel zu wenig getrunken, weil sie zu sehr mit Klausuren beschäftigt gewesen war, die sie an ihrem Lehrstuhl in Erlangen noch hatte korrigieren wollen, um zu Hause in Treuchtlingen ruhige Semesterferien zu haben.

Aber was war bei einer Historikerin schon ruhig? Jeder Tag konnte Geschichte schreiben.

In fünf Minuten hielt der Zug in Treuchtlingen. Ricarda stand auf, streckte sich und fasste in die Gepäckablage nach ihrem Trolley.

Vollbremsung. Ein Zug in den Eisen.

Sie verlor den Halt, stieß mit den Rippen gegen die

Lehne des nächstvorderen Sitzes und ließ ihren Rollkoffer fallen.

Ricardas Herz setzte einen Schlag aus. Harrte des Aufpralls, der »Person im Gleis«. Wenige Sekunden bloß, die sich wie eine Ewigkeit anfühlten. Dann kam der Zug mit einem Ruck zum Stehen.

Ricarda sank auf ihren Sitz, zog den Trolley zu ihren Füßen. Das Licht im Wagen war erloschen. Finsternis rings umher. Weißenburg mit seinen beleuchteten Fabrikhallen lag hinter ihnen. Ricarda rückte ans Fenster, hielt sich die rechte Handkante gegen die Stirn, um das Notlicht an der Decke abzuschirmen, und blickte hinaus. Nur allmählich gewöhnten sich ihre Augen an die Dunkelheit.

Der Zug war vor dem Karlsgraben zum Stehen gekommen, an dem frei stehenden Anwesen am Nordrand. Unberührte Natur, die Ricarda sowie die Initiative »Rettet den Karlsgraben« vor der »Heuschrecke« Pit Baldauf retten wollten. Baldauf besaß an der Altmühl und in Nürnberg bereits vier Luxushotels. Und wollte nun am Rande des Karlsgrabens einen kleinen, bescheidenen Biergarten eröffnen. Aber, da war sich Ricarda sicher, er würde keine Ruhe geben, bis man ihm nicht nur den Biergarten, sondern ein Hotel am Karlsgraben genehmigte. Baldauf-Disneyland an der Altmühl, das allen Bemühungen von Stadt und Landkreis um sanften Tourismus hohnsprach. Womöglich hatte er sich schon ein Grundstück unter den Nagel gerissen. Wenn ja, würde er es baldmöglichst einzäunen.

Der Zug fuhr wieder an – anscheinend war es nichts Ernstes gewesen. Warum aber die Vollbremsung? Hatte die etwa mit Baldauf zu tun?

Voller Adrenalin fasste Ricarda nach ihrem Trolley und schritt zur Waggontür. Aus war der Traum von ruhigen Semesterferien. Ricarda indes hatte es bis dato noch mit jedem aufgenommen.

Mit Baldauf. Und mit allen anderen hier im Lande, denen ihre heiklen Forschungen zu dem Nazi-Internierungslager auf der Wülzburg oberhalb Weißenburgs ein Dorn im Auge waren. Geschichten, über die man hier im Lande am liebsten den Mantel des Schweigens ausbreiten wollte. Vieles rund um das Lager lag noch immer im Dunkeln. Vor allem das Schicksal eines Inhaftierten, dem kurz vor Ende des Krieges die Flucht von der Burg gelungen sein musste.

Ebenfalls im Dunkeln lag ihre ureigene Biografie, wegen der sie auch nach dem Krebstod ihres geliebten Ehemanns Matthias im gemeinsamen Haus an ihrem Geburtsort Treuchtlingen wohnen geblieben war. Alle Fragen nach ihrem Vater, der ihr verheimlicht worden war, waren unbeantwortet. Ein Schweigen, das Wunden bei Ricarda hinterlassen hatte.

»Kind, dafür bist du noch zu klein«, hatte ihre Mutter zuerst gesagt. »Ich trage selbst schwer daran, verstehst du nicht?«, hieß es später. Ein »Ratschluss Gottes«, den zu hinterfragen sich für ein »Mädel« nicht schicke. »Er wurde bei einem Verkehrsunfall getötet«, so ihre Mutter zuletzt. Kurz nachdem er sich von ihr getrennt habe. Ricardas Fragen nach Unfallort und -hergang hatte sie abgeblockt – und so das Geheimnis um Ricardas Vater mit in ihr Grab genommen.

Ricarda wusste also bis heute nicht, wer ihr Vater war – im Gegensatz zu einigen Treuchtlingern, da war sie sich sicher. Diese tuschelten hinter ihrem Rücken und blickten ihr hinterher, vor allem rings um die katholische Kirche neben dem Bahnhof.

Der Zug hielt. Heute dürfte ihr auf dem Heimweg vom Bahnhof allerdings keiner mehr begegnen.

Hierin aber irrte sich Ricarda. Als sie auf dem rechten Gehsteig stadteinwärts schlenderte, kam ihr von der Elkan-Naumburg-Straße her ein SUV mit Anhänger wie ein silberner Blitz entgegen und bog dann haarscharf vor ihr nach links ab zur Bahnunterführung.

Beinahe hätte der Anhänger sie trotz ihres Satzes nach hinten erfasst. Einen Atemzug später preschte ein Polizeiauto mit Blaulicht und Martinshorn artistisch ums selbe Eck. Dem Flüchtigen dicht auf den Fersen.

Gedankenunterspült griff Ricarda nach dem Trolley und eilte ihrer Wohnung zu, ein Weg von 15 Minuten. Zeit, das Erlebte zu resümieren.

War das Baldauf gewesen? War er vom Karlsgraben gekommen? Wollte er dort vollendete Tatsachen schaffen, ehe Ricarda und »Rettet den Karlsgraben« ausreichend Unterschriften für ein Bürgerbegehren gegen den Biergarten gewinnen konnten?

Ricarda hielt erschrocken inne. Die Hände frei. Sie hatte den Trolley nicht mehr.

Ach Gott, ja – sie hatte ihn vor dem Rathaus losgelassen, um sich nach den aufgegangenen Schnürsenkeln ihrer Sneakers zu bücken.

Sie ging zurück und fand den Rollkoffer zum Glück unversehrt im Rinnstein der Straße.

Daheim angelangt, ließ sie ihren Trolley im Windfang

stehen, denn was ihr nun entgegenschlug, raubte ihr den Atem. Die Hitze des Jahrhundertsommers.

Ricarda ging kontrollierend durch sämtliche Räume und riss die Fenster auf. Ihr lieber Matthias, ein Freund von Licht und Transparenz, hatte das Haus selbst entworfen. Ein Zuhause, das sie liebte wie Matthias.

Jetzt, seit er tot war, fühlte sich Ricarda darin nur noch nackt und wund. Ausgedörrt von der Sommerhitze.

Genug der Gedanken, der Sorgen. Erst zu Hause ankommen, eins nach dem anderen.

Dann aber griff Ricarda doch zum Telefon. Völlig egal ob es Baldauf war oder nicht, der flüchtige BMW am Bahnhof hätte sie um ein Haar erfasst und niedergestreckt. Hierfür sollte es zumindest ein saftiges Bußgeld geben.

Ricarda nahm das Telefon aus der Ladeschale. Rief bei der PI Treuchtlingen an und berichtete eingehend.

»Haben Sie den Fahrer erwischt?«, fragte sie abschließend. »Steht der Flüchtige fest?«

»Nein, noch nicht«, antwortete der hörbar junge Polizist nach auffällig langem Zögern.

»Warum nicht?«

Worauf der Beamte schmallippig auf den Dienstgruppenleiter verwies und das Gespräch beendete.

Ricarda zitterte vor Wut. Statt auf die rote »Anruf beenden«-Taste drückte sie deshalb aus Versehen auf die Wahlwiederholung. Einen Moment hielt sie inne: Sollte sie ihnen auf den hohlen Zahn fühlen?

Sie tat es nicht, zu spät der Abend, zu trocken ihre Kehle für ein längeres, außerdem heikles Gespräch. Also kappte sie die sich anbahnende Verbindung zur Polizei. Legte das Telefon zurück in die Ladeschale, ging in die Küche und trank gegen den quälenden Durst dieses Jahrhundertsommers eine ganze Flasche Mineralwasser.

Daraufhin ging sie zu Bett. Wo ihr nur wenig Schlaf beschieden sein dürfte. Mit Träumen, die sie sich im Halbschlaf notieren musste. Denn am Morgen würden sie sich verflüchtigt haben. Ein Grauen, das sie nicht zu fassen bekam, wie schon so oft zuvor.

1.30 UHR. PIT BALDAUF.

Ein Palazzo im Florentiner Stil war sein gediegener Firmen- und Wohnsitz im Neubaugebiet Reutberg in Gunzenhausen. Auch ein Penthouse in Nürnberg-Erlenstegen nannte Pit Baldauf sein Eigen. Ja mei, wer kann, der kann – bestens geführte Hotels mit jeweils vier Sternen, drei im Seenland, eines in Nürnberg.

Bloß gut, dass seine Garage so geräumig war, um auch den Anhänger noch darin unterzubringen. Dazu mit direktem Zugang zum Palazzo.

Pit stellte den Motor ab, zog den Zündschlüssel vom BMW des Schwagers und steckte ihn ein. Dann nahm er den eigenen Schlüsselbund zur Hand und betätigte vom Fahrersitz aus die Fernbedienung der Garagentür, sodass sie sich sanft hinter ihm schloss.

Noch immer schäumte das Adrenalin, außerdem war er nun fast nackt. Er hatte sich nicht nur der Waffe, sondern auch der gesamten Oberbekleidung entledigt und war auf dem Weg nach Hause in eine Kontrollstelle der Treuchtlinger Polizei geraten. Als Mörder und nur im Slip. Mit dem Hänger hätte er auf freier Strecke gegen den BMW der Polente keine Chance gehabt. Daher war ihm nur Harakiri, die Hatz durch Treuchtlingen, geblieben. Und er hatte das Glück des Tüchtigen behalten und den sicher unerfahrenen POM am Steuer des Streifenwagens abgehängt. Ein Glück, dass er den Anhänger am Graben wieder abgedeckt und die Plane vertäut hatte, sodass der Draht für die Bullen nicht zu sehen gewesen war. Zuvor hatte er die Flinte, die Munition, die Verpackung und seine Oberbekleidung in einem alten Silo eines verwaisten Bauernhofs im Donau-Ries-Kreis versteckt. Abseits der Hauptstraßen, im Niemandsland zwischen Franken, Schwaben und Oberbayern.

Pit saß im SUV und genoss sein Schurkenstück noch ein wenig. Danach der Blick auf seine Smartwatch. Die Herzfrequenz bereits nahe am Ruhepuls. Einen echten Baldauf brachte halt nichts aus der Fassung.

Liefe ihm im Korridor Britta, seine Frau, über den Weg, würde sie mächtig schlucken, weil er unbekleidet war, aber den Mund halten. Ach wo, die lag im Bett und wärmte es an für ihn.

Blieb ein Problem: Sein Schwager Tom war Ober-bulle, also ein Dienstgruppenleiter der PI Treuchtlin-gen und damit wohl der Chef des Polizisten, den Pit auf der Flucht abgeschüttelt hatte. Außerdem wegen des Tatfahrzeugs in die Chose verwickelt.

Und Pit hatte die Waffe nicht mehr. Die er für Jost Saalfrank, einen befreundeten Jäger, in dessen Auftrag gekauft und ihm für morgen früh versprochen hatte. Auch dafür würde Pit sich eine Ausrede einfallen las-sen müssen, die so gut war, dass Jost ihm gewogen blieb. Sein Freund war mit ihm stets durch dick und dünn gegangen. Er würde ihm auch helfen, falls alle anderen Stricke reißen sollten.

Prompt schüttelte es Pit. Er stieg aus dem BMW, sperrte ihn zu und schritt durch den Garagenkorridor ins Souterrain des Palazzo, mit einer leer stehenden Ein-liegerwohnung und den Wirtschaftsräumen.

Dort suchte er das Badezimmer mit der Waschma-schine auf, in dem immer was zum Anziehen zu fin-den war.

Diesmal Fehlanzeige. Kein Poloshirt, nicht einmal Shorts, nur seine alten Flip-Flops. Nichts war frisch gewaschen. Asche auf Brittas Haupt.

Er glitt in die Zehentrenner und stieg die Treppe hoch in sein Reich, das großzügige Erdgeschoss mit Salon, Büroräumen, Herrenzimmer und Bad. Checkte dabei das Phone, es blinkte rot, ein eingegangener Anruf der PI Treuchtlingen. Klar, sein Schwager Tom hatte jetzt ein Problem.

Pit schlurfte ins Bad und zog sich einen Morgenman-tel an. Nein, ihn fror nicht.

Ankommen. Herunterfahren. Genießen.

Er ging in das Herrenzimmer, zu den Cognacs. Schenkte sich zwei Fingerbreit »VSOP Reserve« ein und hob das Glas. Dann plärrte das Handy, wieder war es Tom. Zum Teufel, hatte der nicht Zeit bis morgen?

Pit ging lieber dran. »Hör zu«, blaffte er, kaum dass sich Tom gemeldet hatte, »keine Hektik, war nur eine Bagatelle, die ich mir bei meinem Punktekonto in Flensburg leider Gottes nicht leisten kann.« Denn Fahren ohne Hüllen war ordnungswidrig. »Daher also die Flucht. Host mi?«

Das von Pit erhoffte »I hob di« blieb aber aus. Schweigen am anderen Ende der Leitung.

Pits Blick gefror. Seine Füße schwitzten. Rochen nach altem Gummi, nach den Pedalen von Toms BMW. Ahnte der, dass mehr dahintersteckte?

»Da irrst du dich. Die Kacke ist schon am Dampfen, und zwar nicht nur für dich.«

Pit griff nach dem Cognac und kippte ihn in einem Zug runter. »Inwiefern?«

»Du hast jemanden fast über den Haufen gefahren.«

»Ja, und weiter?« Pit sank in den Sessel. Klar erinnerte er sich. Das fehlte gerade noch.

»Eine Frau, mit der nicht gut Schäufele essen ist, hat dich angezeigt.«

»Spann mich nicht auf die Folter!«

»Ricarda Held.« Geraune im Hintergrund – ein Rundspruch des Polizeifunks, den sein Schwager mit anderen Beamten erörterte. Erst nach einigen hörbaren Schritten fuhr er fort, also offenbar aus einem anderen Raum. »Ihrer Schilderung nach war das nicht nur ordnungswidrig, sondern könnte dich demnächst den Lappen kosten – Paragraf 315c StGB, Gefährdung des Straßenverkehrs.«

»Nie im Leben.«

»Und das mit meinem Wagen!«

Es folgten drei weitere doppelte Cognac. Denn jetzt hatte Pit nicht nur den Mord und die Polente an der Backe, sondern auch Ricarda Held zur Gegnerin. Die, Pit spürte es bereits, für ihn viel gefährlicher war, als es Meindl je hätte werden können. Weil sie, so die Fama im Ort, als Historikerin der Uni Erlangen nicht zum alten Frankenkaiser, sondern über die jüngere Geschichte dieses Landstrichs forschte. Namentlich über die Wülzburg. Welche wiederum schicksalshaft mit der Familiengeschichte der Baldaufs verknotet war.

Überdies lag die Drahtrolle neben dem Karlsgraben nur etwa 100 Meter von der Leiche entfernt.

Als Pit aufschaute, stand seine Frau Britta an der Tür, in ihrem weißen Pyjama.

Ihr Blick auf den Cognacschwenker sprach Bände. »Ich habe es dir immer gesagt: Der Krug geht so lange zum Brunnen, bis er bricht.«

»Ist dir nicht warm?«, fragte er bewusst beiläufig. Lief an ihr vorüber ins Büro und sperrte hinter sich zu. Britta Espenlaub. Ihr gegenüber würde er keine Schwäche zeigen.

Steve, sein Jüngster, war aber von bestem Schrot und Korn. Gott sei Dank. Ganz der Vater – er kannte keine Skrupel, und loyal war er auch. Ein Nachfolger wie aus dem Bilderbuch.

Vorher jedoch musste sich Steve bewähren, und zwar jetzt, wo die Kacke am Dampfen war. Er musste die abgeladene Drahtrolle am Karlsgraben verschwinden lassen, bevor die Leiche entdeckt wurde. Was kein Problem war, denn auch Steve verfügte über einen Anhänger.

Pit griff zum Smartphone. »Pass auf«, erklärte er ohne Umschweife, »ich habe heute den Draht für den Biergarten gekauft und schon eine Rolle am Graben abgeladen. Tu die wieder fort, jetzt gleich, mit deinem Anhänger, und bring sie in die Schlungenhofer Scheune.« Das übliche »Kapiert?« verkniff er sich. Stattdessen fügte er defensiv hinzu: »Du weißt, unser Projekt stößt nicht überall auf Zustimmung. Lass uns also die Pferde nicht vor der Zeit scheu machen.«

»Hast du was ausgefressen?«

»Fahr den Draht so schnell wie möglich dort weg. Wir reden morgen darüber, um 14 Uhr an der Scheune. Ich bring morgen den restlichen Draht dorthin. Kapiert?«

Steve aber weigerte sich: »Nur wenn du mir sagst, was dahintersteckt.«

»Nichts da.« Pit kappte die Verbindung. Muckte sein Filius auf? Er überlegte. Vielleicht hatte Steve recht. Ein anderer sollte es tun.

Pit griff nochmals zum Handy und klingelte Jochen aus dem Schlaf, einen guten Freund, der in dem Dorf am Karlsgraben wohnte und auch einen Anhänger besaß. Er bat ihn, die Drahtrolle noch in der Nacht wegzufahren.

7 UHR. PIT BALDAUF.

Pit hatte im Büro auf seiner Chaiselongue geschlafen. Die für ihn zwar zu kurz war, aber weit weg von Brittas verängstigten und bohrenden Fragen.

Um Punkt 7 Uhr wachte er auf. Aus tiefem, erholsamem Schlaf. Er räkelte sich. Schwang sich mit einem Ruck empor und glitt in Flip-Flops und Morgenmantel. Danach schaltete er den Laptop auf dem Schreibtisch ein, denn diesen brauchte er jetzt für allererste Ermittlungen. Erst dann würde er, damit Britta nicht vollends die Nerven verlor, in die Wohnung hinauf und an ihren gedeckten Frühstückstisch kommen.

Er startete den Browser und gab »Max Meindl« in die Suchzeile ein.

Ausgerechnet »Max«. Kein Vorname für einen Schulmeister. Sondern einer, den Pit gern selbst trüge, weil Ausweis echter Größe.

Pit drückte auf Return. Was ihm daraufhin angezeigt wurde, und dies war nicht viel, bestätigte sein Gefühl, das ihn schon am Tatort beschlichen hatte: Er hatte den Falschen gekillt!

Dieser Meindl war harmlos. Ein asthmatischer Hobbygräber mit teigiger, rot unterlaufener Visage, den bereits beim ersten tiefen Spatenstich der Schlag getroffen hätte. Der hätte nicht derart tief gegraben, dass es für Pit tatsächlich hätte brenzlig werden können.

Umso wichtiger, den Biergarten nun zu verwirklichen, gegen die Widerstände der linken Zecken hier im Lande. Die gegen alle Tüchtigen opponierten. Steuern und Abgaben erhöhten, abschöpften, umverteilten, aber nie einen müden Cent selbst erwirtschaftet hatten. Archäologiestudenten, die in der Fossa Carolina sinnfreie Forschungsgrabungen durchführten, allein um dem Herrn Ordinarius wieder eine karolingische Scherbe unter die Nase zu halten. Befeuert von den Ricarda Helds der Republik, die sich, statt mit anzupacken und so den Wohlstand Altmühlfrankens zu fördern, im Nazi-Unrecht wälzten.

Pit war nun auf Betriebstemperatur. Er gab »Ricarda Held« in die Suchmaschine ein. Die er längst hätte auf dem Schirm haben müssen. Doch sie war an der Uni in Erlangen tätig und eher selten in Treuchtlingen.

Ein Blick auf Helds Homepage bestätigte sein Urteil: linke Zecke. Je weiter Pit hinunterscrollte, umso mehr schwoll ihm der Kamm. Immer wieder erschien das Wort »Wülzburg« auf dem Bildschirm, stets im Zusammenhang mit ihren aktuellen Forschungen. Als ob dadurch auch nur ein Kriegsgefangener wieder lebendig würde.

Eines musste er klären: Was hatte Ricarda Held genau mit der Wülzburg zu tun?

Plötzlich fiel ihm Meindl wieder ein, mit Schrecken: »Herrgott noch mal!« Er hatte versäumt, nach der Tat dessen Spaten verschwinden zu lassen!

»Kommst du bitte zum Frühstück?«

Pit merkte auf. Britta stand in der Tür, zu breitbeinig, um sie lässig zu ignorieren. Schon ihr Aufkreuzen in der Nacht hatte ihn irritiert.

Also gut. Ja nichts anmerken lassen. »Business as usual«, die Hotels warteten auf ihn.

Noch war Pit im Morgenoutfit. Um sich gescheit anzukleiden, musste er nach oben in die Wohnung.

»Danke, Schätzchen, komme gleich.«

Anziehen, frühstücken, Ruhe bewahren. Heidingsfelder hat ihn schließlich immer rausgehauen.

8.15 UHR. STUDIENDIREKTOR KURT REMMEL.

Zu dieser morgendlichen Stunde wanderte die Klasse 7b des Weißenburger Gymnasiums zum Karlsgraben. Kurt Remmel, der Klassenlehrer, behandelte im Geschichtsunterricht gerade Karl den Großen. Und hatte das »Och nö« mehrerer Schüler, die den Wandertag lieber bei Shopping und Hamburgern in Nürnberg verbracht hätten, am Bahnhof mit pädagogischer Strenge gekontert: »Halt! Hiergeblieben! Sonst gibt es einen verschärften Verweis!«

Nach Weißenburgs Speckgürtel zerfiel der Klassenverband in Grüppchen. Remmel ließ sie gewähren, daran gewöhnt, dass Ordnungsrufe und Armrudern vergeblich waren. So ließ er die vorneweg marschierenden Vorzugsschüler ein ums andere Mal anhalten, bis sich die Reihen wieder schlossen, und versuchte es auch mit pädagogischem Zuckerbrot: »Im Karlsgraben-Museum gibt es etwas zu trinken, da lade ich euch ein.«

Normalerweise hatte das Museum dienstags geschlossen, doch er hatte eigens für seine Klasse eine Sonderführung mit Eis und kühlen Getränken organisiert.

Prompt ging es schneller voran. Gegen 9 Uhr erreichte der Zug den Grabenmund der Fossa Carolina, die im Ried zwischen der Schwäbischen Rezat und der Altmühl noch immer gut zu erkennen war. Zur Linken das einsame Anwesen an der Bahnstrecke Treuchtlingen–Nürnberg, wenige Hundert Meter weiter der Spielplatz am Westrand des Karlsgrabens, zu dem Remmel die Schüler für die nun fällige Pause lotste. Idylle pur. Fragte sich, wie lange noch. Seit Monaten hieß es in Treuchtlingen und Weißenburg, Hotelier Pit Baldauf werde ausgerechnet hier am Karlsgraben ein Grundstück erwerben, um einen Biergarten zu eröffnen, womöglich als Probelauf für etwas noch Größeres wie ein Luxushotel. Vier hatte er schließlich schon.

Ein polarisierendes Projekt, das die an sich nicht rebellischen Treuchtlinger in Scharen in eine Bürgerinitiative gegen Herrn Baldauf trieb.

Völlig zu Recht. Die Fossa Carolina war ein archäologisches Denkmal und stand deshalb unter Naturschutz. Jedoch hatte Baldauf auch Unterstützer, die Treuchtlingen, das Reiseziel mit Thermalbad, aber ohne luxuriöse Hotels, im Hintertreffen sahen, zumal gegenüber dem Urlaubsparadies Fränkisches Seenland bei Gunzenhausen. Auch am Karlsgraben selbst wiesen lediglich knappe Hinweistafeln auf die geschichtliche Bedeutung dieser Stätte hin.

Für diese Gegend leider typisch. Man stellte sein Licht unter den Scheffel.

Nach zehn Minuten erreichte die Klasse den Spielplatz, wo Remmel lagern ließ. Die Schüler stürmten in den Schatten der Bäume, tranken aus ihren Wasserflaschen und zückten ihre Smartphones für ein Selfie.

»Mann, gibt es hier kein Netz?«

»Scheißwandern!«

»Scheißgraben!«

Gekicher. Blinkende Zahnspangen.

Zeit, die Zügel anzuziehen. Remmel setzte seinen Rucksack ab. Er nahm die Arbeitsblätter heraus, die er für den Graben-Rundgang angefertigt hatte. Ein Geländespiel. Vermutlich ein etwas zu ambitioniertes Vorhaben für diesen brütend heißen Tag kurz vor den Sommerferien.

»Herr Remmel?«

Der Lehrer drehte sich nach der ihm vertrauten Stimme um. Klassenprimus Franz Binninger faltete beflissen den kleinen Flyer über das Graben-Museum auf, den Remmel in der Klasse verteilt hatte, und fragte: »Ist überhaupt Wasser im Graben, ich mein wegen der Dürre und dem Klimawandel?«

Gute Frage. Remmel zeigte in Richtung der Holzbrücke, die, einen Steinwurf vom Spielplatz entfernt, die beiden Uferwege der Fossa Carolina miteinander verband. »Schau doch dort mal rein«, antwortete er und nickte Franz zu.

Was sich der nicht zweimal auftragen ließ.

Der Lehrer nahm ein Papiertaschentuch und fuhr damit über den Schweiß auf der Stirn. Wandertage waren immer Stress, und bei 30 Grad des Teufels. Er ließ sich kurz auf der Wippe des Spielplatzes nieder und atmete durch. Nichts wie weiter. Im Graben war es schattig.

»Sammeln! Los jetzt, weiter geht's!«

Es sollte anders kommen, denn in das Wort »weiter« fuhr ein markerschütternder Schrei.

Wenige Atemzüge später kam der Klassenprimus hergerannt. »Herr Remmel, kommen Sie bitte schnell, im Graben liegt ein toter Mann!«

Remmel stürzte zur Brücke. Was er sah, sollte ihm jahrelang Albträume bereiten.

Der Tote war sein früherer Kollege Max Meindl – Studiendirektor a. D. am Gymnasium in Weißenburg. Für Deutsch, Latein und Karzer, wie man in der Schule noch heute hinter vorgehaltener Hand raunte.

9.45 UHR. KOK HANS WÖRLE.

Der rieselnde Ficus sah zum Greinen aus. Abermals hatte er über Nacht Blätter eingebüßt, die nun halb im Übertopf, halb auf dem Boden lagen. Ein Stillleben, das KOK Hans Wörle derart deprimierte, dass er beklommen das tat, wozu er in der Hektik der Verbrecherjagd viel zu selten kam. Er lief mit der Gießkanne in den Sozialraum und füllte sie mit Wasser. Zumal es Julia Grünbergs Ficus war.

Vor einigen Tagen hatte er allen Mut zusammengenommen und Julia, die Gruppenleiterin der Staatsanwaltschaft Ansbach war, zu einem privaten Date auf sein Dienstzimmer eingeladen. Sie war am selben Tag nochmals aufgekreuzt und hatte ihm mit den Worten »Hans, ein Büroraum benötigt Grün« den Benjamin geschenkt, samt Gießkanne und Übertopf.

Weil er so in Gedanken versunken war, lief die Kanne über; er goss ein wenig Wasser zurück ins Becken, um auf dem Weg in sein Büro nichts zu verschütten. Julias Liebe durfte er auf keinen Fall verdursten lassen. Daher hatte er sie für den morgigen Abend in ein schickes mexikanisches Restaurant in der Stadt eingeladen.

Für das Treffen wollte – musste – er unbedingt noch eine neue Jeans kaufen. Weil er zugelegt hatte. Der Stress im Job kostete Körner und ließ ihn nach Dienstschluss öfters beim Systemgastronomen stranden.

Als er, zurück im Büro, zu Julias Ficus trat, meldete sich das Telefon. Wörle hielt inne. Er lief zum Schreibtisch, stellte die volle Kanne darauf und nahm das

Gespräch entgegen. Es war EKHK, Erster Kriminalhauptkommissar, Fred Arnschwanger, Leiter des Kommissariats Tötungsdelikte und somit Wörles unmittelbarer Vorgesetzter. Verhieß meist nichts Gutes.

»An die Arbeit, Hans! Eine Leiche in der Fossa Carolina!«

Nur Bahnhof. »Wo?«

»Im Karlsgraben.«

Wörle griff nach Papier und Bleistift. Typisch Arnschwanger, bei jeder Gelegenheit ließ er raushängen, dass er auf einem humanistischen Gymnasium gewesen war. »Weiß man denn schon Näheres?«

»Der Getötete, ein Herr Max Meindl, war Gymnasiallehrer in Weißenburg, frühpensioniert, 66 Jahre. Schusswunde. Muss jedoch nicht die Todesursache sein. Leiche liegt im Graben unter einer Holzbrücke, und neben der Brücke fand sich ein Spaten. Meindl könnte also ein Hobby-Archäologe gewesen sein.«

Wörle machte sich Notizen zum Fall. Lockerte den Gürtel der eng gewordenen Hose ein wenig. Hoffentlich blieb ihm heute Abend nach der Leiche Zeit, eine neue Jeans zu kaufen.

»Du weißt, heute ist K-Leiter-Besprechung. Ich komm also später zum Tatort«, schloss Arnschwanger seinen Bericht. Damit war klar, dass Wörle sich allein auf den Weg machen würde, was ihm recht war. Blieb zu hoffen, dass der zuständige Oberstaatsanwalt vor Ort war. Sosehr er Julia liebte und sie hoffentlich ihn – für diese Liaison war die Landstadt Ansbach zu klein. Die Kripo hier war nicht groß, und die Staatsanwaltschaft gehörte sogar zu den allerkleinsten in Bayern.

Was dazu führte, dass Liebesbande zwischen diesen beiden Dienststellen nicht so gern gesehen waren. Zu oft hatte man dienstlich miteinander zu tun.

»Ach Gott, mein Ficus!«

Wörle, bereits am Wagen, kehrte zurück in sein Zimmer, goss die Pflanze, verschüttete ein wenig Wasser auf dem Boden. Worauf er, keinen Lappen zur Hand, die kleine Lache mit dem rechten Schuh auf dem Fußboden verteilte. Wasser vom Fränkischen Muschelkalk gab Ränder. Doch darum konnte er sich jetzt nicht mehr kümmern.

35 Minuten später erreichte Wörle den ersten Polizeiposten im Vorfeld des Tatorts, wo sich der Kollege, offenbar ein Neuling, nach seinem Dienstausweis erkundigte und sich dann gestenreich bei ihm entschuldigte. Treuchtlingen war halt kein Hotspot der Schwerkriminalität.

Ebenso wie Ansbach, und das war Wörle, Hand aufs Herz, ganz recht. Zu viel an Bedrückendem wusste er von Kollegen, die sich in Nürnberg oder gar in München mit der organisierten Großkriminalität herumschlugen und vor Stress und Arbeit nicht mehr ein und aus wussten, mit Folgen bis hin zum Suizid.

Wörle fühlte sich wohl in Ansbach. Deshalb hatte er, der sonst gern zauderte, nicht gezögert, als ihm eine neue und schicke Eigentumswohnung in fußläufiger Entfernung zur Kripo Ansbach offeriert worden war. Die Kriminalpolizeiinspektion hatte am Rand der Stadt auf dem Gelände der ehemaligen Ami-Kaserne ihren neuen Sitz.

Bei Julia, befürchtete er, war das anders. Denn ihre kleine Mietwohnung in Eyb mit Blick auf den langen

Schlot der Wurstfabrik »Schafft« ließ darauf schließen, dass sie das beschauliche Ansbach eher als Interim sah. Vermutlich wollte sie in München oder zumindest in Nürnberg Karriere bei der Justiz machen.

Wenn sie sich aus Ansbach wegbeförderen ließe, was dann? Allein der Gedanke, für die Kriminalität des Münchner Oktoberfestes zuständig zu sein, machte ihn schaudern. Und was hätte er von den Pinakotheken und der Staatsoper, wenn sich auf dem Schreibtisch die Aktenberge türmten?

Viel Feind, viel Ehr, jedoch auch viel Stress. Er ermittelte lieber auf dem Lande. Blieb zu hoffen, dass Julia sich dafür noch erwärmte.

Wörle parkte im Dorf Graben, ein Stück vom Tatort weg. Schon als junger KK hatte es sich der mittlerweile 48-Jährige zur Gewohnheit gemacht, die letzten 500 Meter zum Tatort zu Fuß zurückzulegen, um die Gedanken zu strukturieren und das Blut ein wenig abkühlen zu lassen.

Von links drang Gemurmel aus dem Hof des Karlsgraben-Museums, das zuvor sicherlich, wie alles hier, eine Landwirtschaft gewesen war. Auf dem Gelände Teenager – vermutlich eine Schulklasse auf Wandertag, wenige Tage vor den großen Ferien.

Aber etwas stimmte nicht: Kein Schüler wirkte frohgestimmt, es fiel kein lautes Wort. Alle standen versteckt unter einer Linde. Keiner kicherte, alle Blicke waren zu Boden gerichtet.

Wörle besann sich. Arnschwanger gemäß war der Getötete Lehrer gewesen. Wusste die Klasse von der Sache? Hatte ein Schüler die Leiche entdeckt? Nun gut, dies dürften die Kollegen wissen. Von noch geschockten Schülern war nichts Sachdienliches zu erwarten. Also lief Wörle weiter zum Graben, der wenige Meter hinter dem Museum begann. Der Tatort lag von hier eher linker Hand, etwa 200 Meter entfernt, aber Wörle zögerte. »Hans«, hatte ihm EKHK Arnschwanger bei seinem ersten großen Fall mit auf den Weg gegeben, bei einem Mord im Refektorium des früheren Zisterzienserklosters Heilsbronn, »so ein Tatort ist nie reiner Zufall, sondern Omen. Dahinter steckt stets eine Geschichte, die in ferne und dunkle Vergangenheit zurückreicht, oder ein Symbol, also ein Gleichnis.«

Wörle las deshalb die Hinweistafeln über den Karlsgraben. Hier hatte der Überlieferung nach tatsächlich Karl der Große den ersten Rhein-Main-Donau-Kanal errichten lassen. So weit in die Vergangenheit konnte der Mord nicht zurückreichen. Also Symbolik. Wörles wunder Punkt. Um eine Symbolik hatte der Heilsbronner Mord auch gekreist, und nicht er, sondern Arnschwanger war dahintergekommen. »Hans, so leid es mir tut, für einen echten Kriminalkommissar hast du viel zu wenig Fantasie«, hatte sein Vorgesetzter ihm damals gesagt.

Nachdenklich sank Wörle auf eine Bank und dachte an jenen Misserfolg. Und daran, dass er nicht besonders viel über den Karlsgraben wusste, obwohl er im nahen Pappenheim geboren und aufgewachsen war. Außerdem an Julia und ihren Ficus, den er hatte dürsten lassen, und an die neue Jeans mit Bundweite 36, an welcher kein Weg mehr vorbeiführte.

Umso wichtiger war, dass er dieses Mal selbst die Fäden von Anfang an richtig zog.

10 UHR. WENDELIN HARTNAGEL.

Wendelin Hartnagel beugte sich ratlos über Meindls Briefumschlag mit der römischen Münze, die er zusammen mit der Zeitung aus dem Briefkasten gefischt hatte. Worin ein dürftiger Zettel lag, der ihm ebenso schleierhaft war wie die vielen Martinshörner, die vor einer Stunde durch das beschauliche Treuchtlingen gedröhnt hatten.

Max war anscheinend enttäuscht und wollte die Münze nicht behalten, weil sie nicht von den Karolingern, sondern nur von den Römern stammte.

Was hatte Max erwartet? Wer als alter Bücherwurm die Geschichte desto lieber studierte, je älter sie war, der wusste doch, dass Karl der Große an der Altmühl lediglich Zaungast gewesen war. Die Römer dagegen hatten viele Jahrhunderte lang hier gesiedelt.

Und was wollte Max ihm mit der Warnung »Pass gut auf Dich auf« sagen?

Sollte er seinen Freund anrufen? Wendelin hasste Telefonieren. Weil er sich in seiner Unsicherheit oft verhaspelte und selbst Leute, die ihm vertraut waren, an der Stimme nicht erkannte. Als ob er, klein von Gestalt, nicht schon mickrig genug war. Ohne richtigen Beruf, seit er als Beamter des mittleren Dienstes von der Post frühpensioniert worden war. Jetzt arbeitete er als Kirchendiener der hiesigen Pfarrgemeinde. Ohne wirklich geschätzt zu sein.

Appetitlos trank er von seinem Morgenkaffee. Goss den kalt gewordenen Rest in die Spüle und lief in sein

Studierzimmer, wo er Briefumschlag, Zettel und Münze auf sein Stehpult legte und im Sessel Platz nahm, umgeben von Tausenden Büchern, die ihm nicht weiterhalfen. Als erneut ein Martinshorn erscholl, schlurfte er in den Gang zum Telefon. Wählte Max Meindls Nummer und wartete.

Wendelin zitterte, als Max nach mehrmaligem Versuch nicht abhob. Sein guter Freund war kein Frühaufsteher und ging erst mittags aus dem Haus – und das mangels Hobbys und Freunden auch nur entweder zum Einkaufen oder zum Graben im Graben.

»Da stimmt was nicht.«

Entschlossen lief Wendelin ins Schlafzimmer, zog den Pyjama aus, den er meist bis in den späten Vormittag anbehielt, und zog sich ordentlich an. Draußen im Hof schwang er sich auf sein Fahrrad und fuhr zu Meindl. Wie befürchtet, war dieser nicht daheim; sein Benz stand nicht in der Garage.

Wendelin bekam Angst. Kalter Schweiß lief ihm über den Rücken. Schon länger fürchtete Max um seine Gesundheit. Fühlte er sich in Gefahr?

War ihm beim Graben etwas zugestoßen?

Wendelin machte sich trotz seiner Menschenscheu auf den Weg. Gut, dass er sich auskannte und viele Pfade zum Karlsgraben wusste. Niemandem wollte er begegnen, schon gar nicht der Polizei.

Die Sorge um Max stärkte Wendelin den Rücken. Er fuhr nicht die direkte Strecke, sondern um den Nagelberg herum, also hinterrücks an den Rand des Grabens.

Gut, dass er den Benz des Freundes kannte und wusste, wo dieser parkte.

11.15 UHR. KOK HANS WÖRLE.

Nur kurz hatte Wörle den Toten inspiziert, denn viel gab es nicht zu entdecken. Der Körper wies eine Schusswunde in der Leistengegend auf, eine Verletzung, die nicht tödlich gewesen sein musste.

Darauf wies auch der Ort hin, wo tatsächlich ein Schüler des Weißenburger Gymnasiums den Toten im dürrebedingt völlig trockengefallenen Karlsgraben entdeckt hatte. Das Gestrüpp war niedergestreckt, als hätte Meindl zunächst mit dem Tod gerungen. Vielleicht hatte er versucht aufzustehen und um Hilfe geschrien. So jedenfalls der Arzt, der von den Kollegen benachrichtigt worden war und nun Meindls Tod bescheinigt hatte.

Alles Weitere würden die Beamten der Spurensicherung und die Erlanger Rechtsmedizin bald herausfinden. Fachkollegen auf die Füße zu treten oder gar Ratschläge zu erteilen, verkniff sich Wörle stets. Stattdessen suchte er meist das Gespräch mit den Kollegen der Schutzpolizei, die nach dem Notruf als Erste vor Ort waren.

Jenseits des rot-weißen Flatterbandes, das die Straße nach Grönhart absperrte, fand er EPHK Herbert Bachmann, den umgänglichen Chef der Polizeiinspektion Treuchtlingen, den Wörle als erfahrenen Kollegen schätzte.

Der Tote war Gymnasiallehrer in Weißenburg gewesen, rekapitulierte Wörle und langte, weil kein Freund von Tablets und Clouds, nach seinem Notizheft, von denen er stets eins bei sich trug. Meistens von Reclam, deren Gelb ihn besonders inspirierte. Vielleicht hätte er doch Philologie studieren sollen. Ein analoges Fossil brauchte überdies das Blättern. Was erst in den PC umgezogen war, verlor Wörle viel zu leicht aus dem Blick.

»Kollege Bachmann, wissen Sie etwas über Herrn Meindl?«, fragte Wörle schließlich.

Bachmann entfuhr ein tiefer Seufzer. »Er hat uns oft Arbeit gemacht.«

»Ladendiebstahl?«

»Einmal, ja.« Bachmann wies mit dem Kopf in Richtung Dorf, zu diesen Kindern im Museum. »Vor allem Körperverletzung, im Unterricht, also Körperverletzung im Amt. Allerdings eher Backpfeifen als üble Hiebe.«

Wörle nickte, er hatte richtig vermutet. »Dann sind das also Schüler im Museumshof?«

»Ja, eine 7. Klasse auf Wandertag, und einer von ihnen hat Herrn Meindl entdeckt. Der Lehrer, Studiendirektor Remmel, hat gleich einen Notruf abgesetzt. Vorher hat die Klasse auf dem Spielplatz Rast gemacht.«

»War Meindl vor seiner Pensionierung Lehrer dieser Schüler gewesen?«, hakte Wörle nach.

»Ist eher unwahrscheinlich, es ist eine 7. Klasse, und Meindl ist bereits seit Jahren im Ruhestand.«

Somit dürfte der nur 66 Jahre alt Gewordene frühpensioniert worden sein. Wörle nahm den Bleistift aus seiner Hemdenbrusttasche und machte sich weitere Notizen.

»Wo ist Herr Remmel jetzt?«

»Im Museum, bei den Schülern. Die stehen alle ziemlich unter Schock.«

»Hat er Ihnen Näheres berichtet?«

»Eher angedeutet.«

Wörle merkte auf. War Bachmann ob dieser Frage einen Zoll kleiner geworden?

»Haben Sie Herrn Remmel gezielt danach gefragt, ob er von mehr weiß als nur von ausgerutschten Händen?«

»Herr Remmel war sehr geschockt.«

»Nachvollziehbar«, meinte Wörle. Half nichts, er musste sich Remmel vorknöpfen, möglichst noch vor Ort.

Bachmanns Smartphone meldete sich. Er nahm den Anruf entgegen und lief auf der Straße auf und ab, ein Mäandern, das Wörle gut kannte. Kam es hart auf hart, milderte das die Anspannung ein wenig.

Bald tat Wörle es ihm gleich. Wobei ihm auffiel, dass das Gras auf dem Feld jenseits der Straße großflächig platt gewalzt war, als hätte dort einer mit einem schweren Fahrzeug oder sogar mit einem Anhänger rangiert. Was sich Wörle in sein Heft notierte, um später die Kollegen der Spurensicherung zu informieren.

Nicht minder aufregend war, was ihm Bachmann zurief, das Handy noch in der Hand: »Ein guter Freund des Getöteten hat vor ein paar Minuten bei der Dienststelle angerufen, ein Herr Wendelin Hartnagel. Er hat Meindls Auto gefunden, auf der Ostseite des Karlsgrabens. Abseits der Straßen auf einem Feldweg.«

»Wegen des Autos ruft er die Polizei?«, fragte Wörle zurück. »Kommt mir komisch vor. Woher soll er wissen, dass es das Auto eines Mordopfers ist?«

»Das weiß er nicht. Er rief wegen eines Hundes im Kofferraum des Wagens an, der sich nicht mehr rühre und zu ersticken drohe«, erläuterte Bachmann. »Das Auto steht in der prallen Sonne. Vielleicht hat Meindl den Hund in der Nacht dort eingesperrt, bevor er selbst ermordet wurde.«

»Ist der Kofferraum von außen einsehbar?«

»Ja, die Hutablage fehlt.«

Es folgte ein Zunicken in beiderseitigem Einvernehmen. Bachmann gab der Dienststelle Bescheid: »Sagen Sie dem Mann, dass er vor Ort bleiben soll, wir kommen zu ihm.«

Wörle und Bachmann machten sich umgehend auf den Weg – begleitet von Axel Mader von der Spurensicherung, der sich auf das Öffnen verschlossener Autos verstand. Fürs Erste des Hundes wegen. Falls er tatsächlich darin gefangen war, schwebte er in Lebensgefahr.

Das Auto des Getöteten passte ins Bild. Ein älterer Benz mit Heckklappe, ein verwitterter »D«-Aufkleber neben dem Euro-Nummernschild, auf dem Fahrersitz Schonbezüge aus mausgrauem, verschlissenem Fell.

»Gott sei Dank, endlich«, ließ sich Herr Hartnagel, der Finder und Anrufer, vernehmen. »Armer Pippin!«

»Pippin?«

»So heißt der Hund.« Hartnagel brach die Stimme, er zeigte zur Heckklappe und fuhr unter Tränen fort: »Er reagiert nicht auf meine Klopfzeichen. Hoffentlich ist er noch am Leben!«

Wörle nickte Mader zu, der das betagte Kofferraumschloss in Sekunden knackte.

Beißender Dampf schlug den Beamten aus dem Kofferraum entgegen. Auf einer völlig zerwühlten Decke lag ein Dackel, der sich nicht mehr regte. Um ihn herum eingetrockneter Kot, und es stank nach Urin.

»Atmet aber noch«, stellte Mader fest.

Hartnagel wich einige Schritte zurück, bleich im Gesicht. Okay, das ging einem auch zu Herzen.

Bachmann nahm aus seinem Rucksack eine Flasche Wasser und schraubte sie auf.

»Langsam!« Mader trat zwischen Bachmann und den Hund. »Ja nicht kaltes Wasser einflößen, das kann für den Hund tödlich sein. Und Spurenschutz! Auch der Hund könnte wichtig sein.«

Die Beamten streiften sich sterile Handschuhe über, danach hoben sie den Hund mithilfe der Decke vorsichtig aus dem Wagen und brachten ihn an eine schattige Stelle am Rand des Grabens. Wo Mader noch etwas auffiel: Pippin hatte eine flache Wunde, jedenfalls eine schorfige Stelle, am linken Hinterlauf. Sie könnte aus einer Rauferei unter Rüden resultieren, aber auch die Folge von Züchtigung sein.

Wörle sah sich nach Hartnagel um, doch der hatte sich in die Büsche verdrückt. »Wie gefühllos von diesem Meindl, bei dieser Hitze ein Tier einzusperren«, schnaubte Wörle.

Zum Glück kannte Bachmann in der Nähe einen Tierarzt und verständigte diesen telefonisch.

Gleichzeitig beorderte Wörle den nicht nur verschreckten, sondern auch scheuen Zeugen Hartnagel wieder her und nahm ihn, einfühlsam, wie er war, ein Stück beiseite, bevor er ihn fragte: »Was wissen Sie über Meindl, kannten Sie ihn näher? Waren Sie mit ihm befreundet?«

Der Zeuge nickte, schüttelte sich, noch immer kreidebleich im Gesicht. »Tut mir leid, wissen Sie, ich habe eine Hundephobie. Was ist mit Max? Wieso sprechen Sie von ›Spurenschutz‹?«

Eher eine Menschenphobie, dachte Wörle, behielt es aber für sich. Wie viel Überwindung mag es Hartnagel gekostet haben, die Polizei zu verständigen? »Ganz ruhig, Herr Hartnagel. Was hat Sie hierher an den Tatort geführt?«

»Warum ›Tatort‹? Ist er tot?«

»Ja.«

»Wo ist es passiert?«

»Auf dem hölzernen Steg über den Karlsgraben nahe des Spielplatzes.«

Hartnagel nickte verwirrt.

»Ja, wenn man's so nennen will, war ich mit Max befreundet. Aber ...«

»Aber?«

»Wir sammeln beide Bücher, sonst nichts. Wir kennen uns bloß vom Sehen.«

»Nichts Neues. Wann haben Sie sich zuletzt gesehen?«, fragte Wörle und bereute es im gleichen Atemzug. Zu viel Zynismus war der Sache abträglich.

Hartnagel kratzte sich an der Stirn, als kitzelte ihn was. »Am Sonntag in der Messe.«

»War Meindl wirklich ein so einsamer Mensch? Er hatte doch Pippin.«

Hartnagel schwieg, hielt die Hände gefaltet, ließ die Daumen umeinanderkreisen – unschlüssig, ob er nun Ross und Reiter nennen soll.

»Ja«, brachte der Zeuge schließlich hervor. »Genau

deshalb versteh ich das nicht. Max hatte Pippin stets mit dabei, wenn er hier grub. Weil er, so vermute ich, sich mit ihm sicherer fühlte.«

Weitere passende Puzzlestücke, am Tatort hatte ein Spaten gelegen.

»Wonach grub Meindl?«

»Nach etwas von Karl. Karl dem Großen, dem Erbauer des Karlsgrabens.«

Wörle legte seine rechte Hand sacht auf Hartnagels Schulter. Der zuckte zusammen. Löste jedoch die Hände voneinander und schaute zu Wörle auf.

Seiner Kleidung und seinen Gesten nach war er vielleicht ein kleiner Beamter, dachte Wörle, etwa 60 Jahre alt, ein Mensch, dem womöglich in seiner Kindheit Liebe und Wärme versagt geblieben waren. Nicht untypisch für die Generation jener Kinder, deren Väter Flakhelfer oder als Minderjährige für den Volkssturm eingezogen worden waren. Ein Mann, der überdies zu Meindl passte. Vielleicht hatte er auch mal mit ihm den Spaten in den Graben gestochen, mit ihm auf das Sammlerglück gehofft.

»Ich fühle mit Ihnen.« Wörle reichte Herrn Hartnagel, der nun mit den Tränen kämpfte, ein Taschentuch. »Sie haben einen guten Freund verloren. Ihnen ist es ein Anliegen, dass der Täter gefasst wird. Daher meine Frage: Hatte Max Feinde? Wer könnte ein Motiv haben?«

Erneut sank Hartnagels Blick. »Das ist, wie bei Fontane, ›ein zu weites Feld‹.«

Eher ein steiniger Juraacker, überlegte Wörle bei sich und hakte nach: »Dann sagen Sie es uns bitte. Denn wir finden es auch so heraus.«

»Max war, wie nennt man das heute gleich? Übergriffig. Ja genau, übergriffig.«

Wörle zog nun erste Bilanz. Allmählich fügte sich alles zusammen. Lehrer Meindl übergriffig, körperliche oder sexualisierte Gewalt, und deshalb frühpensioniert. Dazu sein Graben nach einem seit über 1.000 Jahren toten Kaiser.

Hartnagel wirkte erleichtert. Stellte Blickkontakt mit Wörle her und fragte: »Ob er wohl durchkommt?«

»Wer?«

»Pippin.«

Wörle schüttelte es. Er dachte an die Wundmale, die er an dem Dackel entdeckt hatte. Die nur einen Schluss zuließen: Auch vor seinem Hund hatte Meindls Aggression nicht Halt gemacht. Er hatte Pippin einen Tritt von hinten gegeben und ihn eiskalt im Benz eingesperrt. Ihn, der den Mörder hätte überraschen und seinem Herrchen das Leben retten können.

»Pippin kommt durch, Dackel sind zäh«, erklärte Wörle und begleitete Herrn Hartnagel zu seinem Rad.

11 UHR. RICARDA HELD.

Wider Erwarten hatten Ricarda keine Albträume gequält. Auch war ihr Schlaf lang und erholsam gewesen.

Nun saß Ricarda mit einer Kanne starkem Kaffee und den aus Erlangen mitgebrachten Muffins auf der morgens vom Haus beschatteten Terrasse und rätselte über die vielen Martinshörner an diesem Morgen. Einsatzwagen, die unmittelbar nacheinander und ihrem Gehör nach in Richtung Nordost unterwegs gewesen waren, dem Karlsgraben oder dem Nagelberg zu.

Inzwischen war es kurz vor 11 Uhr. Die Sonne züngelte ums Eck und trieb Ricarda, die allzu Sommersprossige, zurück ins Haus, in dem es in den Jahrhundertsommern der letzten Jahre fast unerträglich heiß wurde. Wogegen viele dünn- und hellhäutige Menschen Bäume, Büsche oder Rhododendren angepflanzt hätten. Nicht jedoch ihr lieber Matthias, der Architekt von Licht und Transparenz. Kein Baum, kein Gehölz durfte Schatten bei ihm spenden. Ricarda hatte dies akzeptiert. Nachdem er an Krebs erkrankt und deswegen nicht unerwartet, aber doch plötzlich verstorben war, hatte sie es so belassen, froh darum, keine Bäume und Hecken stutzen zu müssen. Es hätte, zumal sie meist in Erlangen wohnte, noch mehr an ihren Kräften gezehrt.

Ricarda lief ein leichter Schauer den Buckel hinab. Zu viel Karlsgraben auf einmal. Baldaufs Biergarten-Projekt, das es zu verhindern galt. Der Zug, in dem sie gestern heimgefahren war und der per Notbremsung vorm Karlsgraben zum Stehen gekommen war. Nun die Blaulichter Richtung Graben, der außerdem nur wenige Kilometer von der Wülzburg entfernt lag, in welcher die Nazis gegen Kriegsende unschuldige Zivilisten aus den besetzten Gebieten im Osten und aus der Sowjetunion eingepfercht hatten.

Dazu das Auto, das sie gestern am Bahnhof beinahe erfasst hätte, und das Rätsel über ihren angeblich tödlich verunglückten Vater. Hing das alles irgendwie zusammen? Und warum jetzt alles auf einmal?

Egal, zuerst zum Einkaufen. Kühlschrank und Sprudelkästen waren leer. Dazu Berge von Wäsche, durchgeschwitzte Tops und Leinenhosen, doppelte Haushaltsführung in Erlangen und Treuchtlingen. Immer wieder hatte sie erwogen, das Appartement in der Universitätsstadt aufzugeben und zur Uni zu pendeln. Es wäre Gelegenheit dazu, weil ihr im Winter ein Forschungsfreisemester zustand. Aber auch solche Semester waren mit Präsenzpflichten verbunden, zwei Tage pro Woche, eingerahmt von hautnahem Körperkontakt in den überlasteten Regionalzügen.

Ricarda lief ins Haus. Streifte den Pyjama ab, den sie noch immer trug. Sie ging nackt ins Bad, bestieg mit dem teuersten Gel die Dusche, zehn Minuten Schaum und Wasser, dem grünen Parteibuch zum Trotz.

Das Weitere ergab sich von selbst: Zu ihrem weißen Lieblingsleinenkleid, das sie im Angesicht ihrer Kolleginnen an der Uni in Erlangen niemals trug, stieg sie in ihre luftig ausgelatschten Ballerinas und ging mit ihrem Einkaufskorb und dem leeren Sprudelkasten aus dem Haus.

Wo ohne ihren kleinen Honda die nächste Sünde wartete: eine Fahrt mit Matthias' altem BMW-Cabrio, das er, obwohl auch Mitglied der Grünen, um der Landpartie am Sonntag willen nie hatte missen wollen. »Kleinere Sünden gehören halt mit dazu.« Satter Hubraum, hohe Drehzahl. Pure Rebellion wider jede Vernunft. Der betagte Motor reichte allenfalls für die gelbe Plakette. Sonntägliche Touren ins Altmühltal, manchmal sogar bis ins Allgäu, mit erfrischendem Tonic aus der Kühlbox, gespeist vom teuren Strom aus dem Zigarettenanzünder, und alle Sorgen weitab. Wer wollte es Ricarda verdenken, dass sie seit Matthias' Tod den Wagen noch inniger hegte und pflegte? Und er dankte es ihr normalerweise mit einem butterweichen Start, auch nach langer Standzeit.

Desto größer war Ricardas Schreck, als der Wagen erst im dritten Anlauf startete; jede kurze Strecke wäre ein weiteres Risiko. Deshalb fuhr sie am Kreisel nicht direkt Richtung Speckgürtel und Supermärkte, sondern durch Treuchtlingens Zentrum und von dort die Straße hinauf in den Hahnenkamm, die Gänge ausdrehend, damit die Lichtmaschine lieferte. Wie immer war es in Auernheim, dem höchstgelegenen Dorf weit und breit, spürbar kühler, und das offene Verdeck fächelte viel Luft zu, gegen stickige Gedanken an Erlangen und die Uni, an die zunehmend schwierige Anwerbung von Drittmitteln und an ihr zu kleines, der sengenden Hitze des fränkischen Beckens ausgeliefertes Appartement. Sie genoss die Fahrt durch Hechlingen bis nach Ostheim und über Heidenheim zurück nach Treuchtlingen.

Oberhalb des Bahnhofs erinnerte sie sich an die Martinshörner der Polizei, die an diesem Morgen durch den

Ort gegellt hatten. Ricarda bog von der Ortsstraße ab, in die Wettelsheimer Straße hinab zur Bahnhofsunterführung. Durchquerte diese und erreichte die Stelle, wo sie in der Nacht beinahe von diesem flüchtigen Gespann erfasst worden wäre. Und bog nun, einer Eingebung folgend, nach links zum Karlsgraben ab.

Ricarda kam nicht weit. An der Polizeiinspektion traf sie schon auf den ersten Posten. An der Bahnunterführung, durch die es zum Dorf Graben und damit zum Karlsgraben ging, untersagte ihr ein stämmiger Beamter die Durchfahrt und wich ihrer Frage nach dem Warum aus.

12.15 UHR. KOK HANS WÖRLE.

Dank des rasch eingetroffenen Tierarztes hatte Dackel Pippin überlebt.

Und er wies den Feststellungen des Arztes gemäß zweifelsfrei Spuren von Misshandlung auf, nicht nur an der schorfigen Stelle an den Hinterläufen. Der Arzt stellte deshalb eine forensische Untersuchung des Tieres anheim.

»Eins ist noch offen«, gab Kollege Mader nun zu bedenken. »Nämlich ob es wirklich Meindl war, der Pippin gezüchtigt und in den Kofferraum gesperrt hat.«

»Wer sonst?«, fragte Bachmann, der Chef der PI Treuchtlingen, der nach Wörles Eindruck mit jeder Minute einsilbiger geworden war.

Zeit für eine Erfrischung. Zu trinken gab es am ehesten in dem Graben-Museum im Dorf, und dort hoffte Wörle, die Schulklasse und den Lehrer, der Meindls Kollege gewesen war, noch anzutreffen.

Wörle verabschiedete sich vorläufig von Mader und bedeutete Bachmann, ihm in das Museum zu folgen.

»Meinen Sie wirklich, ich soll mit rein?«, fragte Bachmann vor dem Museum. »Uniformierte Polizei schüchtert unsichere Zeugen nur ein. Keiner dieser Schüler dürfte je mit der Polizei zu tun gehabt haben.«

Der Lehrer vermutlich schon, überlegte Wörle, verkniff es sich jedoch. Er widerstand auch aller Versuchung, Bachmann nach seinem Geheimnis zu fragen, das dieser zu hüten schien, bat ihn aber, wenigstens in der Nähe zu bleiben, was Bachmann gesenkten Blickes zusagte. Wörle schaute Bachmann hinterher und war sich jetzt gewiss: Der trug etwas mit sich herum, was ihm unangenehm war.

Der Inhaber des Karlsgraben-Museums schien außer Haus zu sein. So jedenfalls eine Frau Mayer, nachdem sie Wörles Kripo-Marke begutachtet hatte. Neben ihr ein Kasten Apfelschorle, fast leer; sicher hatte sie den Schülern Getränke gereicht. Sie öffnete die letzte Flasche und drückte sie Wörle in die Hand.

»Vielen Dank.« Er trank die Schorle in einem Zug.

Ein halber Liter, den er aufsaugte wie ein trockener Schwamm. »Sie sind also nicht die Chefin hier?«

Nein, der Herr des Hauses sei »momentan in der Stadt«, womit sie Treuchtlingen meine, nicht Weißenburg oder Nürnberg. »Falls Sie den Herrn Lehrer suchen, dort steht er«, schloss sie ihren Bericht und deutete mit dem Zeigefinger auf einen Herrn im Museumshof, den Wörle etwa auf Ende 50 taxierte.

Der Lehrer, umringt von nach wie vor schweigsamen Schülern unter der Linde, telefonierte mit seinem Handy und drehte sich prompt von Wörle weg. Anscheinend ahnte er, dass er es nun mit einem KOK zu tun bekam. Desto mehr lohnte es sich, ihn zu Ende telefonieren zu lassen und ihn danach in die Mangel zu nehmen.

Wörle wandte sich erneut Frau Mayer zu: »Wo wohnen Sie?«

»In Pleinfeld, warum?«

15 Kilometer, sinnierte Wörle, da half sie hier sicher nur im Notfall aus. Blieb die Frage, die er Frau Mayer sofort stellte: »Wieso ist der Museumsinhaber nicht hier? Es sind doch Schüler zu Gast.«

»Äh, wie gesagt, weil er dienstags stets auswärts arbeitet, das Museum hat eigentlich an diesem Tag geschlossen. Und weil die ganze Meute den Kühlschrank leer getrunken hat. Morgen ist schließlich wieder geöffnet.«

»War er also noch da, als die Leiche gefunden wurde?«, fragte Wörle. »Will er etwa unliebsamen Fragen aus dem Weg gehen?«

»Noch etwas zu trinken, Herr Kommissar?« Frau Mayer trotzte seinem Blick. »Weil Sie die Flasche gerade so schnell geleert haben, meine ich. Nicht dass Sie uns verdursten.« Worauf sie sich mit schnalzenden Flip-Flops ins Museumsgebäude verzog und nach kurzer Zeit mit einer von wo auch immer aus dem Hut gezauberten weiteren Flasche Schorle zurückkehrte und sie ihm reichte. Dazu eine auf den Namen des Museums lautende Visitenkarte. »Sehen Sie«, erklärte sie schnippisch, »hier drückt sich niemand vor etwas. Ganz im Gegenteil, mein Chef ist über diese Bluttat erschüttert und hält sich für Sie zur Verfügung.« Was arg auswendig gelernt klang, aber nicht von vornherein unglaubwürdig schien.

»Danke.«

Wörle steckte die Visitenkarte ein. Öffnete die Flasche Schorle und sah sich beim Trinken nach dem Lehrer um, der nunmehr zu Ende telefoniert hatte und weiterhin von allen Schülern umringt war. Ihren Wortfetzen nach zu schließen, sollte ein Bus die sichtlich verängstigten Schüler zurück nach Weißenburg bringen.

Wörle zückte sein Büchlein in Gelb und ergänzte seine Notizen. Ein Toter, von einer Schusswaffe verletzt, jedoch womöglich nicht an dieser Verletzung verstorben. Ein Hund namens Pippin, der, wäre er mit dabei gewesen, seinem Herrchen vielleicht das Leben gerettet hätte. Das Herrchen schließlich, der Übergriffige, vermutlich handgreiflich geworden an den Schülern und an Pippin. Pippin wiederum benötigte ein neues Zuhause. Ein Herrchen, das es gut mit ihm meinte. Kam dieser Zeuge Hartnagel, der Finder und Retter des Hundes, dafür infrage?

Wörle haderte mit sich, er hatte ihn bereits entlassen, ohne ihn danach zu fragen. Ein Kardinalfehler. Hartnagel war so betroffen über Pippins Martyrium gewesen, dass er sicher Ja gesagt hätte.

Blieb der Karlsgraben. Der Spaten neben dem Toten. War der das Gleichnis, eine alte Geschichte dahinter, das Graben hier im Graben? Ja, Mord verjährte nicht. Aber bis zum Kaiser der Franken reichte die Geschichte nicht zurück.

Wörle lief nun auf den Lehrer zu, der sich als »Studiendirektor Remmel« vorstellte. Er gab sich selbst mit seinem Namen und »Kripo Ansbach« zu erkennen, worauf sich alle Schüler in die Museumsscheune zurückzogen.

Wörle kondolierte zunächst – schließlich hatte Remmel einen Lehrerkollegen verloren.

»Lehrerkollegen«, echote dieser. Räusperte sich. »Verzeihen Sie, die trockene Luft.«

»War er für Sie kein Kollege?«, fragte Wörle beiläufig. Ihm war nicht entgangen, dass der Blick dieses Lehrers ins Ungefähre gerichtet war.

»Schlimm.« Remmel rang nun erkennbar nach Worten. »Der Anblick ...«

»Der Anblick, schlimm?«, hakte Wörle ein. »Er ist nicht wirklich übel zugerichtet.«

»Das ist es nicht, der Leichnam, meine ich, es ist ...« Remmel hob zaghaft den Blick, und Wörle begriff. Er nickte dem Lehrer ermutigend zu.

»... sein Blick. Als hätte er mit einem solchen Ende gerechnet und sich dem gefügt, wie in eine Strafe.«

»Das müssen Sie mir näher erklären.«

Remmel biss sich auf die Unterlippe, wand sich wie ein Aal in des Fängers Hand. Und hatte dann das Glück, dass zwei Atemzüge später der gecharterte Bus vor dem Museum hielt. Nun war er wieder der Alte, weil er die Rolle, die ihm lag, annehmen konnte, die Rolle des Pädagogen.

Wörle ließ ihn gewähren. Herr Remmel schleuste die Schüler mit rudernden Armen zum Bus. Kein Gelächter, kein vorlautes Wort war zu hören. Wörle, ledig und ohne Kinder, begriff nun vollends, wie traumatisiert die Schulklasse sein musste. Deshalb hielt er sich zurück. Erst als alle Schüler im Bus saßen, bestellte er Herrn Remmel für den morgigen Nachmittag ein, zur Vernehmung in Ansbach.

»Zur Kripo«, wiederholte Remmel kreidebleich und stieg ohne Gruß an Wörle vorbei in den Bus.

12.45 UHR. RICARDA HELD.

Zurück in Treuchtlingen zerstreute das Raunen im E-Center Ricardas letzte Zweifel.

Im Graben, auf der Holzbrücke unterhalb des Spielplatzes, sei Max Meindl erschossen worden, ein pensionierter Lehrer und Reliquiensammler, der in der Fossa Carolina gern nach dem Frankenkaiser grub.

Den Namen kenne ich, überlegte Ricarda, während sie den Einkaufswagen füllte, und ließ ihre Flasche Milch aus dem Kühlregal zerstreut zu Boden fallen. Zum Glück war diese aus Plastik.

Hatte nicht ihre Tochter Ella, die vor nunmehr fünf Jahren am Weißenburger Gymnasium Abitur gemacht hatte, etwas über Herrn Meindl erzählt?

Eine weitere Frage beunruhigte Ricarda: Warum war der BMW so schlecht angesprungen? Deshalb fuhr sie nach dem Einkauf zu Korn, der Matthias damals das Cabrio verkauft hatte.

Korn gab Entwarnung. »Die Batterie ist intakt, Ihr Wagen wollte halt Streicheleinheiten«, erklärte er, den Spannungsprüfer in der rechten Hand, den linken Unterarm nah an ihrem. In Erlangen hätte Ricarda sich unmissverständlich dagegen gewehrt; jetzt war sie froh, dass mit dem Wagen alles in Ordnung war.

Es folgte sein Lächeln, das so gewinnend war, dass sie sich von ihm einen Mercedes 500 präsentieren ließ, an dem er sogleich am Motor herumdrehte. Mit einer Unbefangenheit, die Ricarda erschauern ließ, sie aber beeindruckte. Faszination Geschichte, zwar nur des Automobils, doch ohne Scheu und schlagendes Gewissen. Ein Schlitten, so hoch geschlossen, dass der steife Hut Konrad Adenauers darunter passte. Oder der eines seiner Adjutanten mit Nazi-Vergangenheit. Egal, Korn schraubte, tat es mit einer Zärtlichkeit, dass sie ihn ohne Deutschstunde und Geschichtsunterricht gewähren ließ.

Und dies nahe der Wülzburg, über die Ricarda forschte, nahe der Kriegsopfergedächtnisstätte am Nagelberg, ganz zu schweigen von dem paramilitärischen Reichsarbeitsdienstlager der Nazis in Treuchtlingen selbst. Zeitgeschichte, die es zu wahren galt. Die auszuforschen ihr Auftrag blieb. Und wegen der Ricarda sich schließlich von Korns Benz lossagte und den Heimweg antrat.

Pit Baldauf kam ihr wieder in den Sinn. Sie war sich mittlerweile fast sicher, dass er in dieser Nacht am Steuer des Autos mit Hänger gesessen hatte und er womöglich auch hinter der Tötung Meindls steckte.

Zu Hause angekommen, nahm Ricarda das Telefon aus der Ladeschale, setzte sich damit aufs Sofa und rief ihre Tochter Ella an, die Meindl noch als Schülerin erlebt hatte.

13.15 UHR. KOK HANS WÖRLE.

Auf dem Weg zurück zum Tatort lief Wörle ausgangs des Dorfes an einem ihm bekannten BMW vorbei, ein leichtes Bauchkribbeln war die Folge. Arnschwanger, sein Chef, hatte zwar angedeutet, er werde nach der Besprechung der Kommissariatsleiter ebenfalls zum Tatort kommen. Doch besaßen Arnschwangers Beteuerungen oft kurze Halbwertszeiten und es fand sich für ihn ein weiterer Termin, der ihn an der Kärrnerarbeit des ersten Zugriffs hinderte. Kam er dann doch herbei, musste die Sache Staub aufgewirbelt haben.

Und in der Tat – als Wörle den Spielplatz oberhalb des Tatorts erreichte, standen Arnschwanger und Bachmann dicht an dicht an der Schaukel und steckten die Köpfe zusammen. Sein Chef beriet sich also mit dem Chef der PI Treuchtlingen, der sich Wörle gegenüber reserviert gezeigt und sich anschließend zurückgezogen hatte.

War da nicht noch etwas gewesen, links der Straße auf dem derzeit brachliegenden Feld? Richtig, Wörle hatte frische Reifenspuren gesehen, so viele und markante, dass es nicht bloß ein VW Polo gewesen sein konnte. Eher ein größeres Auto, vielleicht sogar mit Anhänger.

Wörle überlegte. Seiner Intuition folgend ließ er Arnschwanger und Bachmann vorerst allein und lief links die Böschung hoch, um das Ganze genauer zu betrachten, insbesondere dort, wo das Gras am meisten niedergestreckt war.

»Ja, da schau an, was haben wir denn da?« Wörle beugte sich über ein Stück Stacheldraht zwischen zwei Grasbüscheln. Er zügelte sich. Den Kollegen der Spurensicherung vorzugreifen, machte böses Blut. So ließ er das Fundstück liegen, eilte über die Straße und ging auf Arnschwanger zu, der ohne Bachmann vor der unbarmherzigen Sonne auf eine Bank im Schatten geflüchtet war und auf Wörle zu warten schien.

»Was gibt es Neues?«, fragte Wörle. Gern hätte er gewusst, warum Bachmann nicht mehr vor Ort war. Aber dies würde er auch so herausfinden.

Arnschwangers Stirn lag in Falten und er kraulte sich über sein Kinn. »Droht Kreise zu ziehen. Großhotelier Baldauf könnte etwas mit der Tat zu tun haben. Schon delikat genug, aber es ist noch schlimmer: Auch die PI Treuchtlingen scheint darin verwickelt zu sein.«

Wörle zog den Kopf ein. Jetzt wusste er, warum Bachmann so wortkarg gewesen war. »Inwiefern?«

»Baldauf lieferte sich in dieser Nacht eine Verfolgungsjagd mit einem Streifenwagen der PI Treuchtlingen. Er fuhr einen SUV mit Anhänger, der nicht ihm gehört, sondern Dienstgruppenleiter Tom Brecht. Ein Schwager Baldaufs. Der hat sich zum Glück offenbart, gewiss auf Bachmanns Geheiß. Was es freilich nicht besser macht.«

Wörle pfiff durch die Zähne. Zumal SUV mit Hänger genau zu der Spurenlage auf der Wiese passte. Fragte sich nur, warum Bachmann es ihm nicht hatte sagen wollen.

»Setz dich«, murmelte Arnschwanger und deutete neben sich auf die Bank. »Arzt und Spurensicherung haben bereits erste Erkenntnisse.«

Wörle, plötzlich mulmig im Magen, sank auf die Bank. »Ganz meinerseits.«

»Lass hören.«

Wörle berichtete kurz über Meindl, Pippin, die Einlassung von Studiendirektor Remmel und über das Stück Stacheldraht vis-à-vis. Darauf fragte er Arnschwanger: »Was für ein Auto fährt Brecht?«

»Einen dicken BMW.«

»Ist die Staatsanwaltschaft informiert?«, erkundigte sich Wörle. Schon war er wieder da, sein flauer Magen. Hoffentlich nicht Julia.

Arnschwanger beruhigte ihn, Oberstaatsanwalt Röder sei auf dem Weg zum Tatort. Doch Arnschwangers Blick verriet alles. »Überlege dir das mit Frau Grünberg, bitte. Ansbach ist zu klein für so eine Beziehung.«

»Was weiß die Spurensicherung?«, versuchte Wörle von dem leidigen Thema abzulenken.

»Meindls Spaten ist definitiv kurz vor der Tat zum Einsatz gelangt, und wir wissen bereits wo«, berichtete Arnschwanger. »Unser Toter war im Besitz diverser Schlüssel und eines Geldbeutels. Außerdem wurde eine Patronenhülse gefunden, der Täter schoss mit einer Jagdwaffe.«

»War Meindl in der Jägerszene aktiv?«

»Meindl nicht, wohl aber Hotelier Baldauf, der Draufgänger im Duell mit dem Streifenwagen der Treuchtlinger Polizei. Also genug Ärger. Zumal Baldauf ein Beschuldigter wäre, der mit harten Bandagen kämpft.«

»Noch was.« Wörle wies über die Straße auf die Wiese. »Ich habe da drüben nicht nur den Stacheldraht, sondern auch Reifenspuren entdeckt. Vielleicht hatte Baldauf, als er vor den Treuchtlinger Kollegen geflüchtet ist, Stacheldraht geladen und ist beim Abladen von Herrn Meindl gestört worden.«

Arnschwanger nickte. »Könnte sein. Erklärt aber nicht, wieso Baldauf, falls er es war, auf Meindl geschossen hat.«

13 UHR. PIT BALDAUF.

Zufrieden beendete Pit das Telefonat, das er gerade mit Jochen Herbst, seinem engen Vertrauten in Graben, geführt hatte.

Jochen, der Pits Großvater Wilhelm Baldauf noch persönlich begegnet war und nie etwas über diesen ausplaudern würde, war im Morgengrauen mit seinem Anhänger zum Karlsgraben gefahren und hatte die verräterische Drahtrolle weggebracht.

Auch mit Jost Saalfrank hatte er telefoniert. Hatte ihn wegen der versprochenen Waffe vertröstet, ohne dass der gemosert hätte. Gut, dass man diese Knarren auch im Netz bestellen konnte, und notfalls gab es das Darknet.

Pit sah auf die Uhr. Schon kurz nach eins. Um zwei war er an der Schlungenhofer Scheune verabredet – mit Steve, der letzte Nacht Forderungen gestellt hatte, anstatt seinem Vater zu gehorchen.

Besser also, er zitierte Steve her und sie fuhren gemeinsam den restlichen Draht nach Schlungenhof. Fünf Kilometer, die ausreichen sollten, sich seinen Filius gehörig zur Brust zu nehmen. Was der sich nebenbei alles herausnahm: kreative Spaziergänge am Altmühlsee, vor allem jedoch Fortbildung in Sachen Öffentlichkeitsarbeit, Onlinekurse für Compliance. Pit schnaubte, allein dieses Wort ließ ihm die Zornesadern anschwellen.

Er hatte sein Handy schon in der Hand. Dann aber schaltete er die Ortung aus, steckte das Teil in die

Gesäßtasche und lief nach draußen, wohl wissend, dass Steve um diese Zeit von seinem Spaziergang zurückkehrte.

Am Auto seines Schwagers, dessen Verstrickung in die Tat ihnen unversehens zum Problem geworden war, steckte sich Pit eine filterlose Zigarette an. Schwor sich, dass sie seine letzte sein würde, und tat einen derart tiefen Zug, dass ihm die glühheiße Asche auf den nackten linken Fuß fiel, der bloß in einem Flip-Flop steckte.

Er wischte sie mit dem rechten Schuh ab und sammelte sich. Die zuständigen Beamten der Kripo Ansbach hatte er bereits eruiert.

Seine Gegner: Fred Arnschwanger, Chef des Kommissariats und eher nicht von Traurigkeit, ferner KHKs und KOKs, darunter ein KOK Hans Wörle, der anscheinend zum Jagen getragen werden musste.

Steve kehrte zurück. Pit öffnete energisch die Garage, in der Wagen und Hänger des Schwagers standen, und bedeutete seinen Sohn mit dem Kopf zu sich.

Steve sah auf die Uhr. »Jetzt schon?«

»Avanti!« Pit nahm am Steuer Platz. Langte nach rechts und öffnete dem Filius die Tür. »Es sind Entscheidungen zu treffen, die es in sich haben. Da kann ich keinen Zauderer neben mir brauchen.«

»Sei froh, dass ich nicht so explosiv bin.«

»Inwiefern?«

»Gäbe es nur Draufgänger hier auf der Welt, hätten sie alles längst in die Luft gesprengt.«

Pit hob die Brauen. Startete den Motor. Vorsichtig steuerte er das ungewohnte Gespann aus der Garage und rückwärts auf die Straße.

Es half nichts, zumindest Steve sollte er ins Vertrauen ziehen, damit er über die Sache grob im Bild war.

»Hast du was ausgefressen?«, fragte Steve prompt.

»Ist eine lange Geschichte.«

Steve schwieg, sein Blick war fokussiert und kaum zu entschlüsseln. Stets war Pit darauf stolz gewesen, dass Steve das gleiche Pokerface war wie er. Nun hingegen wartete Pit sehnlich darauf, dass Steve zu ihm herschaute.

Erst hinter dem Kreisel Weißenburger Straße gönnte Steve ihm diesen Blick und fragte erstaunlich gelassen: »Hast du eine Leiche im Keller?«

Ganz der Vater, dachte Pit, den brachte so schnell nichts aus dem Gleichgewicht.

»Nein.« Pit bog auf die Bundesstraße 13 ab und gab Gas. »Ich habe Warnschüsse abgegeben, weil dieser alte Schulmeister Meindl im Karlsgraben wild herumgegraben hat.«

»Und jetzt ist er tot? Zum Teufel, was schießt du auch immer aus der Hüfte!«

»Noch ist alles im Lot. Denn solange bei der Kripo keiner weiß, was hinter diesen Schüssen steckt, gibt es gegen mich keinen dringenden Tatverdacht, basta. Ich habe mir nur Toms Hänger geliehen und bin damit nach München gefahren, um den Draht fürs Grundstück zu kaufen. Sonst nichts. Und dass ich in der Nacht mit dem Wagen in der Nähe des Karlsgrabens war, das beweist rein gar nichts.«

»Dein Wort in Gottes Ohr«, antwortete Steve ungerührt. »Was für eine Waffe war das?«

»Eine Flinte, und die ist gut versteckt. Die hatte ich für einen Jagdfreund gekauft, was außer ihm und mir –

und nun auch dir – keiner weiß. Und was im Graben passiert ist, hat niemand beobachtet.«

»Jeder weiß, dass du einen Jagdschein hast, weil du mit allem hausieren gehst«, entgegnete Steve. »Und weil die Kripo nach dem, was du dir eingebrockt hast, spätestens morgen früh um fünfe vor der Tür steht.«

»Ach geh.«

»Doch. Für einen Durchsuchungsbeschluss braucht die Kripo keinen dringenden Tatverdacht. Dafür reicht, dass du mit einem fremden BMW mit Anhänger in der Nähe des Tatorts herumgefahren und dabei womöglich von jemandem erkannt worden bist.«

»Und wenn schon.« Pit stieg in die Eisen. Beinahe wäre er an der Einmündung zur B466 bei Rotlicht einem VW Polo in die Flanke gefahren.

»Weiß Mama eigentlich Bescheid?«, fragte Steve nach der Vollbremsung.

Pit sah hinüber zu Steve. Wäre die Lage nicht so delikat, hätte er ihm rundheraus den Vogel gezeigt. »Das ist etwas für Männer, kapierst du, nur für Männer. Klar muss ich mich dünnemachen, Steve, darum zeige dich meiner würdig. Du hältst daheim die Stellung, ich ziehe undercover die Fäden, und den Rest erledigt Rechtsanwalt Heidingsfelder. Kein Wort zu deiner Mutter!«

Endlich gab Steve Ruhe. An der Schlungenhofer Scheune angekommen, weitab von Bundesstraße und Touris, luden sie schweigend den Stacheldraht ab und lagerten ihn ein. Männer unter sich, wozu der Worte viel? Die Scheune hatte Pit gemietet, von einem Gunzenhäuser Spezi, dem er vertrauen konnte. Darin fand keiner den Draht.

Dazu Auto und Hänger, die er seinem Schwager Tom von der PI Treuchtlingen gefahrlos mit steckendem Schlüssel vor die Hütte stellen konnte. Denn Tom lebte in Oberheumödern auf einem Aussiedlerhof.

Blieb Sohn Steve, und der fing auf der Heimfahrt wieder an zu querulieren: »Eins versteh ich immer noch nicht: Warum gibst du Warnschüsse ab, wenn der völlig harmlose Meindl im Graben gräbt? Er buddelt weder dir noch dem Biergarten was weg.«

Pit ließ die Frage vorerst unbeantwortet. Jetzt musste jedes Wort passen. Er mied die Altstadt von Gunzenhausen. Fuhr ganz außen herum. Erst als er daheim auf das Grundstück bog, gab er zur Antwort: »Steve, noch bist du kein Baldauf, denn ein Baldauf muss sich erst bewähren. Ich meinerseits stehe beim Großvater und beim Vater im Wort, hierüber zu schweigen. Will heißen: Stehe das mannhaft durch mit mir, wie es sich für einen Baldauf gehört, dann erst bist du würdig zu erfahren, was dahintersteckt.«

Steve schnallte sich ab, spitzte zu ihm her. Hoffte der Filius, sich herauslavieren zu können?

»Capito?« Pit steckte sich einen Zigarillo an und hielt Steve den anderen hin.

Steve schluckte, griff schließlich nach dem Zigarillo und ließ ihn sich anzünden. »Capito.«

Schweigend rauchten sie. Nach dem letzten Zug ließ Pit die geöffneten Fenster des Wagens hochfahren. »Damit deine Fantasie nicht ins Kraut schießt«, hob er an und blickte streng zu seinem Sohn hinüber, »hier die reine Wahrheit: Es war kein Unrecht damals, denn Not kennt kein Gebot, und Krieg erst recht nicht. Kapiert?«

Steve stieg aus. Nickte ihm verkniffen zu und verzog sich in seine Hütte. Auch Britta schien das Weite gesucht zu haben; ihr Golf stand nicht an seinem Platz.

Eilig packte Pit das Nötigste für eine Woche zusammen und dachte auch an Laptop und Handys. Die Unternehmens-PCs nicht, die hatte er nach der Tat nicht benutzt und wurden von Steve benötigt.

Sie würden hier gar nichts finden. Sollten sie durchsuchen, so lange sie wollten. Bloß Toms SUV und Hänger bedurften noch der Kontrolle, denn auch hierauf würde sich die Razzia erstrecken.

Er sperrte Haus und Büro ab, eilte zum BMW, legte Taschen und Handys neben sich auf den Beifahrersitz und machte sich auf zu Tom. Auf halber Strecke, schon auf der Höhe, bog er nach rechts in einen einsamen Waldweg und folgte diesem 100 Meter, bevor er anhielt. Hastig stieg er aus, suchte Wagen und Hänger ab auf verräterische Gegenstände, Spuren und Drahtstücke.

Dann fuhr er zu Toms Anwesen und stellte das Gespann ab. Entgegen seiner zunächst gefassten Absicht schloss er den BMW ab und warf die Wagenschlüssel in Toms Briefkasten. Fertig. An seinem Smartphone hatte Pit die Ortung bereits deaktiviert. Telefonieren wollte er damit dennoch nicht. Dafür hatte er das Prepaid-Handy eines Hotelgastes eingesteckt, der es in einem vom Pits Hotels liegen gelassen und nicht zurückgefordert hatte. Über zehn Euro Guthaben, das reichte fürs Erste.

Pit tippte die Handynummer des Taxifahrers ein, von dem er sich in heiklen Angelegenheiten fahren ließ, und gab eine Fahrt nach Nürnberg in Auftrag.

Wo er das nun leider Unumgängliche mit dem Amourösen verbinden konnte, in der Koje seiner Geliebten Lara. Die er sonst in sein Nürnberger Penthouse kommen ließ.

18.10 UHR. KOK HANS WÖRLE.

Nach einem hastigen und viel zu fettigen Sandwich zwischen Kripo und Altstadt betrat Wörle knapp vor Ladenschluss das Bekleidungsgeschäft Hummel, um sich dort eine neue Jeans für das morgige Date mit Julia zu kaufen. Zum Duschen und Umziehen zu Hause hatte er keine Zeit mehr gehabt. Nur für ein paar Schlucke Mineralwasser.

Überaus dürftig war das bisherige Ermittlungsergebnis. Munition aus der Tatwaffe, einem Jagdgewehr neuerer Bauart, ein Spaten, der auf Fremd-DNA zu untersuchen war und mit Grabungen rund um den Tatort in Zusammenhang stehen könnte. Ein Dackel mit dem typisch karolingischen Namen Pippin und mit Spuren körperlicher Züchtigung. Der Max Meindl hätte retten können, wäre er nicht erkennbar misshandelt und leichtfertig im Auto eingesperrt worden. Und Meindl selbst, der bloß eine mickrige Schusswunde aufwies. Für übermorgen, Donnerstag, war die Obduktion und die Untersuchung des Tieres avisiert, in der Rechtsmedizin Erlangen. Dazu kam der Verdacht, der Draht auf der Wiese habe mit der Tat zu tun.

Wörle, Arnschwanger und Oberstaatsanwalt Röder waren sich einig gewesen: Es reichte noch nicht für eine vorläufige Festnahme, sehr wohl aber für einen Durchsuchungsbefehl für Baldaufs Privat- und Geschäftsräume und das Fluchtauto. Arbeit und Stress pur, und das alles ausgerechnet vor dem Date mit Julia.

»Kann ich Ihnen helfen?«

Unsanft zurück im Hier und Jetzt, drehte sich Wörle um nach der Angestellten, deren Blick sofort auf seinen Leibesumfang gerichtet war. Er erklärte ihr mit gedämpfter Stimme den von ihm präferierten Schnitt, und sie brachte ihm zwei Jeans. Er schaute auf den angehefteten Streifen mit der Bundweite und hob die Brauen. Eine Hose in Größe 35, die andere sogar in 36.

»Eigentlich habe ich nur 34«, sagte Wörle trotzig, worauf die Frau zwar mitleidig lächelte, ihm aber artig eine 34er-Jeans brachte, mit der er in die Umkleidekabine ging.

Die war ihm viel zu eng. Tempi passati. Seufzend quälte sich Wörle aus der Hose, hängte sie an den Bügel und reichte sie der Angestellten. Also doch 36.

Julia war gertenrank und -schlank und spielte im Doppel Tennis-Regionalliga. Arnschwanger trug auch 36 Inch. Nur war er zehn Zentimeter größer. »Ansbach ist zu klein für eine solche Beziehung.« Er musste es seinem Vorgesetzten zeigen. Den Mörder dieses Mal überführen. Mehr Bewegung täte der Figur gut, hin und wieder ein Spaziergang durch den Wald, und endlich das Beitrittsformular für die Muckibude abschicken, das seit Monaten an seiner Pinnwand prangte.

Wörle griff nach der Jeans Größe 36, die ihm die Angestellte an die Firststange gehängt hatte, und probierte sie an. Worin lag für Arnschwanger das Problem in Sachen Beziehung mit Julia? Niemand blieb sein ganzes Leben lang Staatsanwalt. Wusste der Chef nicht, dass sie sich jederzeit um eine Richterstelle bewerben konnte – wie ein anderer Staatsanwalt, der zum Direktor des Amtsgerichts Weißenburg ernannt worden war?

Zu provinziell für Julia, dachte Wörle und schloss den Knopf der Jeans – die sich an ihn schmiegte, ihn leicht streckte und sein Bäuchlein kaschierte.

»Möchten Sie nicht noch andere probieren?«, fragte ihn die Angestellte, als er den Vorhang öffnete.

Er winkte ab, prüfte den Sitz am Spiegel und ging in die Kabine zurück.

20 Minuten später betrat Wörle seine Wohnung. Aus Trotz hatte er beide Hosen gekauft, die in Größe 36 für das Date mit Julia, die in 34 als Projekt.

Blieb das üppige Sandwich, das ihn in Shorts und Tanktop steigen ließ, für eine Joggingrunde durch den Forst hinter den Ami-Kasernen. Sie brachte ihn vollends zum Dampfen. Rätselhaft die Kollegen, die beim täglichen Sport alte Fälle durchdachten oder sie sogar lösten.

Schon im Wald lief er im leichten Schritt weiter. Völlig fertig kehrte er nach einer halben Stunde nach Hause zurück. Noch eine Apfelschorle auf dem Balkon und danach in die Heia.

War nicht heute etwas mit Schorle? Richtig, Frau Mayer vom Museumshof. Und Remmel, den er unbedingt in die Mangel nehmen musste. Um der »Geschichte hinter der Geschichte« willen.

Gegen 21 Uhr kam Arnschwangers SMS: Der Richter vom Eildienst in Ansbach hatte den beantragten Durchsuchungs- und Beschlagnahmebeschluss erlassen.

Blieb die bange Frage, ob er in der Früh den Ficus gegossen hatte oder nicht. Und ob er morgen daran dachte, bevor sie Baldaufs Hütte auf den Kopf stellen würden.

19.30 UHR. WENDELIN HARTNAGEL.

Zum zweiten Mal absolvierte Wendelin Hartnagel, rücklings zu Hause auf dem Sofa und einen feuchten Waschlappen auf der Stirn, seine CD »Progressive Muskelentspannung«. Doch das Kopfkino kam nicht zur Ruhe. Pippin leblos im Kofferraum, der stechende Geruch darin, nach Hundeurin. Und er selbst, der Lebensretter.

Nicht des Freundes, aber immerhin des Hundes. Dazu die Münze, die zum Vermächtnis von Max geworden war.

Balle die Hände zur Faust und steigere den Druck, bis du ihn in den Armen spürst.

Max tot, Pippin am Leben. Und das im Karlsgraben. Warum hatte Max so spät am Abend noch gegraben? In der Dunkelheit hätte er keine Münze, keine kaiserliche Stiefelschnalle mehr gefunden. War er etwas Größerem, Wichtigerem auf der Spur? Gab es einen Zusammenhang mit Baldaufs Vorhaben, am Spielplatz einen Biergarten zu eröffnen? War Baldauf mithin der Täter? Oder war es Selbstjustiz eines gedemütigten Schülers? Und was geschieht mit Pippin, wenn die Polizei ihre Ermittlungen abgeschlossen hat?

Kneife die Augen zu und erhöhe die Spannung, sodass du sie im ganzen Gesicht spürst.

Wendelin schrak empor; noch immer hatte er die Hände zur Faust geballt. Er öffnete sie und spannte die Glieder an. Rief sich zurück ins Diesseits, stoppte die Entspannungs-CD und stand vom Sofa auf. Noch wäre es hell genug zum Nachschauen. Zumindest ob die Polizei fertig ist und die Absperrungen beseitigt sind.

Er wanderte durch die enge Wohnung. Fasste sich ein Herz und machte sich auf den Weg zum Karlsgraben, diesmal mit dem Auto. Kein Streifenwagen säumte den Weg, im Dorf herrschte Abendruhe. Unbeobachtet passierte er die Häuser und parkte seinen alten Renault Twingo auf einer Parkfläche an der Böschung eingangs des Karlsgrabens. Gut 200 Meter bis zum Tatort. Im Hintergrund gellte ein Martinshorn – sollte er wirklich schauen?

20.00 UHR. RICARDA HELD.

Nicht zögern, ermitteln. Gegen Pit, der bestimmt schon auf der Flucht war. Was auch immer ihn bewogen hatte, Meindl zu töten. Womöglich hatte er's überstürzt getan, ein zu früher Schuss aus dem Colt.

Ricarda schob das Fahrrad aus dem Schuppen, mit Matthias' Cabrio erregte sie zu viel Aufsehen.

An der Polizeiinspektion begutachtete sie kurz das Gebäude, an dem sie noch nie vorbeigekommen war, weil es im toten Winkel ihrer Wege lag. Das nächtliche Telefonat mit diesem schmallippigen Polizeibeamten kam ihr in den Sinn. Keine Regung hinter den Fenstern, als wäre hier alles in Schäufele, Sauerkraut und Kloß.

Nichts deutete darauf hin, dass fast um die Ecke erst vor wenigen Stunden ein Mord geschehen war.

Ricarda ballte die Fäuste, trat in die Pedale. Fünf Minuten später erreichte sie das Dorf. Kein Mensch auf den Gassen zu sehen, auch nicht in den Höfen.

Sie erreichte den Karlsgraben, blieb auf der Straße, dem Spielplatz zu. Rechter Hand, auf dem seitlichen Parkstreifen, fiel ihr ein Renault Twingo auf: hiesige Autonummer, an der Heckklappe ein an den Rändern rollender Aufkleber, der für die gute alte Bundespost warb, und, trotz des völlig ebenen Geländes, ein Unterlegkeil am rechten Hinterrad. Extremste Defensive.

Sie stoppte und besah sich den Renault. Seine Motorhaube, obwohl im Schatten der Böschungsbäume, war noch warm. Zog es nicht viele Mörder zurück an den

Tatort? Dann jedoch konnte es Baldauf nicht gewesen sein, der fuhr sicher keinen Renault. Ein Neugieriger? Passte auch nicht, denn wer einen Unterlegkeil benutzte, fürchtete die Öffentlichkeit, kundschaftete den Ort des Geschehens also nicht schon am Abend der frischen Tat aus.

Nein, da parkte einer, den etwas mit der Tat verband, sei es mit dem Opfer oder dem Täter – und das stärker war als die Scheu vor der Öffentlichkeit.

Ricarda stellte ihr Rad neben dem Twingo ab, sicherte es, bestieg die Treppe auf den Wall des Grabens und folgte dem Spazierweg, der zu Spielplatz und Tatort führte. So würde sie den Renaultfahrer entweder dort antreffen, oder er kam ihr auf seinem Rückweg entgegen.

Ihr Telefonat mit Ella, diesen Meindl betreffend, begleitete sie nun in Gedanken. Ihre Tochter hatte bestätigt, dass Meindl »mal die Hand ausgerutscht« sei. Auf Ricardas Nachfrage, ob es sexuelle Gewalt gegeben habe, hatte sie sich jedoch fast empört verhalten. »Mama, willst du jeden Mann, der einem zärtlich über die Schultern streicht, als sexualisiert hinstellen?«, hatte Ella gefragt. »Ist eine Welt, die keine Nähe mehr zulässt, wirklich besser, sicherer? Brauchen wir sie nicht als festen Halt?« Ricarda war es wie ein leiser Vorwurf einer Tochter vorgekommen, der es an Mutterwärme gefehlt hatte.

Plötzlich stolperte Ricarda in Gedanken über eine Wurzel, sodass sie beinahe den Halt verloren und den Wall hinuntergefallen wäre.

Konzentriert lief Ricarda weiter, achtete dabei auf Steine und Wurzeln. Eines nach dem anderen, mahnte sie sich, jetzt galt es Pit. Sie würde, musste gegen ihn ermitteln, bis bei ihm die Handschellen zuschnappten.

Bald öffnete sich der Weg – links der kleine Spielplatz. Ricarda orientierte sich. Der Spielplatz selbst war nicht mehr polizeilich gesperrt, nur der Wanderweg, der zum Tatort, zur Brücke über den Karlsgraben, führte, sowie der Tatort selbst. Niemand war zu sehen. Ricarda ging zur Schaukel und hockte sich auf den Sitz. Sie hörte ein Knacken im Unterholz, links des abgesperrten Wegs. Ricarda blickte auf, blieb jedoch auf der Schaukel sitzen.

Aus dem Dickicht trat ein Mann, ängstlich um sich blickend. Als er Ricarda sah, blieb er ertappt stehen.

Das konnte nur der Unterlegkeil sein. Ricarda glitt von der Schaukel, lief auf den Mann zu, der gut einen Kopf kleiner war als sie, und grüßte ihn höflich. »Guten Abend.«

Er erwiderte den Gruß nicht, sondern sah sie vorwurfsvoll an. Irgendetwas schien ihn zu verärgern. Das aber nicht mächtig genug war, um es auszusprechen.

»Alles gut«, erklärte sie, um das Eis zu brechen und um ihm die Blöße der Unterlegenheit zu nehmen. »Interessieren Sie sich auch für die Fossa Carolina?«

Der Mann streckte sich so gerade wie möglich, seine Lippen zitterten. »Sagen Sie mal«, brach es empört aus ihm heraus, »schämen Sie sich nicht?«

Ricardas Puls beruhigte sich. Alles Weitere ergab sich nun von selbst. Und vor allem: Sie konnte sich zunächst dumm stellen. »Schämen, warum?«

»Sie schaukeln hier wie ein Kind«, erklärte er tadelnd, wich aber ihrem Blick aus. »Wissen Sie nicht, was passiert ist? Hier ist heute Nacht ein Mann erschossen worden!«

»Wie unsensibel von mir«, pflichtete sie ihm bei, »wenn ich es denn gewusst hätte. Meine aufrichtige Anteilnahme! Sie haben sicherlich von einem Angehörigen oder einem lieben Freund Abschied genommen.«

Der Mann erschrak. Danach blickte er überrascht zu ihr auf, wieder zitterten ihm die Lippen: »Ja, aber woher wissen Sie das?«

»Weil Sie, das spüre ich, nicht nur von ihm Abschied nehmen, sondern auch eine Antwort auf die Frage ›Warum?‹ haben wollen.«

Er sank in sich zusammen. Atmete tief ein und erklärte: »Da bin ich froh. Nein, nicht frohgemut … Verstehen Sie mich nicht falsch. Ich dachte, Sie halten mich für den Täter, weil ich hierher, zum Tatort, zurückgekommen bin.«

»Sie haben recht, solche Mörder gibt's«, warb Ricarda weiter um sein Vertrauen. Sie schritt an die Stelle, wo der Mann aus dem Dickicht getreten war. »Wer immer der Täter auch ist, Sie sind es nicht. Ehrenwort. War der Tote ein Freund oder ein Angehöriger?«

»Ein lieber Freund.« Der Mann hielt ein und senkte den Blick wieder. Ließ seine Daumen umeinanderkreisen und regte die Lippen dazu.

»Ein lieber Freund, wie schlimm.« Ricarda, nun am Rande des Grabens, schaute den Wall hinunter, doch außer Dürre und Dickicht war wenig zu erkennen, denn die Dämmerung setzte ein.

Sie wandte sich erneut dem Fremden zu. »Ich spüre Ihre Trauer, es liegt mir fern, Sie auszuforschen.«

»Danke.« Verlegenes Lächeln. »Begleiten Sie mich zurück zu meinem Auto?« Er räusperte sich. »Es tut so gut, gehört, verstanden zu werden.«

Ricarda zögerte. Was tun? Halste sie sich mit ihm ein neues Problem auf? Ein Nervenbündel, das bald wie eine Klette an ihr haften blieb? Andererseits: Ihn und Meindl verband etwas, ebenso Baldauf und Meindl. »Gern.«

»Danke schön. Mein Name ist übrigens Wendelin Hartnagel.«

Das »Wendelin« war kaum zu hören. Schämte er sich wegen des Vornamens?

»Ricarda Held.« Sie bot ihm die Hand, und er schlug ein. Ein Händedruck ohne Druck.

Er sei nicht neugierig, betonte Herr Hartnagel noch auf dem Spielplatz – er wolle halt wissen, was seinen Freund Max Meindl hierhergeführt habe.

Er wollte graben, dachte Ricarda. Behielt es zunächst für sich und bog hinter Herrn Hartnagel auf den Weg ein, der sie zurück zu seinem Wagen und zu ihrem Rad brachte.

»Max war Lehrer am Weißenburger Gymnasium, aber seit einigen Jahren pensioniert. Sein Hobby war es seither, hier am Karlsgraben nach Dingen aus der Zeit Karls des Großen zu suchen. Meinen Sie, dass ihn deshalb jemand umgebracht hat?«, fragte er.

Ricarda stutzte. Diese Frage ließ darauf schließen, dass er ihr vertraute. Oder dass er seine eigene Vermutung bestätigt haben wollte.

»Hm, das geht mir jetzt zu schnell«, entgegnete Ricarda und hielt inne, worauf auch er stehen blieb. »Noch kennen wir uns nur flüchtig.«

»Hm, ja. Entschuldigung.«

»Woher kannten Sie Herrn Meindl? Sind oder waren Sie auch Lehrer am Gymnasium Weißenburg?«

»Nein«, antwortete Hartnagel, halb verlegen, halb indigniert. »Ich war bloß Postbeamter im mittleren Dienst, ein Gewächs der guten alten Bundespost. Und bin jetzt Mesner hier an der Treuchtlinger Kirche.«

»Also im Ruhestand?«

Er sah an sich herab, band sich die aufgegangenen Schnürsenkel seiner Wanderschuhe. Ja, er sei frühpensioniert, aussortiert von schnöseligen Managern. »Nicht dass ich was gegen die Jungen hätte. Mir fehlt nur der Respekt vor uns Älteren und all den Geschichten, die wir zu erzählen haben. Bücher sind mein einziger Trost. Ich grabe vor allem gern in unserer Geschichte.«

»Ganz meinerseits«, erklärte Ricarda. »Ich bin Historikerin.«

Hartnagel hob die Brauen, seine Mundwinkel zuckten. »Historikerin für alte deutsche Geschichte?«

»Nein, der jüngeren Geschichte, seit Bismarck.«

Ricarda lief weiter, er folgte, nun mit zwei Schritten Abstand, eine Distanz, die Ricarda vertraut war.

Auch hier in Altmühlfranken hatten die Nazis Spuren hinterlassen, wunde Punkte, vielleicht auch für Herrn Hartnagel. Jedoch schien er keiner dieser Neonazis zu sein, denen zufolge Deutschland sich neurotisch in steter Schuld suhlte. Überdies fuhr er einen Renault.

An ihren Fahrzeugen, Twingo und Rad, angekommen, spielte Hartnagel mit seinen Schlüsseln – als wüsste er nicht weiter. Als dächte er noch über eine Frage nach, die er ihr nicht zu stellen wagte. Oder als hegte auch er einen Verdacht in der Sache Meindl.

»Es wird Nacht«, murmelte er schließlich. »Es ist nun zu dunkel, um es zu verifizieren.«

Ricarda spitzte die Ohren. »Was denn?«

»Mein lieber teurer Freund hat, wie mir scheint, kurz vor seiner Tötung noch gegraben.«

Ricarda erwog, Hartnagel über ihren Verdacht ins Vertrauen zu ziehen. Verwarf den Gedanken aber und fragte lediglich: »Und nun?«

»Was?«

»Möchten Sie Meindls Tun auf den Grund gehen und die Stelle finden, wo er vor seiner Ermordung grub?«

Hartnagel nickte. Er stieg ins Auto, hatte die Finger bereits am inneren Griff der Fahrertür, doch er ließ sie offen. Wortlos und scheu wie ein Rehkitz bettelte er um Hilfe. »Unbedingt.«

»Darf ich mit dabei sein? Ich habe so ein Gefühl, dass dort etwas anderes außer Karlsreliquien vergraben sein könnte.« Womit sie ihn im Unklaren darüber ließ, dass es ihr um einen ermordeten Menschen ging.

»Wenn Sie wollen.« Noch immer war er sehr zurückhaltend, aber zutraulicher, als hoffte er, aus seiner Einsamkeit zu finden.

Was Ricarda berührte. »Sehr gern. Morgen früh um acht? Dann sind wir hier unter uns.«

Hartnagel rang erkennbar mit sich. Kurz darauf willigte er ein und bot ihr zum Abschied die Hand.

21.30 UHR. PIT BALDAUF.

Über Laras stickiges Appartement in Nürnberg-Ziegelstein sank die Nacht.

Der Sex in dem französisch schlanken Bett hatte befriedigt wie stets. Doch kaum war Pits Zeiger erschlafft, kehrten die Bilder zurück. Meindl keuchend auf dem Steg. Der Schuss mit der Flinte. Die Flucht im Slip vor den Bullen. Dazu jene Frage, die ihn seit Mittag beschäftigte: War auf Sohn Steve Verlass? War er der Sache gewachsen?

Die größte Gefahr aber war Ricarda Held. Sie forschte über die Wülzburg. War Historikerin.

Was, wenn sie an Meindls Stelle dort weitergrub? Exakt an der Stelle, wo sein Großvater …?

»Dein Ego war auch schon steifer.« Lara drehte sich, obwohl noch nackt, dreist von ihm weg. »Schwächeln etwa die Ziffern?«

Womit sie die Zahl der Übernachtungen in seinen vier Hotels meinte, nicht von ungefähr. Ein Konkurrent, der am Rothsee ein Vier-Sterne-Haus errichtet hatte, direkt an der Münchner Autobahn gelegen, grub ihm mächtig das Wasser ab. »Gleich bin ich wieder für dich da, Kätzchen.« Pit streifte Slip und Shorts über den Rest seiner Manneskraft, zog sein Poloshirt an und ging in das Bad des Appartements, wo er sein abgestaubtes Prepaid-Handy mit Zwei-Zoll-Display einschaltete, das jeder Ortungs-Software der Bullen eine lange Nase zog. Wie gut, dass derlei in seinen Hotels liegen blieb.

Umso tiefer fiel die Kinnlade, als er darauf die zwei Balken sah zum Ladezustand. Verdammt, er hatte das Ladekabel vergessen. Schwerlich würde er ein solches Kabel für dieses alte Teil auftreiben können.

Pit fokussierte sich. Mit wem hatte er zu telefonieren? Vor allem mit Steve, zwecks Kontrolle statt blindem Vertrauen. Damit er Britta einen plötzlichen, nicht aufschiebbaren Termin vorschützte. Außerdem mit seiner Lebensversicherung, mit Rechtsanwalt Axel Heidingsfelder. Der saß hier in Nürnberg, den konnte er persönlich sprechen. Und sollte das auch, denn übers Handy und unter Zeitdruck ging das nicht. Axel musste den Überblick bekommen und die Fäden richtig ziehen.

»Miau!«, schnurrte Lara aus dem Wohnzimmer für Teil zwei ihrer Liebesabende: einen reifen Bordeaux. Seinen monatlichen Zuschuss in Wein zu investieren, dieses und noch viel mehr verstand sie aufs Beste.

Pit zog die ausgelatschten Mokassins aus der Reisetasche, gegen seine plötzlich kalt gewordenen Füße, fuhr hinein und lief mit einem »Zur Sache, Kätzchen« ins Wohnzimmer, wo schon alles bereit war. Lara saß auf einem ihrer schwarzen Ledersessel, in ihrem weißen Seidennachthemd, das er ihr zum Geburtstag geschenkt hatte nebst fetten Euronen aus den Hotelerlösen.

Eines jedoch war anders: Laras schlanke Fesseln steckten in wenig amourösen Wollsocken. Als fröstelte es auch sie.

Dafür war, kein Wunder bei dem Sommer, selbst der Bordeaux zu warm, worauf Lara die Kühlmanschette aus der Gefriertruhe holte, um den Wein zu temperieren.

Es blieb ein unterkühlter Abend; Pits glamouröser Small Talk wollte nicht zünden. Angestrengt blickte zunächst Lara und dann auch er in den Bordeaux.

Worauf sie ihm die Frage stellte, die er längst erwartet hatte: »Was ist los mit dir?«

Nicht dass er keine Antwort parat gehabt hätte, Sorgen um die Hotels hatte er schon lange. Nein, Laras Frage packte ihn an seiner Männlichkeit. »War nicht mein Tag.« Pit trank aus, schenkte Lara den Rest des Weines ein und ging zu Bett.

Er fand aber keinen Schlaf. Wälzte sich in dem zu engen Bett hin und her. Drohte ihm wirklich morgen früh die Durchsuchung? Hatte er an das Belastende gedacht, alles gut versteckt oder hier bei sich?

Gegen Mitternacht stand Pit auf. Schlich ins Bad und streifte das schweißig feuchte Shirt ab. Dann schaltete er das Handy ein und versuchte, Steve zu erreichen.

Doch der ging nicht ran. Nur mehr ein Balken Saft. Er würde Lara um ihr Handy bitten müssen. Aber das war ein Teil mit allen Schikanen, wie verdeckte Ermittler es sich wünschten. Schon stand Pit vor Laras Kühlschrank, wo er eine Flasche Karlsbader Bitter wusste.

Er nahm sein Pillendöschen aus der Reisetasche, warf drei Tavor und eine Schlaftablette ein, spülte mit dem Bitter und legte sich zu Lara in die Koje. Wo er, nach gefühlt Tausenden Schäfchen, in einen flachen Schlaf sank.

MITTWOCH
25.07.2018

5.30 UHR. KOK HANS WÖRLE.

Wörle betrat das Büro. Öffnete Türen und Fenster für frische Luft, goss seinen Ficus und checkte die aufgelaufenen Mails. Saures Aufstoßen plagte ihn, außerdem hatte er arg schlecht geschlafen.

Hätte er bloß auf das zweite Glas Whisky verzichtet! Wäre er doch schon mit Julia zusammen! Wieso und seit wann war er so dünnhäutig geworden?

»Hans, hier spielt die Musik«, tönte es über den Gang vom Büro des Chefs. Eilig wischte Wörle über die Wasserränder der Gießkanne. Machte alle Fenster zu und ging hinüber zu seinem Herrn und Meister.

Fred Arnschwanger ließ die Ausfertigungen des richterlichen Durchsuchungs- und Beschlagnahmebeschlusses zirkulieren und erteilte dazu letzte Anweisungen. Flankiert von Beamten der Schutzpolizei sollte Wörle zusammen mit Arnschwanger das Büro und die Wohnung Baldaufs auf dem Gunzenhäuser Reutberg auf den Kopf stellen, weitere Kollegen die anderen Hotels im Seenland und das in Nürnberg. Ein weiterer Trupp würde BMW und Anhänger des Treuchtlinger Kollegen filzen, das Gespann, mit dem Baldauf in der Tatnacht gefahren war.

»Aufsitzen!«, gab Arnschwanger den Befehl in die Runde. Anschließend schaute er, offenbar gewollt, zu ihm her und sagte: »Kopf hoch!«

Wörle wurde zuerst einen Kopf kleiner, bevor er sich streckte und sich hinter Arnschwanger einreihte. Denn so forsch sein Chef auch oft vorging, auf ihn war immer Verlass. Er ließ auf seine Mannschaft nichts kommen und hielt felsenfest zu ihnen.

Auch das Outfit passte. Die neue Jeans engte ihn nicht mehr ein, dazu trug er ein dezent tailliertes schwarzes Hemd sowie seinen edlen, teuren Duft, der angeblich schon J. F. Kennedy unwiderstehlich gemacht hatte. Blieb zu hoffen, dass ihm gegen Abend noch Zeit blieb, sich für das Date mit Julia frischzumachen.

Der erste Einsatzwagen hupte; das Duell mit Baldauf konnte beginnen.

8.10 UHR. RICARDA HELD.

Heute fuhr Ricarda mit dem Cabrio zum Karlsgraben. Sonst hätte sie es nicht pünktlich geschafft, hatte sie doch im Bad länger als kalkuliert vor dem Spiegel gestanden. Was berührte sie an Hartnagel, diesem Ruhestandsbeamten der »guten alten Bundespost«? Der, wie der getötete Meindl, in der Vergangenheit grub?

Aber war das bei ihr anders? Rührte nicht ihr Ehrgeiz, das Schicksal des von der Wülzburg geflohenen Gefangenen zu klären, an ebenso alten Geschichten? Ganz zu schweigen von dem Rätsel ihres unbekannten Vaters?

Prompt fuhr Ricarda an der Bahnunterführung vorbei, an der sie zum Karlsgraben hätte abbiegen müssen. Wenden, rangieren, rückwärtsfahren – und das mit Matthias' heiligem Blechle – kam nicht infrage. Deshalb fuhr sie bis zum Kreisel im Vorfeld der B2 und von dort zurück und unter der Bahnlinie durch.

Wie erwartet, war Hartnagel bereits vor Ort, und wieder ruhte der Unterlegkeil hinter seinem rechten Hinterrad. Hartnagel selbst stand neben der Fahrertür. In der rechten Hand hielt er einen Spaten. Mit derber Cargo-Hose, langem Hemd und Watteweste war er für die zu erwartenden knapp 30 Grad zu warm bekleidet, seine Füße steckten in Sicherheitsschuhen. Hier wartete einer, der angreifen wollte.

Ricarda parkte links neben ihm – mit einer Parkfläche Lücke dazwischen. Sie war eher unpassend mit einer viel zu hellen Leinenhose und Bastschuhen erschienen.

Hartnagel kam um das Cabrio herum auf sie zugelaufen. Grüßte sie höflich per Handschlag. »Danke schön, dass Sie gekommen sind, danke für Ihr Vertrauen.«

Der Fußweg zum Spielplatz verlief schweigend. Beide trugen etwas mit sich herum, und keiner von ihnen wollte es als Erster offenbaren.

Nach einer Weile hielt Hartnagel unvermittelt inne. Zog Ricarda, nachdem auch sie stehen geblieben war, ein Stück beiseite, als könnte zu dieser morgendlichen Stunde einer lauschen, und fragte leise: »Haben Sie Angst vor der Polizei?«

»Warum?«

Hartnagel senkte seine Stimme noch mehr. »Die Stelle, wo Max vor seinem Tod grub, ist innerhalb des gesperrten Tatortbereichs.«

»Sei's drum.«

Hartnagel schwieg. Lief weiter, überquerte den Spielplatz zur Kante hin und kletterte ohne Scheu in den Graben, links des Weges zu der Holzbrücke, auf der Meindl die Kugel getroffen haben musste. Hinter ihm Ricarda, die ihren Augen nicht traute: Ein kleiner Postbeamter, der im Beruf Zucht und Ordnung verinnerlicht hatte, hob ohne Scheu das polizeiliche Flatterband hoch und schritt darunter hindurch!

Bald erreichten sie in dem trockengefallenen Graben ein von Gestrüpp umgebenes Loch, das, etwa einen halben Meter im Quadrat und ungefähr 30 Zentimeter tief, allenfalls mit einem Spaten gegraben worden sein konnte. Hatte die Polizei ihm keine Bedeutung beigemessen?

Hartnagel stocherte mit seinem Spaten. »Schauen Sie, da ist etwas Hartes drin!«

»Oh ja.«

Weitere Einstiche zeugten von dem Versuch, dieses »Harte« freizulegen, doch der Boden war lehmig und mit Steinen und Wurzeln durchsetzt. War das tiefe Graben über Meindls Kräfte gegangen? Hatte er sich deswegen nicht gewehrt, als er sich auf der Brücke Baldauf gegenübersah?

Und wonach hatte Meindl gegraben? Was war das Harte hier im Boden?

Ricarda schwitzte, der Jahrhundertsommer war zurück, nach kühleren Tagen zum Verschnaufen. Sport und Fitness kamen meist zu kurz in ihrem durchgetakteten Uni-Alltag zwischen Forschung, Lehre, Exkursionen, Vorlesungen und Akquise von Geldern. Außerdem trug sie zu leichte Schuhe. Auch war ihr nicht wohl bei dem Gedanken, der polizeilichen Sperre zuwiderzuhandeln.

So grub Hartnagel meistens allein. Er tat es mit einer Energie, die Ricarda diesem kleinen Mann nicht zugetraut hätte. Je länger sie hier arbeiteten und sich dieser Sache verpflichtet wussten, desto deutlicher stand ihr vor Augen, dass sie etwas miteinander verband – weit über die Frage hinaus, wer Meindl erschossen hatte.

Es schien auch Hartnagel zu beflügeln, obwohl es mühsam und nur zentimeterweise voranging.

Was für schöne Augen er hatte – Wimpern, die an Ricardas Inneres rührten.

»Genug.« Ricarda nahm ihm den Spaten aus der Hand und lehnte diesen an eine Birke. »Kurze Pause. Sie sind feuerrot im Gesicht.«

Gemeinsam bückten sie sich nach dem Harten im

Boden, es war ein brüchiger Backstein, eher eine Laune des Zufalls. Zu Hartnagels sichtlicher Enttäuschung.

Für Ricarda hingegen die Chance, nun zum Kern der Sache zu kommen. »Was haben Sie denn erwartet?«, fragte sie, darauf bedacht, dass es nicht vorwurfsvoll klang.

Hartnagel griff sich ans Kinn und blickte sich flüchtig um. Nun war er wieder das Rehkitz.

»Ich weiß es auch nicht so recht«, setzte er an, nahm den Spaten zur Hand und stützte sich darauf. »Aber je länger ich hier stehe, umso mehr bin ich überzeugt, dass mein Freund Max nicht hat sterben müssen, weil er nach Reliquien Karls des Großen gegraben hat. Sondern weil er Größerem, Brisanterem auf der Spur war, sei es gewollt oder ungewollt. Das lässt mir seit gestern keine Ruhe, und darum suche ich hier.«

»Ganz meinerseits«, stimmte Ricarda ihm bei. »Dennoch sollten wir allmählich den abgesperrten Bezirk verlassen, bevor hier Leute auftauchen. Der Morgen ist bald vorbei.«

Hartnagel nickte und ließ Ricarda vorausgehen.

Woran dachte er gerade? Verdächtigte auch er Baldauf? Welchem Großen, Brisanten war Meindl gewollt oder ungewollt im Karlsgraben auf der Spur gewesen?

Zurück auf dem Spielplatz, schritt Hartnagel an ihr vorbei und wies zur Straße nach Grönhart und auf das Feld dahinter. »Wissen Sie das auch? Das mit diesem Pit Baldauf aus Gunzenhausen? Dass der hier einen Biergarten eröffnen will, obwohl der Karlsgraben als Naturdenkmal unter Schutz steht?«

»Allerdings. Und nicht nur das.«

»Was noch?«

Ricarda richtete die abgerutschten Träger ihres Tops. Blickte sich um, weit und breit war niemand zu sehen. Dann erzählte sie von ihrer Rückkehr aus Erlangen und dem Kamikaze am Bahnhof, der auf der Flucht gewesen war. Dessen Anhänger sie um ein Haar erfasst hätte. Dabei ging sie auf die geparkten Autos zu, Hartnagel folgte ihr.

»Sie meinen, dass derjenige Pit Baldauf war?«, fragte er, als sie die Wagen erreichten.

»Ja. Der ist sicher zuvor von einer Streife angehalten worden und hatte die Waffe im Kofferraum.«

Ricarda fasste nach ihren Schlüsseln. Was für ein Geschenk dieser Herr Hartnagel doch war. Hatte sie sich nicht ermahnt, offener zu sein? Ihr Forschungsheil nicht nur in Büchern und Quellen zu suchen, sondern im Gespräch mit Menschen, die, sympathisch oder nicht, ihre eigenen Geschichten zu erzählen hatten? Wie eben dieser Wendelin Hartnagel.

Hartnagel stieg nicht in seinen Twingo, sondern blieb unschlüssig an der Tür stehen, als wolle er etwas sagen. Vielleicht das, was Ricarda auch dachte: dass sie ein Team werden könnten.

Ricarda steckte die Schlüssel wieder ein und bedeutete ihm mit gedämpfter Stimme: »Die Flucht vor der Polizei ist nur ein Indiz. Aber ich habe auch einen Verdacht, was Baldauf zum Mord getrieben haben könnte.«

»Was denn?«

Ricarda zögerte. Bis sie sich daran erinnerte, dass Hartnagel Mesner der Treuchtlinger Kirche war. Womöglich konnte er ihr in der Angelegenheit um ihren unbekannten Vater helfen.

Sie bat Hartnagel weg von der Straße, zurück auf

den Wall, und fragte: »Bevor ich von meinem Verdacht spreche, noch eine Frage zu Herrn Baldauf: Wissen Sie, woher er stammt? Aus Gunzenhausen?«

»Nein«, antwortete Hartnagel mit ebenfalls gedämpfter Stimme. »Er kommt von hier, aus dem Dorf Graben. Sein Großvater hatte eine Landwirtschaft; der Vater betrieb einen ersten Gasthof im neu entstehenden Seenland, lange bevor die ersten Touristen kamen. Und sie waren sehr reich, auch wenn das heute im Dorf keiner mehr wissen will.«

Ricarda durchfuhr es. Pit Baldaufs Großvater stammte also aus Graben, das nährte ihren Verdacht. »Danke für Ihr Vertrauen, Sie haben mir sehr geholfen und könnten mir auch weiterhin behilflich sein.«

»Wie denn?«

»Indem Sie mit mir meinem Verdacht nachgehen – und einer Geschichte über die Wülzburg.«

»Ist das nicht Aufgabe der Polizei?«

»Gewiss. Doch die klappt den Deckel der Akte zu, sobald die Täterschaft geklärt ist. Mir hingegen geht es vor allem um die Geschichte dahinter.«

»Verstehe.«

»Wenn wir schon unter dem Absperrband durchgelaufen sind, können wir ruhig weiterermitteln.«

Sie überlegte. Morgen, so war ihr von der Honda-Werkstatt in Erlangen mitgeteilt worden, sei das Auto repariert. Wichtig, weil sie fortan nicht mehr mit dem Cabrio durch den Landkreis Weißenburg-Gunzenhausen fahren wollte. Das war ein zu großer Hingucker, zudem offen. Das Handbuch für Wagen und Verdeck hatte sie verschusselt.

Also besser erst übermorgen weitermachen.

»Und was ist diese Geschichte dahinter?«, fragte Hartnagel, nun ohne Scheu, was ihr ganz recht war. Hatte auch ihn der Ehrgeiz gepackt, zu ermitteln?

»Wie gesagt, Geschichte und Verdacht haben ihren Ursprung auf der Wülzburg, darum wäre es mir ein Anliegen, dass wir uns dort treffen. Übermorgen vielleicht? Morgen bin ich schon verplant.«

»Übermorgen ist gut.« Hartnagel streckte sich, er schien um Zentimeter größer zu werden. Ihr voraus eilte er hinunter zu seinem Twingo. »Und wann?«

»Möglichst in aller Früh, damit wir unter uns sind. 8 Uhr, wie heute?«

»Gern. Dann sind wir also ein Team?«

»Genau.« Ricarda lächelte. »Und in einem Team ist man per Du. Ricarda.«

Hartnagel ergriff Ricardas dargebotene Hand. Nannte seinen Vornamen und errötete dabei.

»Wendelin, ungewöhnlich, ein schöner Name«, sagte sie, um seine Scham abzumildern.

Nun blickte er drein, als wäre ihm das unverhoffte Kompliment peinlich, und kam danach auf ein weiteres »Problem« zu sprechen: Max habe einen Dackel besessen, mit dem Namen Pippin.

»Und worin liegt das Problem?«

»Weißt du«, murmelte Wendelin verlegen, »mir tut es leid um Pippin. Aber ich kann mich nicht um ihn kümmern, ich habe eine Hundephobie.«

Ricarda schmunzelte. Eher eine Menschenphobie – die sich schon ein wenig verflüchtigt hatte.

Und sie selbst? War sie nicht oft einsam in dem zu

groß gewordenen Haus? »Ist Pippin ein Hund zum
Kuscheln?«, fragte sie und bereute die Frage sofort.

»Ja, sehr.« Wendelins Miene entspannte sich vollends.
»Ein lieber Dackel mit wachem Instinkt.«

Ricarda schwieg. Nun gut, es würde sich eine Lösung
finden. Wäre Pippin nicht auch eine Verstärkung für
das Team?

»Ricarda?«

»Ja?«

»Also übermorgen um acht auf der Wülzburg?«

»Genau.«

»Danke für alles, und Gott befohlen.«

Da spricht der Mesner, dachte Ricarda – die es beim
Namen Gottes schüttelte. Sie gab Wendelin die Hand
zum Abschied. Und musste plötzlich wieder an ihren
unbekannten Vater denken.

10 UHR. PIT BALDAUF.

Kaiser Heinrich IV. musste, damals noch als König, für
seinen Bittgang nach Canossa über die Alpen, für Pit

waren es nur wenige Nürnberger U-Bahn-Stationen zu seinem Rechtsanwalt. In jedem Bahnhof stieg seine Erregung, hinter jeder Krawatte witterte er einen Staatsanwalt, in jedem Poloshirt einen Beamten der Kripo. Was würde Heidingsfelder dagegensetzen? Oder las er ihm erst einmal die Leviten? Hatte Pit bei dem Anruf, in dem er sein Kommen angekündigt und die Problemlage geschildert hatte, zu wehleidig geklungen?

Nächster Halt: Opernhaus.

Zehn Minuten später öffnete Heidingsfelder die Tür zu seinem Clubzimmer, in dem er nur handverlesene Delinquenten empfing. Wo hinter einem Paravent eigens eine Flasche Cognac »Reserve VSOP« nebst Schwenkern auf einem Pantry-Tisch bereitstand.

Wie befürchtet verkniff sich Heidingsfelder den Small Talk und bat Pit auf den Sünderstuhl.

»Blass schaust aus. ›Reserve‹?«

»Gern.«

Heidingsfelder trat hinter den Sichtschutz, schenkte ihm einen doppelten Cognac ein und reichte ihm das Glas. Der Brand war ein Gedicht, aber das war es auch schon mit der Poesie. Mit zittriger Stimme saß Pit auf dem Stuhl und berichtete, was ihm widerfahren war. Heidingsfelder schwieg, nickte ab und zu, machte sich jedoch kaum Notizen, was Pit noch unruhiger machte.

»Zweiten Cognac?«, fragte Heidingsfelder im Aufstehen kurz angebunden.

»Ja.«

Der Anwalt beorderte Pit mit Handzeichen dieses Mal hinter den Paravent und schenkte ihm nach mit den Worten: »Und nun? Es ist, wie es ist. Passiert ist passiert.«

Pits Hand zitterte, als er nach dem Schwenker griff. Hatte der Tote nicht einen Hund besessen? »Könnte man's nicht auch so drehen, dass es ein Unfall war? Ein Schuss auf ein Tier, der sein Ziel verfehlt hat?«

»Dass du nur rumgeballert hast? Das nimmt dir kein Mensch ab.«

»Nicht rumgeballert, sondern dass ich auf einen streunenden Hund geschossen habe. Wozu habe ich einen gültigen Jagdschein?«

Heidingsfelder hatte sich selbst nicht nachgeschenkt. Stand mit ernster Miene am Stehtisch. »Pit, ganz ehrlich gesagt, ich begreife das nicht. Was hat dich dazu getrieben, jemanden abzuknallen, der dir in keiner Weise gefährlich werden konnte?«

»Sagte ich doch schon: Das war der Finger, zu nahe am Abzug, also ein Versehen«, beteuerte Pit und stellte das leere Glas auf den Stehtisch.

»Kein Ermittler wird dir das abnehmen, nicht mal die Ansbacher Kripo«, entgegnete Heidingsfelder und drehte den Verschluss auf die Flasche. Zog sein Jackett aus, hängte es an seinen Schreibtischstuhl und öffnete das Fenster. »Gab es schon eine Durchsuchung?«

Pit biss blutig auf die Lippen. Längst hätte er sich bei Steve melden, ihn für diesen Fall instruieren müssen. War auf ihn Verlass?

»Hast du mir etwas verschwiegen?«, hieb sein Verteidiger in die Kerbe.

Pit erstarrte. Bisher hatte er sich auf Heidingsfelders Loyalität verlassen können, mehr noch als auf Steves Gefolgschaft im Betrieb. Sein Verteidiger wusste doch, dass es Geheimnisse gab wie das um Pits Großvater, die schwerer wogen als solche im Geschäft. War es jetzt auch bei Heidingsfelder mit dieser Rücksicht vorbei? Verflucht sei der Augenblick, da er die Waffe auf Meindl gerichtet hatte!

»Es ist nicht das Ziel eines Strafprozesses«, versuchte Pit mit juristischem Wissen zu punkten, »dass die Wahrheit um jeden Preis ans Licht kommt. Stammt fei nicht von mir, sondern vom Bundesgerichtshof.«

»Natürlich.« Heidingsfelder hob die Brauen. »Aber hier hat nicht die Justiz ein Problem, sondern du. Sicher, Kripo und Staatsanwaltschaft werden dir nachweisen müssen, dass du auf Meindl geschossen hast. Doch sollte der Tatnachweis zu führen sein, werden wir darum kämpfen müssen, dass du so glimpflich wie möglich aus der Sache herauskommst. Hierfür muss ich Klarheit haben über das Warum. Und noch etwas: Deine Flucht mag die Festnahme vorübergehend verhindern, löst aber dein Problem nicht. Steve oder wer sonst mag fürs Erste vorne auf dem Kutschbock sitzen, doch du solltest alle Zügel in der Hand behalten. Kapiert? Du wirst dich also dem Verfahren stellen müssen.«

»Das lass bitte meine Sorge sein.« Enerviert stand Pit auf. Eilte zur Tür und verabschiedete sich von Heidingsfelder mit einem knappen »Ich melde mich«. Ein echter Baldauf hisste nicht die weiße Flagge.

Noch im Treppenhaus der Anwaltspraxis schaltete Pit das alte, gemopste Mobiltelefon ein und sogleich wieder aus; er hatte völlig vergessen, dass der Saft zur Neige ging. Dass er sich ein passendes Ladekabel besorgen musste. Auf gar keinen Fall durfte er sein eigenes Smartphone benutzen. Sollte er in der U-Bahn ein Handy stehlen?

Pit eilte zur U-Bahn-Station »Opernhaus«. In einem Punkt hatte Heidingsfelder schließlich recht, Pit musste die Zügel in der Hand behalten, damit Steve zu Hause keine Dummheiten machte.

Schon in der U-Bahn verwarf Pit den Diebstahlsplan. Stieg am Hauptbahnhof aus und fragte, abgebrüht wie er war, mit regungslosen Mundwinkeln in einem dortigen Handygeschäft nach einem passenden Ladekabel, das sich zum Glück auch fand. Mit erschwindelten Personalien kaufte er eine SIM-Karte dazu. Er hatte Glück. Da es nur eine Prepaid-Karte war, verzichtete der Ladeneigner darauf, sich den Personalausweis vorzeigen zu lassen.

Nun besaß Pit auch anonymes Gesprächsguthaben, das er bei Bedarf in einem seiner Handys aktivieren konnte. Blieb ein Problem: Riefe er Steve mit diesem fremden Handy an, würde der nur noch misstrauischer werden. Doch blieb ihm derzeit nichts anderes übrig.

Pit schlich sich in die 1.-Klasse-Lounge des Bahnhofs. Setzte sich in einen freien Sessel, ohne dass jemand von ihm Notiz nahm, und lud das alte Handy mit dem ergatterten Kabel zehn Minuten lang auf.

Zurück im Freien stahl er sich abseits des Bahnhofs in einen Hinterhof. Mit zitternden Händen schaltete er das Handy ein. Drei Balken Saft, das reichte erst einmal. Pit atmete durch und wählte. Mit jedem Freizeichen stieg seine Aufregung, beim achten Klingeln ging Steve dran.

»Alles roger?«, fragte Pit beiläufig. Jetzt bloß keine Schwäche zeigen!

Stille am anderen Ende der Leitung.

»Steve?« Jemand trat in den Innenhof, Pit drückte sich nah an die Hauswand. »Sprich!«

Schweigen.

»Waren sie da?« Verflucht, was ging da vor? »Spann mich nicht auf die Folter!«

»Ja.«

»Und?«

»Besser, du packst aus.« Aus Steves Stimme sprach pure Distanz. »Sie kennen die Tatwaffe.«

Pit traute seinen Ohren nicht. Er hatte die Knarre bei einem Bauernhof weitab versenkt. Die konnten sie unmöglich gefunden haben.

»Wieso? Woher?«

»Sie haben bei dir im Schreibtisch einen Verkaufsprospekt für eine Jagdwaffe gefunden, mit einem fetten Kreuz markiert.«

Pit schluckte. Die Tatwaffe. Die er für seinen Jagdfreund aus dem Prospekt ausgesucht, darin angekreuzt und vor der Tat in München gekauft hatte. In der Erregung geriet Pit auf die rote Handytaste und kappte dadurch das Gespräch.

Er wagte nicht, ein zweites Mal bei Steve anzurufen.

13.15 UHR. KOK HANS WÖRLE.

Wörle hatte es kommen sehen: Die Durchsuchung bei Baldauf war weitgehend ins Leere gelaufen. Sie hätte, wenn sie hätte erfolgreich sein sollen, früher erfolgen müssen. Dennoch war Wörle guter Laune. Freute sich, jetzt ohne Bauchkribbeln, auf den Abend mit Julia.

Neben ihm im Fond Arnschwanger, welcher, wie immer nach Fehlschlägen, sich über das Bundesverfassungsgericht echauffierte, das Durchsuchungen auf »Gefahr im Verzug«, also ohne richterlichen Beschluss, fast unmöglich gemacht habe. Sodass sich nicht nur Baldauf selbst, sondern auch die Spuren, sprich Waffen, Handys und Laptops, aus dem Staub gemacht hatten. »Höchstrichterlich gewolltes Nachsehen«, wie Arnschwanger es nannte.

Ein stationärer PC war ebenfalls nicht zu finden gewesen, die gab es nur in Baldaufs Hotels; auf deren Beschlagnahme aber hatte man wohlweislich verzichtet. Nichts sprach dafür, dass die Tat von dort aus und von langer Hand geplant worden war.

Zweierlei jedoch hatte die Durchsuchung ergeben: Baldaufs Sohn Steve, der zugegen gewesen war, hatte sich ihnen gegenüber defensiv auf sein Zeugnisverweigerungsrecht berufen, statt ihnen die Stirn zu bieten oder sogar den Versuch zu unternehmen, Beweisquellen zu trüben. Ein Ansatz für den weiteren Gang der Ermittlungen?

Noch etwas hatten sie gefunden: einen Verkaufsprospekt für ein aktuelles Jagdgewehr, auf den mit schwarzem Kuli ein Kreuz gezeichnet war. So galt es, Waffe und Kaliber mit den am Tatort vorgefundenen Spuren abzugleichen. Es wäre zumindest ein Indiz gegen Baldauf.

Als sie in Ansbach an der Dienststelle ankamen, parkte ein anthrazitfarbener BMW der 5-er-Reihe vor den Gebäuden, mit einem WUG-Nummernschild und einem älteren Mann auf dem Fahrersitz, der auf sie gewartet zu haben schien; es war Lehrer Remmel. Der, obwohl oder gerade weil Lehrer, schon jetzt, kurz nach dem mittäglichen Schulschluss, zu der von Wörle anberaumten Vernehmung erschienen war, gleichzeitig mit Wörle ausstieg und dann schnurstracks auf ihn zugelaufen kam.

»Bin ich zu früh dran?«, fragte Remmel und zog den Kopf ein. »Ich dachte halt, weil Sie sicher auch gerne früh Feierabend machen.«

Die fällige spitze Antwort verkniff sich Wörle lieber, im Grunde kam es ihm zupass. Wäre Remmel erst gegen Abend gekommen, hätte er Julia vertrösten müssen. »Ich komme gerade von einem Einsatz zurück. Sagen wir 15 Uhr?«

Remmel nickte brav und murmelte was von »eh einkaufen«, womit die Angelegenheit bereinigt war.

Kaum hatte Wörle ein paar Minuten später zur Besprechung den Teamraum betreten, wedelte Arnschwanger mit dem Befund der Spurensicherung herum. »Treffer!«

Die am Tatort vorgefundene Patronenhülse passte genau zu jener Waffe auf dem Prospekt. Was wiederum die Haftfrage auf die Tagesordnung setzte.

Die ersten Kollegen scharrten mit dem Huf: »Sperren wir den Baldauf ein!«

»Mal langsam«, trat Wörle verbal dazwischen. »Noch steht die Obduktion aus. Vorerst wissen wir nicht genau, woran Meindl verstorben ist.«

»Fassen wir zusammen.« Arnschwanger blätterte fieberhaft in dem bisherigen Vorgang. »Baldauf war definitiv zur Tatzeit in Tatortnähe, im Wagen eines Treuchtlinger Kollegen, und noch dazu auf der Flucht. Der Tatort befindet sich in der Nähe zu seinem umstrittenen Biergarten-Projekt. Meindl hat Schüsse aus einem Jagdgewehr abbekommen, die aber ihrer Art nach nicht unbedingt todesursächlich gewesen sein müssen. Die Waffe wiederum hat in einem Verkaufsprospekt Baldaufs Interesse geweckt. Fehlt nur mehr ein Motiv, sei es für Baldauf oder einen anderen Täter.«

»Obacht.« Wörle hakte ein. »Meindl war übergriffig, vielleicht sogar gewalttätig gegenüber Schülern. Es könnte sich daher bei der Tat auch um einen Racheakt gehandelt haben. Drum habe ich Meindls früheren Kollegen, Herrn Studiendirektor Remmel, für heute Nachmittag vorgeladen. Er ist bereits hier. Lasst uns ihn zunächst vernehmen, dann sehen wir weiter.«

Wörle drang nicht durch. Arnschwanger griff zum Telefon, um die Haftfrage mit Oberstaatsanwalt Röder zu erörtern. Wörle drückte nach dem langen Einsatz die Blase, sodass er die Toilette aufsuchte.

Als er ins Teamzimmer zurückkehrte, zog Arnschwanger ein ziemlich langes Gesicht. Verbiss sich ein »Scheiße« nur um Haaresbreite und beendete das Telefongespräch mit einem einsilbigen »Verstanden«.

Ermittlungsrichter Specht vom Amtsgericht Ansbach, der am Vorabend noch den Durchsuchungsbeschluss gegen Baldauf unterzeichnet hatte, war seit heute Morgen und wohl bis in die nächste Woche hinein krankgeschrieben und wurde diese Woche turnusgemäß von Leberecht, Richter am Amtsgericht, vertreten.

Womit die Würfel schon gefallen waren. Von allen Richtern am Amtsgericht Ansbach war dieser Leberecht der größte Bedenkenträger. Einer, der selbst bei Tötungsdelikten das rote Papier mit dem Haftbefehl höchstens dann unterzeichnete, wenn der Täter in flagranti erwischt worden war.

»Saublöd.« Arnschwanger trommelte mit den Fingern auf die Tischplatte.

»Wer ist nächste Woche Vertreter des Ermittlungsrichters?«, fragte ein anderer Kollege.

»Schluss jetzt, an die Arbeit«, rief Arnschwanger, verließ den Raum und bat Wörle mitzukommen. Er steckte seinen Kopf in die Tür der Dezernatsgeschäftsstelle und fragte: »Bleibt es bei der Obduktion morgen um zehn in Erlangen?«

»Ja, vormittags zehn Uhr«, bestätigte Arnschwangers rechte Hand im Büro.

Dieser nickte Wörle zu. Der verstand: Er würde seinen Chef zur Obduktion Meindls begleiten müssen.

14 UHR. RICARDA HELD.

Ricarda wanderte durchs Haus, das Telefon am Ohr. Wäre es ein altes Teil mit Kabel gewesen, wäre sie darübergestolpert. Zu brisant war, was Leonid, Mitstreiter der ersten Stunde von »Rettet den Karlsgraben«, zu berichten wusste: Jemand – wer anderes als Pit Baldauf könnte es gewesen sein – habe Stacheldraht ziehen wollen. Rings um jene Wiese am Karlsgraben-Spielplatz, die für Baldaufs illegal geplanten Biergarten ausersehen war.

»Wie kommst du darauf?«

»Du weißt ja, ich lasse die Wiese nicht mehr aus den Augen, und heute früh habe ich dort ein Stück Stacheldraht entdeckt, das die Bullen, blind, wie sie auf dem rechten Auge sind, übersehen haben.«

»Du meinst also, Baldauf wollte das ganze Gelände einzäunen?«

»Ja.« Kurz war es still am anderen Ende der Leitung. »Jetzt ist mir mein Joint ins Klo gefallen – mein allerletzter. Scheiß Kapitalismus!«

Ricarda schmunzelte. Fidel war er ja, Leonid Ost, der »Letzte Sowjet Altmühlfrankens«. Der nach Leonid Breschnew benannte Sohn eines vor Kurzem verstorbenen Mitglieds der DKP.

Ricarda klemmte das Telefon mit ihrer rechten Schulter ans Ohr, schloss das Fenster und die Terrassentür und ließ die Sonnenjalousien hinunter.

»Kiffst du auch noch?«, fragte Leonid.

»Nö.«

»Schäm dich.« Im Hintergrund gurgelte Leonids Klospülung. »Was tust du gegen ihn?«

»Kommst du morgen zum Treffen?«, fragte Ricarda beiläufig. Denn wäre Leonid dabei, müsste sie ihre Zunge im Zaum halten. Auf gar keinen Fall durfte sie sich verplappern, dass sie mit Wendelin zusammen undercover ermittelte – auch weil sie beobachtet worden sein könnten. Wenn es um seine Überzeugungen ging, verstand Leonid keinen Spaß. Zumal im Lande das Gerücht umging, er säge sogar Hochsitze von Jägern an. Zu typisch für ihn, um erfunden zu sein. Erwischt worden war er freilich noch nie.

»Klar komme ich zum Treffen. Und dann machen wir Ernst. Kampf dem System!«

»Baldauf ist System genug. Zunächst müssen wir mit ihm fertigwerden.«

»Mir leider zu wenig«, gab Leonid Kontra und beendete das Gespräch.

Ricarda stellte das Telefon zitternd zurück in die Ladeschale. Ihr war das Lächeln über den Letzten Sowjet vergangen. Leonid würde das Stück Stacheldraht eher in einen Molotowcocktail stecken als den Fund bei der Polizei anzeigen. Blieb lediglich zu hoffen, dass auch die Polizei ein Stück davon am Tatort entdeckt hatte. Überlegungen, die Ricarda unruhig im Haus auf und ab laufen ließen.

Schließlich beugte sie sich über den Zeitungsartikel, in dem über die ersten Ermittlungen berichtet wurde. Zu Draht am Tatort kein Wort.

Sie werden nicht alles gleich herausposaunen wollen, dachte Ricarda und legte die Zeitung zusammen.

Plötzlich graute ihr vor dem morgigen Abend, an dem sich die Gruppe »Rettet den Karlsgraben« zum nächsten Mal traf. Wo es gewiss um nichts anderes gehen würde als um diesen Mord. Und wo Leonid die Lunte der innerhalb der Initiative schwelenden Konflikte zünden könnte. Nichts käme ihr ungelegener als das. Denn im konservativen Altmühlfranken war Leonid selbst in einer protestierenden Bürgerinitiative ein stetiger Unruheherd. Bestimmt hatte außer ihm nie einer der Mitstreiter je mit dem Konterfei Che Guevaras oder Lenins demonstriert. Einige wählten bei den Bundestagswahlen sogar die CSU, vermutete Ricarda. Auch deswegen galt es, über ihre Ermittlungen an der Polizei vorbei nichts verlauten zu lassen.

Andererseits: War es nicht höchst erfreulich, dass sich selbst Anhänger Seehofers und Söders von so einem wie Baldauf nicht mehr alles gefallen ließen? Dass Lebensqualität mehr bedeutete als Wohlstand und Arbeitsplätze?

Ihr Telefon läutete, dieses Mal ein erfreulicher Anruf. Die Werkstatt in Erlangen. Ihr Honda werde heute noch repariert und könne morgen Vormittag abgeholt werden.

Wo Meindl wohl obduziert wird, überlegte sie, kaum dass sie das Gespräch beendet hatte. In der Rechtsmedizin Erlangen oder Augsburg?

Und eine weitere Frage kam ihr in den Sinn, die sie für den Rest des Tages in Unruhe versetzen sollte: Was tun, falls sich die Kripo bei ihr meldete?

15.30 UHR. KOK HANS WÖRLE.

Wörle hätte sich Remmels Vorladung sparen können. Was der Lehrer am Gymnasium Weißenburg über seinen ehemaligen Kollegen Max Meindl zu berichten wusste, wog nicht schwer genug. Nun gut, Remmel hatte sich wie jeder unbescholtene Bürger zunächst in der ungewohnten Situation, von einem Beamten der Kriminalpolizei vernommen zu werden, zurechtfinden müssen. Dann aber, nach Ablegung dieser Scheu, hatte er nachvollziehbare Angaben gemacht.

Meindl sei bei aufsässigen Schülern »hin und wieder die Hand ausgerutscht«. Die Folge: Ermittlungsverfahren wegen Körperverletzung im Amt, ohne dass es zu einer Verurteilung gekommen war.

Hierzu passte zwar, was Herr Remmel am Tatort angedeutet hatte: Meindl habe sich schuldig gefühlt. Nichts aber, was so schwer wog, um Selbstjustiz durch gedemütigte Schüler oder rachsüchtige Väter nahezulegen.

Hinzu kam, dass das Gymnasium nicht nur mit Nachdruck die Frühpensionierung Max Meindls betrieben, sondern sich auch vorbildlich der betroffenen Schüler angenommen hatte, sogar mit einem externen Schulpsychologen.

Wörle schluckte. Hatte er, um die Konfrontation mit Baldauf zu vermeiden, allen Ernstes gehofft, in Richtung Racheakt von Schülern oder Eltern ermitteln zu können? Außerdem fragte er sich, ob diese Tat zu dem zwar skrupellosen, aber letztlich rational handelnden Hotelier passte. Hätte er denn ein schlüssiges Tatmotiv? Wer käme für die Tat noch in Betracht? Konnte der Schuss von einem jener Jäger abgegeben worden sein, die wie Blockwarte streunenden Hunden im Wald auflauerten? Nein, Pippin war ja zur Tatzeit in Meindls Kofferraum eingesperrt gewesen!

»Bin ich jetzt entlassen?«, fragte Remmel.

»Ja.« Wörle trank genervt den kalt gewordenen Kaffee. »Halten Sie sich aber bitte zur Verfügung. Und melden Sie sich, falls Ihnen noch etwas dazu einfällt.«

Fort war er. Wörle brachte die leeren Kaffeetassen zurück in die Teeküche und informierte Arnschwanger über das karge Resultat der Vernehmung.

»Schau!«, rief Arnschwanger dazwischen und drehte seinen Laptop zu Wörle hin. Auf dem Bildschirm eine E-Mail. Rotes Ausrufezeichen. Dringlich.

Wörle trat näher und fasste in die Hemdenbrusttasche nach seiner Lesebrille. Vergebens, wieder lag die in seinem Büro auf dem Schreibtisch.

Arnschwanger lächelte milde und erklärte: »Tom Brecht drückt wohl das schlechte Gewissen; er hat weitere Angaben gemacht, als unsere Kollegen wegen dem Tatfahrzeug und dem Hänger bei ihm waren.«

Wörle horchte auf. »Inwiefern?«

»Gut, Brecht ist Baldaufs Schwager.« Arnschwanger strahlte bis zu den Ohrwascheln. »Trotzdem bemerkenswert, was Baldauf ihm erzählt hat, und das hat Brecht nun unseren Kollegen gebeichtet.«

»Sprich!«

»Baldauf war mit dem BMW am Nachmittag vor dem

Mord in München. Und hat Stacheldraht gekauft. Deshalb der Hänger.«

Wörle grinste. »Von dem er, Künstlerpech, ein Stück auf dem Grundstück zurückgelassen hat.«

»Ein Hund ist er schon, dieser Pit Baldauf.« Arnschwangers Sorgenfalte zwischen Nase und Stirn war tiefer geworden. »Allein ihm konnte das Kunststück gelingen, dem Streifenwagen der Kollegen mit einer Fuhre Stacheldraht am Haken zu entkommen.«

»Stellt sich jetzt nicht wieder die Haftfrage?« Wörle schaute zunächst seinen Vorgesetzten an und ließ den Blick dann in die Runde schweifen, zu der weitere Kollegen des Kommissariats gestoßen waren.

»Gewiss. Lasst uns aber die Obduktion abwarten; dann erst wissen wir definitiv, ob der Schuss auf Meindl tatsächlich die Todesursache war.«

»Zweifelst du daran?«, fragte Wörle.

Statt einer Antwort nahm der Chef einen Zigarillo aus seinem silbernen Etui; er schritt ans Fenster, steckte ihn an und blies den Rauch ins Freie.

Wofür er den Vorschriften zuwider eine Zigarillo-Halterung an der Außenseite des Fensters angebracht hatte.

Zu viel, sagte Arnschwanger, sei ihm an der Sache noch ein Rätsel, vor allem Pit Baldaufs Mordmotiv, sollte er es wirklich gewesen sein. Ihm sei schleierhaft, was Baldauf dazu gebracht habe, den harmlosen Meindl abzuknallen. »Es sei denn, es gibt doch eine Geschichte hinter der ganzen Sache, von der wir nichts ahnen«, schloss er seinen Monolog.

»Sage ich schon die ganze Zeit«, stichelte Wörle, überrascht von Arnschwangers plötzlicher Defensive.

Nach einigen Zügen stellte Arnschwanger den Zigarillo in die Halterung und drehte sich zu Wörle um. »Triffst du dich etwa heute Abend mit Staatsanwältin Grünberg?«

Wörle merkte, dass er errötete. »Wie kommst du darauf?«

»Dieses Leuchten in deinen Augen kenne ich sonst nicht.« Arnschwanger rauchte zu Ende und drückte den Zigarillo an der Halterung aus. »Du kennst meine Meinung dazu.«

Arnschwangers Telefon klingelte – ein Anruf, der die Laune des Chefs aufhellte, von der Kripo Schwabach, die Baldaufs Hotel am Brombachsee durchsucht hatten.

17.30 UHR. PIT BALDAUF.

Das Taxi von Nürnberg zurück nach Gunzenhausen war bloß ein Mazda, einem Pit Baldauf unwürdig. Die Kiste stank nach Schweißfüßen und der Kerl am Steuer quasselte ununterbrochen. Und er bummelte, der bestens ausgebauten B466 zum Trotz. Bestimmt nur, um ihn zu ärgern.

Die Fahrt zog sich, qualvolle Minuten, in denen Pit die letzten Stunden Revue passieren ließ. Hatte Steve der Kripo die Stirn geboten, hatte Tom die Ruhe bewahrt? Oder hatte er seinen Kollegen gebeichtet, dass er Auto und Anhänger verliehen hatte, an wen und wofür? Lauerten am Reutberg bereits getarnte Streifen der Polizei? Was ihn am allermeisten beschäftigte und womit er am allerwenigsten gerechnet hatte: dass Heidingsfelder ihm geraten hatte, sich zu stellen.

Kurz entschlossen spielte Pit mit seinem Tarnhandy, um den Eingang einer wichtigen Nachricht zu suggerieren, und gab in Wassermungenau den Auftrag, ihn zuerst zu seinem Hotel am Brombachsee zu bringen.

Der Fahrer bog ab, nur wenige Kilometer waren es bis zum Hotel. Dort hatte Pit, was er benötigte. Dann aber ein Klingelton, den Pit ignorierte, ihn dem Handy des Chauffeurs zuordnete. Doch der fuhr unbeirrt weiter. Worauf der Groschen fiel, es war der für Pit ungewohnte Klingelton seines Tarnhandys. Der Anrufer konnte nur Steve sein. Durch Pits Anruf zuvor von Nürnberg aus kannte Steve die neue Prepaid-Nummer.

Drangehen? Im Beisein eines hellhörigen Taxifahrers? Der überdies, als Pit das Teil aus der Hose zog, auf das Display zu spähen schien. Pit checkte die eingeblendete Nummer. Wies Steves Anruf ab und schickte ihm postwendend eine SMS: »Alles roger. Melde mich später.«

»Alles roger?«, erklang es vom Fahrersitz.

Hatte der etwa seine Nachricht gelesen? Oder benutzte er nur zufällig dieselben Worte, um nachzufragen, ob alles okay war? Pit entschied sich für Letzteres und antwortete: »Ja.«

Worauf der Kerl Ruhe gab und eine gute Viertelstunde später vor dem Brombachsee-Hotel hielt, wo Pit einen cleveren Geschäftsführer und ein von der Öffentlichkeit abgeschirmtes Büro besaß. Pit ließ sich vom Taxifahrer auf den Cent genau herausgeben, stieg grußlos aus dem Wagen und streckte die übernächtigten Glieder.

»Herr Baldauf!«

Erschrocken wandte Pit sich um. Der Geschäftsführer stürzte aus dem Hotel, schnurstracks auf ihn zu. »Endlich! Gut, dass Sie da sind!«

»Wieso?«

»Wir hatten die Kripo im Haus!«

Pit erstarrte: Hatten die alle Hotels auf den Kopf gestellt, nicht nur seine Headquarters?

»Keine Panik!« Pit strich seinem Angestellten beruhigend über die Schulter und folgte ihm in das Backoffice.

Dort beugte sich der Geschäftsführer mit rotem Kopf über den Blätterberg auf dem Schreibtisch, wies auf das Sicherstellungsverzeichnis der Kripo und erklärte aufgeregt: »Sie haben ein Taschentuch gefunden.«

»Na und?«

»Im Papierkorb, in Ihrem Büro. Das Sie mal benutzt haben und das deshalb Ihre DNA trägt.« Kaum hatte er den Satz beendet, war er schon zur Tür hinaus, dieser Feigling.

Pit tastete nach hinten, nach dem Bürostuhl, und sank darauf nieder. Aus Misstrauen seiner Putztruppe gegenüber hatte er ihnen verboten, in seinem Büro aufzuräumen, und hatte alles immer selber gemacht.

Nun saß er da. Aus schierer Verzweiflung rief er bei Steve an und fragte ihn ohne alle Umschweife: »Hat die Polente außer dem Prospekt noch etwas gefunden?«

»Hast du eine neue Handynummer?«

»Frag nicht so dämlich. Ja!« Wie unbeteiligt der Lümmel redete, als ginge ihn das alles nichts an. Und als stellte er die Fragen.

»Sprich!«

»Nur den Prospekt.«

Der Geschäftsführer kam zurück, mit einem Glas Scotch und einem doppelten Espresso.

»Sonst nichts?« Pit kippte den Scotch, warf seinem Angestellten einen grimmigen Blick zu und deutete auf die eine Packung Zucker zum Espresso. Er brauchte mehr.

»Nein.«

Pit atmete ein, stieß auf. Sauer durch den Scotch, aber erleichtert. Denn der Prospekt bewies gar nichts. Jeder im Land wusste, dass er aktiver Jäger war. »Wirklich nicht?«, hakte er nach.

»Nein, dank Mama. In ihrer Verzweiflung hat sie gestern in deinem Büro sowie im ganzen Haus klar Schiff gemacht. Alles durchkämmt, alles entfernt, alles desinfiziert, bis weit nach Mitternacht. Ihr hättest du es zu verdanken, falls du heil aus der Sache herauskommst.« Luftholen. »Also: Übernimm Verantwortung und komm heim! Du bist Mama und mir mehr als nur eine Erklärung schuldig.« Steve legte auf.

Pit öffnete zitternd das Briefchen und kippte den Zucker in den Espresso, dazu die zweite Portion, die ihm der Geschäftsführer nun reichte. Fanden die Bullen am Tatort DNA von ihm, dann gehörte er der Katz.

Hätte er doch diesen hundsvermaledeiten Papierkorb geleert!

Er trank den Espresso und bat den Geschäftsführer, ihm ein Taxi zu rufen. Steve hatte recht, wie auch Rechtsanwalt Heidingsfelder: Die Flucht löste keine Probleme.

Eine halbe Stunde später hielt das Taxi auf Pits Geheiß hin an der Straße zwischen dem Gunzenhäuser Reutberg und Oberasbach, von wo aus sich Pit abseits der Straßen zurück nach Hause schlug. Dass die Reisetasche bei jedem Schritt gegen die Kniekehlen stieß, nahm er in Kauf.

Einer Eingebung folgend, sah er zunächst in die Garagen. In der ganz links, dort, wo er nach der Tat Toms BMW und Hänger abgestellt hatte, nun Brittas Golf stand, so wie immer. Brav. Ginge alles gut ab, würde er ihr für ihre Umsicht eine Orchidee schenken.

Und falls nicht?

Pit stellte die bange Frage vorerst hintan und inspizierte die Doppelgarage mit seinen Schlitten. Linker Hand der Porsche Carrera, rechts daneben sein schickes Audi-Cabrio. Schade darum, er konnte beide Fahrzeuge vorerst nicht mehr benutzen, die kannte man im Städtchen.

Doch weder der Porsche noch der Audi wiesen Spuren einer Durchsuchung auf. Pit grinste. Vermutlich waren die Cops zu frustriert dazu gewesen.

Er stellte seine Reisetasche neben den Porsche, für alle Fälle. Eilte aus der Garage, sperrte sie zu. Strich mit dem Unterarm über die erhitzte Stirn. Er musste einen kühlen Kopf bewahren.

Auf dem Weg zu Britta hielt Pit inne; vor der Veranda seines Sohnes stand Steve und winkte ihn zu sich. Zu sich in sein Haus. Pits Plan, sich in Brittas Armen für Steve warmzulaufen, war damit Makulatur. Steves Miene verriet, dass ihm das Ganze an die Nieren zu gehen schien. Dort stand nicht der ganze Kerl, den Pit in seinem Sohn und designiertem Nachfolger so gerne sehen wollte.

»Kopf hoch!«, befahl Pit, ließ Steve jedoch den Vortritt und stieg hinter ihm die Treppe hinauf auf die Veranda.

Wortlos öffnete sein Sohn die Tür zu dessen »Wohnzimmer«, wie Steve es in falscher Bescheidenheit nannte. Blieb vor der Tür stehen und wies Pit hinein. »Schau, was du uns angetan hast!«

»Steve, keep a stiff upper lip«. Doch seine Stimme verhallte.

Im Innern des Raumes kein Licht, Britta saß auf dem Sofa, in sich zusammengesunken. Als Pit den Raum betrat, brach sie in Tränen aus. Pit schnaubte. War er in Hollywood gelandet? Komparse in einer Tragikomödie? Enerviert drehte er sich um, zur Veranda, zu Steve, winkte den Filius herbei.

Der verzog sein Gesicht. Drehte ihm sogar den Rücken zu. Als hätte er es darauf angelegt, ihn mit Britta und mit ihren Tränen allein zu lassen. Mit ihrer Bestürzung, Verzweiflung, wie zuvor in der Tatnacht, als sie im Pyjama im Türrahmen seines Büros gestanden hatte.

»Britta, Liebes.« Pit machte Licht. Zu einem blauen Shirt trug sie weiße Leggins mit Rotweinflecken. »Keine Panik!« Er setzte sich in den Sessel ihr gegenüber. »Ist doch nichts passiert.«

»Bitte?« Britta richtete sich auf. Rang die Hände. »Höre ich noch richtig? Nichts passiert? Du rennst mit einer Knarre durch den Wald, knallst jemanden ab! Und es soll nichts passiert sein?«

Dieser Schuft von Sohn. Pit drehte sich um, zur Veranda, sah zu Steve, dem Verräter. Offenbar hatte der Britta alles erzählt. Doch Steve reagierte nicht auf seine Handzeichen, er schaute nicht mal her. Als Pit wutentbrannt auf ihn zuschritt, ging Steve die Treppe von der Veranda hinunter in den Hof. Stieg in seinen Audi. Als hätte er ihn eigens aus der Garage gefahren, um darin zu türmen.

»Du feige Sau!« Pit fuchtelte mit den Armen. »Wirst du wohl dableiben?«

Steve ignorierte den väterlichen Befehl. Er startete den Motor und fuhr davon.

Pit schnaubte. Die Verfolgung aufnehmen? Längst war Steve außer Sicht. Wohin wollte er? Pit schluckte. Wie wenig er über seinen Sohn wusste, außer dass er irgendwann sein Nachfolger werden würde.

Als Pit zu seiner Frau zurückkehrte, traute er seinen Augen nicht. Britta, die gerade noch Verletzliche, Fassungslose, trug jetzt eine schicke Jeans, darüber ein T-Shirt mit der Aufschrift »Live your life!«. Neben ihr eine gepackte Reisetasche.

Pit war zu baff, um zu kontern. Britta verzog keine Miene und griff nach der Tasche. »Steve besaß die menschliche Größe, mir in dieser Situation beizustehen.« Sie lief aufreizend langsam an ihm vorbei. »Du schaffst es nicht einmal, dich bei mir zu bedanken.«

»Bedanken? Wofür?«

»Dass ich dir vor der polizeilichen Hausdurchsuchung alles beiseitegeräumt, versteckt, gescheuert und desinfiziert habe. Ich sag dir jetzt nicht, was die sonst alles gefunden hätten.« Britta verließ mit der Reisetasche das Zimmer und knallte die Tür zu.

Pit taumelte, Schwindel überkam ihn, er sank, nun als König ohne Gefolge, auf jenen Sessel, in dem er Britta noch vor ein paar Minuten bezirzt hatte. Wohin sie jetzt floh, war ihm klar, zu ihrer Mutter nach … Wie hieß dieses Kaff noch mal? Und Steve? Hatte sein Filius etwa eine Freundin, die ihm Kopf und Verstand verdrehte?

Zitternd verließ er Steves Haus, holte seine Reisetasche aus der Garage und zog ein in sein Reich. In dem er vorerst ganz alleine war.

Er zog die Sneakers aus, glitt in die Zehentrenner und stellte die Tasche in den Gang. Ging erst auf die Toilette und dann in sein Büro.

Es roch nach Britta. Nach Desinfektionsmitteln. Half nichts, zumindest die aufgelaufenen E-Mails musste er checken.

18.30 UHR. KOK HANS WÖRLE.

Wörle war schlapp, von der wieder größeren Hitze, vor allem jedoch vom Stress. Denn Durchsuchungen machten danach Arbeit am Schreibtisch. Ferner hatte er, weil er sich zu wenig Notizen gemacht hatte, sofort ein vollständiges Protokoll zu Remmels Vernehmung geschrieben. Auf keinen Fall durfte er nachlässig sein, das käme nur Baldaufs Verteidigern zugute.

Anschließend rannte Wörle heim, um Julia nicht warten zu lassen.

Vereinbart war 19 Uhr im »Chilli's«, einem mexikanischen Restaurant gleich gegenüber der Staatsanwaltschaft an der Promenade. Mit lauschigen Außentischen, von denen Wörle morgens vorsichtshalber einen hatte reservieren lassen.

Daheim angelangt, piepste auf seinem Handy eine WhatsApp von Julia: »Komme erst gegen acht.« Gefolgt von einem gelben statt, wie in der letzten Nachricht, einem roten Herzchen. Alle Eile für die Katz. Dennoch antwortete er Julia, mit seinem geduldigen Daumen nach oben und einem roten Herzchen. Arnschwangers tiefe Stimme dabei im Ohr, ein Kaff wie Ansbach sei zu klein und zu eng für die Liebe zwischen Kripo und Staatsanwaltschaft. Wie dachte Julia darüber?

Inzwischen nackt im Bad, knotete sich Wörle ein Duschtuch über die Scham. Noch war es allein an ihm, stand ihm alles offen. Vor einigen Wochen erst hatten sie sich kennengelernt. Das Flachdach einer Sporthalle war eingestürzt, ähnlich wie vor Jahren in Bad Reichenhall, aber gottlob nur mit Leichtverletzten. Selbst in Ansbach wäre kein anderer Staatsanwalt im Eildienst zur Unfallstelle gefahren. Sie aber, die passionierte Tennisspielerin, leibte und lebte im Beruf – leibte, lebte und liebte?

Hätte sie sich in ihren High Heels nicht an einer Schwelle den Fuß verknackst, wäre er jetzt wohl auch nicht mit ihr verabredet. Ihr zuliebe hatte er in der zerstörten Turnhalle fieberhaft nach dem Verbandskasten gesucht und ihr mit einer langen Mullbinde den Knöchel verbunden. An Julias dankbarem Blick erwärmte er sich bis heute.

Inzwischen hatte er sich geduscht und sprühte vorsichtig etwas Parfum an den Hals. Auch so ein haariger Punkt; nicht nur seine Unsportlichkeit, sondern auch seine Vorliebe für Feminines trug ihm manchen Spott ein. Vor allem von Arnschwanger, dessen Duft einen Revolver auf der Verpackung trug.

Wörle drückte noch einmal auf den Sprühkopf des Flacons und lächelte. Vor ihm jene Mullbinde, mit der er Julia verarztet hatte. Sorgfältig zusammengerollt lag sie nun als seine Trophäe auf dem Bord unterm Spiegel.

Julia und er waren bis zum heutigen Abend in Deckung geblieben. Sie hatten sich schon in Colmberg getroffen und in Neuendettelsau, wo Julias Bruder evangelische Theologie studiert hatte. Spät war es jedes Mal gewesen, Julia hatte ihn unter Hinweis auf die Aktenflut zuletzt bis halb neun warten lassen. Desto schneller war ihr Knöchel verheilt. Leider, nur zu gern hätte er ihr die Mullbinde noch eine Weile um ihren Fuß gewickelt. Dafür war sie letzte Woche seiner Einladung in sein Dienstzimmer gefolgt.

Nun also das Date in Ansbach, trotz allem. Auf ihre Bitte hin. Damit sie nach ihrer Spätschicht am Schreibtisch bloß die Straße zu überqueren brauchte.

Wörle stieg in die am Vortag gekaufte Jeans, die er den Tag über schon getragen hatte, blickte eisern an dem »36-30« vorbei und zog sein Mengenlehre-T-Shirt an, mit den drei konzentrischen Kreisen.

Kurz nach halb acht.

Wollte er schon jetzt los, müsste er zu Fuß zum Bistro gehen, um nicht zu zeitig dort zu sein. Den Gedanken, wie ein Galan vor der Staatsanwaltschaft auf sie zu warten, verwarf Wörle. Er sank mit dem Smartphone auf sein Wohnzimmersofa und scrollte ziellos durchs Netz, wo Julia nirgends zu finden war, jedenfalls nicht unter ihrem Klarnamen. Ob sie ein Pseudonym besaß?

Pling.

Wörle zuckte zusammen und klickte auf den Whats-App-Icon. Eine Nachricht von Julia: »Schaff es leider nicht.« Tränendes Auge, gelbes Herzchen. »Übermorgen, Freitag, um sieben?«

Wörle schmollte nur halbherzig, er hatte es kommen sehen. Was nun? Daheimbleiben? Tomaten und Paprika putzen für einen schlanken Salat?

Dann müsste er anrufen und den reservierten Tisch stornieren. Oder er machte aus der leisen Enttäuschung eine Tugend und kehrte allein im »Chilli's« ein, um die Küche zu testen, ehe Julia mit dabei war.

Wörle fuhr los. Im Restaurant angekommen, bestellte er an dem einsamen Tisch einen Salatteller und ein Glas

Apfelsaft. Erst nach dem Essen, diese kleine Strafe musste sein, bedachte er Julia mit dem Kussmund-Smiley sowie einem »Freu mich auf Freitag« und verzichtete nach dem Salat auf das Glas Chardonnay zum Nachtisch.

Ehe er danach ins Auto stieg, lief er in der einsetzenden Dämmerung um die Staatsanwaltschaft herum. Nur in Julias Büro brannte Licht. Er griff nach dem Handy. »Zu viel Arbeit macht faltig. Essen ist gut dort.«

Kaum hatte Wörle daheim geparkt, schaute er aufs Display. Keine Antwort von Julia.

Reue. »Hab's nicht bös gemeint.« Warten.

»Weiß ich doch, Hans.«

In seiner Erleichterung bedachte er sie mit zwei Herzchen und schaltete das Smartphone ab. Morgen die Obduktion Meindls um 10 Uhr in Erlangen, und die Untersuchung von Dackel Pippin.

Wäre das alles doch schon vorüber!

Längst wäre es Zeit fürs Bett. Ricardas Augen waren müde, blind vom Kästchenpapier mit ihren Notizen – doch sie fand keine Ruhe.

Wie hatte sie das nur übersehen können?

Seit Monaten dachte sie nach über das Schicksal eines von der Wülzburg geflohenen Internierten, dessen Spur sich im Februar 1945 verlor, also kurz vor Ende des Krieges und des Lagers.

Jetzt tat sich eine Erklärung auf, ein Motiv Einheimischer für blutige Vergeltung: der erste Bombenangriff der Alliierten auf den Bahnhof von Treuchtlingen am 23. Februar 1945. Genau in der Woche, in der sich nach ihren bisherigen Recherchen die Spur des Häftlings verlor. Der aus der Sowjetunion stammte und mit Vornamen Henry hieß. War er ein doppelt gefundenes Opfer deutscher Selbstjustiz? Als flüchtiger Gefangener und, wegen des Vornamens, als vermeintlicher US-Amerikaner?

Ricarda rieb sich die brennenden Augen und erhob sich von ihrem Schreibtisch. Die Kehle war staubtrocken, viel Kaffee, zu wenig Wasser, das Blut zum Schneiden dick.

Laut Wendelin stammten Baldaufs Vorfahren aus dem Dorf am Karlsgraben. Kamen sie für eine solche Vergeltung infrage? Vielleicht hatte der Gefangene auf ihrem Hof Schutz oder nach Nahrung gesucht?

Im Schein der Schreibtischlampe blieb sie stehen, schaute auf die Pinnwand links vom Tisch, ein Geburtstagsgeschenk ihres lieben Matthias. Nun war er schon zwei Jahre tot, und der Kork der Pinnwand war brüchig geworden. Doch Ricarda wollte, konnte sich nicht davon trennen – sodass sie trotz zweier Kalender, analog und digital, stets die Termine für die laufende Woche anpinnte.

Morgen zuerst die Werkstatt in Erlangen. Und am Abend die Sitzung der Bürgerinitiative. Am Freitag auf der Wülzburg das Treffen mit Wendelin.

Wo lag eigentlich das Institut für Rechtsmedizin der Uni Erlangen? Nein, genug für heute. Ab in die Falle.

DONNERSTAG
26.07.2018

7 UHR. RICARDA HELD.

Wie stets, wenn Ricarda den Wecker gestellt hatte, schlief sie schlechter als sonst. Und wachte fünf Minuten vor dem Klingeln auf.

Sie hatte geträumt, so intensiv, dass sie, die sich keinen Traum merken konnte, sich noch beim Duschen zwar nicht an den gesamten Ablauf, jedoch an die Bilder erinnerte, vor allem an den Basso continuo: das Glockengeläut einer Kirche. Dazu Kirchgänger, ihr zugedrehte Rücken. Tuscheln im Hintergrund, die halb geöffnete Tür einer Sakristei. Ein Priester in weißen Gewändern, aber mit pechschwarzer Miene. Schwaden von Weihrauch.

Ein Piepston aus dem benachbarten Schlafzimmer rief sie in die Gegenwart zurück; sie hatte völlig vergessen, den Alarm am Wecker auszuschalten. Rasch spülte sie den Schaum des Duschgels ab, stieg aus der Dusche, hastete tropfend an ihr Bett und stellte den Störenfried ab.

Gleich nachdem sie sich abgetrocknet hatte, lief sie nackt zu ihrem Schreibtisch und machte sich Notizen über den Traum. Dass Träume zuverlässige Boten waren, hatte ja bereits Sigmund Freud gewusst.

Die Sonne strahlte vom blauen Himmel, auch heute würde ein heißer Tag werden. Ricarda, einst eine begeisterte Tennisspielerin, schlüpfte in eine ihrer heißgeliebten weißen Shorts und zog dazu ein marineblaues Polo aus dem Schrank. Dieses Outfit passte genau zu ihrer Zugfahrt nach Erlangen in einer überhitzten Regionalbahn mit Halt in allen Unterwegs-Bahnhöfen.

Dann fiel ihr das Institut für Rechtsmedizin in Erlangen ein, dessen Ort sie gestern vor dem Zubettgehen noch hatte in Erfahrung bringen wollen.

In der Küche erhitzte sie Wasser für den grünen Tee, den sie stets zum Frühstück trank. Als er fertig war, setzte sie sich mit ihrem Laptop, dem Tee, zwei Scheiben Dinkelbrot, Butter und Honig an den Esszimmertisch, dem einzigen schattigen Fleck in dem von der Sonne durchfluteten Architektenhaus ihres lieben Matthias. Neben den Laptop legte sie den Zettel mit der Traumnotiz.

Ricarda startete den Laptop, aktivierte den Browser und gab »Rechtsmedizin Erlangen« in die Suchzeile ein. Drückte auf Return und schrieb die Anschrift des Instituts auf den Zettel, eine Straße, die sie gut kannte, im Uni-Viertel, nicht weit vom Bahnhof entfernt. Sie sog den feinen Duft des Tees ein, um Körper und Geist zu stimulieren.

Zum Institut für Rechtsmedizin konnte sie also vom Bahnhof aus zu Fuß gehen, doch die Werkstatt lag im Südwesten von Erlangen und machte eine Fahrt mit dem Linienbus notwendig.

Der Tee tat seine Wirkung. Ricarda strich dick Butter und Honig auf das Brot und biss ab, den Blick gebannt auf den Zettel gerichtet, auf dem der Traum geschrieben stand. Ihr war dabei, als hätte sie dieser Albtraum, denn als solchen nahm sie ihn wahr, schon öfters geplagt.

Prompt hatte Ricarda das Honigbrot zu hastig verschlungen. Sie atmete durch, versuchte, zur Ruhe zu kommen. Fehlte ihr Matthias' breites Kreuz? Ein Ort zum Ausgreinen? Waren ihre Schultern stark genug?

Ihre Gedanken schweiften zu Pit und sie machte sich noch ein dick mit Butter bestrichenes Honigbrot. Der Tee gluckerte ihr im Bauch. Heute Abend das nächste Treffen der Anti-Baldauf-Bürgerinitiative. Ein weiterer Drahtseilakt für sie als deren erste Vorsitzende. Nicht nur Leonid schien ihr Credo »Argumente statt Gewalt« nicht mehr zu überzeugen.

Ricarda erschrak beim Blick auf die Uhr. Für den Neun-Uhr-Zug nach Nürnberg musste sie sich beeilen.

Sie brachte das dreckige Geschirr in die Küche und trat im Flur vor den Spiegel. Zu ihrem Center-Court-Outfit passten nur ihre weißen Sneakers.

Wie immer, wenn sie das Haus verließ, warf sie einen Blick auf die Herdplatten.

Fünf Minuten vor der Abfahrt der Regionalbahn nach Nürnberg erreichte sie den Bahnhof. Ihr blieb sogar noch Zeit, sich eine Zeitung zu kaufen.

Kaum saß Ricarda im Zug, blätterte sie darin. Gab es etwas Neues zum Mord?

9 UHR. STEVE BALDAUF.

Steve Baldauf war, um Abstand zu gewinnen, nach dem Streit mit seinem Vater zu seiner neuen Liebe Susi gefahren und hatte bei ihr übernachtet.

Susi, 25 Jahre alt, Krankenschwester auf der Hensoltshöhe, wohnte allein im Haus ihrer Eltern in Degersheim, einer abgelegenen kleinen Siedlung auf dem Hahnenkamm. Ihr Vater, der lange in der Gunzenhäuser Industrie Facharbeiter der Feinwerktechnik gewesen war, hatte vor gut zwei Jahren eine bessere Stelle nahe Nürnberg gefunden. Nach anfänglichem Pendeln lebten Susis Eltern nun in Fürth und kamen nur noch selten nach Degersheim.

Steve hatte versucht, sich die Nervosität nicht anmerken zu lassen. Was ihm leidlich gelungen war. Am Abend, bei einem Glas Wein, hatte Susi ihn in ein weiteres Dilemma gestürzt: Sie sei Mitglied der Bürgerinitiative. Er hatte dazu geschwiegen, um eine Nacht darüber zu schlafen.

Jetzt saß er neben ihr am Frühstückstisch. Wie mit alledem umgehen?

»Was ist los mit dir?« Susi schenkte ihm Kaffee ein. »Geht dir was durch den Kopf?«

»Gleich.« Steve strich dick Schokocreme auf sein Brötchen, für das Susi extra zum Bäcker gefahren war. »Lass uns erst frühstücken.«

Die Semmel war knusprig frisch, dennoch wollte sie ihm nicht schmecken. Er hatte schlecht geschlafen; im Traum war ihm sein Vater erschienen, krebsrot vor Brass. Draußen vor der Tür ein Streifenwagen der Polizei, davor Beamte in Zivil, die einen PC wegtrugen. Dann ein Knall, war es sogar ein Schuss? Von dem Steve aufgewacht war und neben Susi eine Zeit lang aufrecht im Bett gesessen hatte. Er hatte sich gefühlt wie in einem Horrorstreifen, der kein Ende nahm. Nein, er war nicht der Coole, für den ihn sein Vater hielt. Eher hatte er die Feinnervigkeit seiner Mutter geerbt.

Nun jedoch saß ihm sein Vater im Nacken, der sich um Kopf und Kragen gemordet hatte. Dem er helfen musste, um des Geschäfts und seiner eigenen Zukunft willen.

»Bist blass, irgendwie.«

»Müd.« Steve streckte sich. Er durfte sich nicht runterziehen lassen. Weil es nicht sein Problem war, sondern das seines Vaters – rein theoretisch. Er, obwohl der Jüngere, hatte sich in die Pflicht nehmen lassen. Mit gutem Abitur zunächst eine Lehre zum Hotelfachangestellten absolviert und nach dem Abschluss BWL studiert. »Junge«, hatte sein Vater zu ihm gesagt, »grau ist die Theorie ohne tätige Praxis.« Womit sein Vater, ohne ihn beim Namen zu nennen, Steves sieben Jahre älteren Bruder Michael meinte, der nach dem zehnten Semester Philosophie hatte durchblicken lassen, dass Geld die Welt knechte. Woraufhin ihm sofort der monatliche Scheck gestrichen worden war.

Steve schmierte sich ein zweites Brötchen, dieses Mal dick mit Butter, und nippte am Kaffee. »Ich habe meinem Vater noch nichts von dir erzählt. Und weil du in dieser Initiative bist, kann ich es auch nicht.«

Susi hob den Blick, legte ihr Brötchen auf dem Teller ab und strich sich eine Strähne aus dem Gesicht. »Irgendwann wirst du es ihm sagen müssen.«

»Ich weiß.« Steve biss ab von der Semmel und leckte mit der Zunge einen Krümel von der Unterlippe.

Susi legte ihren Arm um seine Schultern. »Die Zeit dafür wird kommen.«

Er schob sich den Rest des Brötchens auf einmal hinein und schlang es nach zweimal Kauen hinunter. Half nichts, er musste sich ihr offenbaren. Besser, sie erfuhr es von ihm als aus der Zeitung, auch wenn er hier noch nie den »Altmühl-Boten« hatte herumliegen sehen. Was für ein Glück, dass ihre Eltern nicht mit im Haus wohnten!

»Nein, die ist nicht in Sicht«, antwortete er. »Mein Vater steht unter Mordverdacht.«

Susi schluckte. Fasste nach seiner Hand. Als hätte sie etwas geahnt. Oder doch Zeitung gelesen.

Käme es hart auf hart, dann würde er sich zwischen Loyalität und Liebe entscheiden müssen.

Wie sollte er mit Susi über den Vater reden? Er wusste selbst nicht, was diesen zu der Tat getrieben hatte. War es sein Biergarten-Projekt? Mit dem er sich hier zu viele Feinde gemacht hatte?

»Ist dein Vater auf der Flucht?«, fragte sie. »Muss er mit seiner Verhaftung rechnen?«

Steve spülte mit Kaffee, gegen den Kloß im Hals. Worauf lief diese Frage hinaus? Hatte Susi vor, seinen Vater aus der Schusslinie zu holen? Ihm Flankenschutz zu geben, indem sie ihm hier ein Versteck bot? Wofür sich dieses einsame Dorf fast aufdrängte, zumal nach dem Bau der Umgehungsstraße. Hierher fuhr nur, wer hier wohnte.

»Nein«, antwortete er, »mein Vater war zwar eine Nacht fort, aber er ist seit gestern wieder daheim, fürs Erste zumindest.«

Vorerst ließ es Susi dabei bewenden, zum Glück. Nach dem Frühstück deutete Steve an, nachmittags zurückzukommen, vielleicht sehe man dann bereits klarer. »Mein Dad ist leicht größenwahnsinnig«, erklärte er Susi, »aber doch offen für guten Rat.« Was indes eine steile Aussage war.

»Ich wünsche es dir.« Susi sah ihm mutig in die Augen. »Auch für deinen Vater, obwohl ich seinen Größenwahn nicht teile und den Biergarten am Karlsgraben ablehne.«

»Danke.« Er küsste Susi auf Stirn und Wange, verabschiedete sich von ihr und fuhr zurück nach Hause.

Wo er, obwohl Vaters Autos allesamt in der Garage standen, mit klopfendem Herzen nach ihm suchte, erst bei sich, dann bei ihm. Das Auto seiner Mutter war fort; vielleicht war sie zu ihren Eltern nach Oberdachstetten gefahren – wie schon so manches Mal. Bisher war sie aber immer aus dem Exil zurückgekehrt. Würde sie es auch diesmal tun?

Würde es je wieder sein wie bisher?

Im Büro war sein Vater nicht. Steve hastete in die Wohnung, deren Stille ihm unheimlich war. Endlich leise Schritte. Er sah sich um. Sein Vater lief die Treppe herunter, in Flip-Flops, aber nicht in Räuberzivil, und bedeutete ihn mit einem Wink ins Büro.

Anders als sonst setzte er sich nicht auf seinen mit Kalbleder bezogenen Chefsessel, sondern bat Steve an den Konferenztisch. Lavendelduft umwölkte ihn. Als hätte er sich eben erst salonfein gemacht. Auf dem Konferenztisch lag der »Altmühl-Bote«, dessen Titelseite ein Foto zierte, offenbar Beamte der Kripo. Darunter die Schlagzeile: »Tatmotiv weiterhin unklar«.

»Wo ist deine Mutter?«, fragte sein Vater ohne erkennbare Regung.

Gute Frage, dachte Steve. Stets hatte seine Mutter, wenn sie vorübergehend zu ihren Eltern gefahren war, sich ihm erklärt, ihn geradezu ins Vertrauen gezogen. Dieses Mal hatte sie es nicht getan.

»Das weiß ich nicht.«

»Ach ja?«

»Sie hat dich immer aus Sorge um unser Geschäft von allem abschirmen wollen. Mehr als ihr gutgetan hat.«

Sein Vater hob die Brauen; er stand vom Konferenztisch auf, segelte zu seinem Bürosessel und setzte sich.

»Hätte sie mir trotzdem sagen können«, maulte er. Stieß sich aus dem Sitz wie ein getadeltes Kind. Allein der Duft, der ihn umgab, passte nicht ins Bild.

»Mag sein.« Auch Steve stand auf, um mit seinem Vater, der nun vor dem Schreibtisch stand, wieder auf Augenhöhe zu sein. »Also Anlass genug für dich, feste an deinen Stellschrauben zu drehen.«

Wenn Blicke töten könnten. Doch sie töteten nur halbherzig, und Steve hielt ihnen stand.

»Im Übrigen: Mama wäre nicht deine Frau, hätte sie nicht ihr Handy für dich auf Empfang. Worauf sie wartet, hat sie dir gestern gesagt. Vielleicht schaffst du es ja, dich bei ihr zu bedanken, dass sie bei der Durchsuchung das Schlimmste verhindert hat. Und falls du es vergessen hast: Auch ich war immer loyal, wenn wir uns nicht einig waren.«

Sein Vater zuckte zusammen. Tiefe Falten durchzogen seine Stirn. Als kramte er im Kopf fieberhaft nach dieser Handynummer.

Steve zückte den Hemdenbleistift und notierte die Nummer seiner Mutter auf die Titelseite des »Altmühl-Boten«. Lief damit zum Schreibtisch und legte die Zeitung an das Telefon. »Ruf bitte jetzt bei ihr an. Danach sehen wir weiter, und zwar gemeinsam.« Er verließ das Zimmer, ohne die Antwort des Vaters abzuwarten.

Vor seiner Wohnung kam Steve beim Aufsperren eine Idee, wie er den Vater zur Einsicht bringen könnte. Und nicht nur das. Sollte es funktionieren, könnte er auch hinter das Geheimnis kommen, das sein Vater offensichtlich vor ihm zu verbergen suchte. Vielleicht ließ Susi sich darauf ein. Was sie ihm am Morgen gesagt hatte, wies in diese Richtung.

10.30 UHR. RICARDA HELD.

Die Zeit drängte; der Zug nach Nürnberg hatte auf freier Strecke wegen einer Signalstörung herumgestanden.

Dennoch stand Ricardas Entschluss fest: Sie würde in Erlangen das Institut für Rechtsmedizin aufsuchen und dort frech Einlass begehren. Vielleicht gelang es ihr ja, in die Nähe des Sektionsraums zu kommen und dort ein wenig den Kiebitz zu spielen. Einen der Pförtner kannte sie persönlich. Blieb zu hoffen, dass sie nicht zu spät kam.

Leider war in Nürnberg der schnelle Regionalexpress nach Erlangen schon fort. Blieb die S-Bahn, und die hielt an jeder Milchkanne.

Endlich in Erlangen angekommen, nahm sie kurzerhand ein Taxi, es war fast Mittag geworden. Am Steuer saß ein Mann, etwa so alt wie sie, ohne Goldkettchen, aber mit zwei fetten Ringen, einem links und einem rechts. Der hätte ihr, säße sie vorne, vermutlich gerne mal unter ihre weißen Shorts gelangt. Was Ricarda an das Telefongespräch mit ihrer Tochter Ella erinnerte, zu Meindls Backpfeifen und Ricardas angeblicher Überempfindlichkeit Männern gegenüber. Warum war Ella so arglos? Hatte sie nie Erfahrungen mit toxischen Machos gemacht?

Die Fahrt endete mit einem unnötigen und forschen Wendemanöver, nach dem das Taxi gegenüber dem Institut zum Stehen kam. Ricarda rundete dem Fahrer auf den nächsten Euro auf und stieg aus.

Jetzt musste alles stimmen. Auf ihre Eloquenz war meist Verlass, auf ihren Charme eher weniger. Unwillkürlich prüfte sie ihr Outfit. Top, Shorts, Sneakers. Als packte sie ihr Racket aus und schlüge sich warm.

Zielstrebig überquerte Ricarda die Straße und schritt auf den Eingang der Rechtsmedizin zu, die einer versteinerten alten Schuhschachtel glich. Ihrem lieben Matthias wäre angesichts dieses Bauwerks das kalte Grauen gekommen.

In diesem Moment merkte sie auf. Entlang des Gebäudes liefen zwei Herren mit Kuriertaschen auf sie zu – der eine mit dem festen Schritt und den funkelnden Augen eines Leittieres, der andere mit einem Dackel an der Leine.

Ricarda blieb stehen. Besann sich. Ob die zwei aus der Rechtsmedizin gekommen waren, hatte sie in den Gedanken an Matthias nicht mitgeschnitten.

Nein, die kommen gewiss von woandersher, die sind nicht in der Rechtsmedizin gewesen.

Oder doch?

Ricarda, höflich, wie sie war, trat auf dem breiten, platzartigen Gehsteig ein Stück beiseite.

Sollte sie mal unverfänglich fragen?

Noch während sie zauderte, schaute der Herr mit dem Dackel zu ihr her. Blieb stehen und winkte ihr freudig zu, während das Leittier weiterlief. Und erstarrte einen Atemzug später. »Oh, sorry, ich habe Sie mit einer … anderen Dame verwechselt.«

»Keine Ursache«, murmelte Ricarda, verkniffener als gewollt.

Der Herr lächelte, bestürzt über seinen Fauxpas. Dann sah er sich um, nach dem anderen Herrn, der weiter vorne schon ungeduldig gestikulierte, und lief ihm hinterher. Wobei er sich im Gehen erneut entschuldigte und ein »Ciao« folgen ließ. Als wollte er händeringend noch etwas Herzliches zu ihr sagen. Gleich darauf war er mit dem anderen Herrn hinter der Straßenecke verschwunden.

Umso mehr meldete sich nun bei Ricarda die Fantasie, strickte an einer Story. Schade nur, dass ihr keine Zeit geblieben war, auch den anderen Herrn in den Blick zu nehmen. Trotzdem war sie sich sicher: Diese Jungs waren bei der Polizei und, weil in Zivil, Beamte der Kripo. Und der Schüchterne mit dem Dackel hatte sie todsicher mit seiner Freundin verwechselt.

Sie überlegte es sich anders, betrat doch nicht die Rechtsmedizin, sondern schlenderte durch den Schlosspark. Überall Studis. Junge Pärchen, verliebt bis hinter die Ohrwascheln.

Plötzlich erinnerte sich Ricarda an ein Detail aus der in der Früh gekauften, aber bislang nur flüchtig gelesenen Zeitung. Und dass Wendelin, ihr neuer Verbündeter gegen Pit Baldauf, bei der Begegnung im Karlsgraben von einem Hund gesprochen hatte.

Ricarda schoss das Blut in den Kopf, sie setzte sich auf eine Bank und nahm die Zeitung aus ihrem Rucksack.

Noch offen ist, warum der Hund des Mordopfers zur Tatzeit in dessen Auto eingesperrt war. Nach ersten Ermittlungen wies der Dackel Spuren von Misshandlungen auf, weswegen der Hund von der Rechtsmedizin Erlangen einer körperlichen Untersuchung unterzogen wird. Dort wird auch der Tote obduziert. Nach wie vor ist das Tatmotiv unklar.

Sie fluchte. Das waren nicht irgendwelche Beamte gewesen, sondern die mit Meindls Dackel. Die also in dieser Sache die Ermittlungen führten.

Sie hatte gekniffen, wo sie doch eigens zum Institut für Rechtsmedizin gekommen war. Sie hätte die beiden überrumpeln, in ein Gespräch verwickeln müssen, auf das sie nicht gefasst waren. Vielleicht hätte sie ihnen so etwas entlockt.

Egal. Sie würde schon noch dahinterkommen.

Ricarda steckte die Zeitung ein. Verließ den Schlossgarten, kaufte sich eine kleine Cola, eine Literflasche Mineralwasser gegen die trockene Kehle und auf dem Wochenmarkt Äpfel. Zurück am Bahnhof würde sie den Bus nehmen, der zu ihrer Autowerkstatt fuhr.

Im Laufen trank sie die Cola und im Bus die ganze Flasche Wasser und aß einen Apfel. Als sie die Werkstatt erreichte, stand ihr Entschluss fest. Sie würde Kontakt mit der Polizei aufnehmen und ganz beiläufig das Stück Draht melden, das Leonid gefunden hatte. Am besten, sie fuhr gleich zur Kripo nach Ansbach; vielleicht traf sie ja den Herrn mit dem Dackel. Der ließ sicher eher mit sich reden als das Leittier.

11 UHR. PIT BALDAUF.

Zwei Stunden nachdem Steve in sein Haus gegangen war, kehrte er ins Büro seines Vaters zurück. Zunächst musste Pit seinen misstrauisch gewordenen Sohn per Anrufliste davon überzeugen, dass er mehrfach versucht hatte, Britta zu erreichen, sich aber jedes Mal nur die Mailbox gemeldet hatte.

Von dem Tarnhandy und der neuen Prepaid-SIM-Card sagte er nichts, zumal Steve ihn nicht darauf ansprach.

Anschließend mimte Pit mit Steve am Konferenz-tisch »Business as usual« und erklärte ihm dabei, sich zu gegebener Zeit zu den Beweggründen für den Schuss auf Meindl zu äußern. Wider Erwarten gab Steve daraufhin Ruhe, warum auch immer.

Trug sein Sohn womöglich etwas mit sich herum, was er ihm ebenfalls nicht offenbaren wollte? Was die Vermutung, Steve könnte eine Freundin haben, weiter nährte.

Sei's drum – Pit erläuterte Steve in ruhigem Ton die rückläufigen Übernachtungszahlen, und Steve bedeutete Pit, dass es an der Zeit sei, etwas fürs Image zu tun. Spätestens seit der Projektierung des Biergartens beim Karlsgraben habe er im Land den Ruf eines skrupellosen Großgastronomen.

Immer wieder schaute Pit aus dem großen Fenster zum Hof. Wie lange würde die Kripo noch auf sich warten lassen?

Gegen Mittag machte sich Steve, wie immer um diese Zeit, zu seinem Work-out auf, einer Walkingrunde in die nahe Prärie.

Pit stieß sich mit dem Fuß vom Schreibtisch ab und fuhr mit dem Bürostuhl Karussell. Wo war jene Gelassenheit, auf die er sich stets hatte verlassen können? Auf wen war überhaupt noch Verlass?

Pit schnupperte, sah an sich herab, Schweißspuren rannen in den Kragen seines Polos. Die Klamotten musste er jetzt selber waschen. Kochen auch.

Bisher hatte Britta nie lange geschmollt. Wo blieb sie nur? Er trat ans Fenster, in der Hoffnung, ihr Golf böge um die Ecke. Unwillkürlich lauschte er, machte das Fenster auf. Nichts zu hören, auch keine Martinshörner. Wann würde die Polente kommen und ihm einen Haftbefehl unter die Nase halten?

Die Kripo kam nie mit Streifenwagen, fiel ihm ein. Die klingelten einfach an der Tür.

Nichts überstürzen. Noch hatte er Zeit. Die würden erst anrücken, wenn sie sich ihrer Sache sicher waren.

In diesem Augenblick klingelte sein Bürotelefon. Pit eilte an den Schreibtisch. Schaute auf die eingeblendete Ziffernfolge des Anrufers, die auf ein Handy schließen ließ. Brittas Nummer war es nicht, wohl auch nicht die ihrer Eltern.

Pit griff blitzschnell nach seinem Tarnhandy, um die Nummer des Anrufers dort in die Suchzeile einzugeben. Aber das Teil versagte, es stürzte beim Eintippen ab. Das Telefon schellte nervös weiter. Warum schaltete sich der Anrufbeantworter nicht ein?

Pit nahm das Gespräch mit einem »Ja, bitte?« entgegen. Es war Jochen, sein Freund und Vertrauter, der in der Tatnacht jene verräterische Stacheldrahtrolle entfernt hatte. Doch Pits Oberwasser währte nur kurz. Jochen senkte sofort nach dem »Servus« die Stimme. »Bist du allein?«

»Ja, bin ich. Gibt es was Neues?«, fragte Pit. »Hast du eine neue Handynummer?«

»Ja.« Jochen flüsterte jetzt, im Hintergrund war Autolärm zu hören. »Heute früh hat ein Beamter der Kripo bei mir an der Tür geklingelt.«

Auch das noch. »Und?«

Seufzen in der Leitung. »Es hat mich vermutlich einer dabei beobachtet.«

»Wobei?« Er ahnte es ja längst.

»Es hat mich wer bei der Kripo verpfiffen. Anscheinend anonym. Wegen dem Draht, den ich weggebracht habe.«

Pit öffnete die untere Schreibtischschublade und fasste nach seinem Colt. Vergeblich, auch den hatte seine Frau weggetan. Fragte sich nur wohin.

»Pit, kann ich noch was für dich tun? Es tut mir so leid!«

Pit schäumte. Gute Freunde, von wegen. Die zogen alle den Schwanz ein. »Jetzt reiß dich gefälligst zusammen, du kannst doch nichts dafür!« Diese Drahtrollen raubten ihm den letzten Nerv. Er sprang auf und durchmaß sein Büro. »Lass dir nicht alles aus der Nase ziehen! Was wollten die Flics noch wissen?«

»Kann ich dir leider noch nicht sagen.«

»Wie bitte?«

Schweigen.

»Verdammt! Raus mit der Sprache!«, schrie Pit und lief zurück zum Schreibtisch.

»Der Beamte … hat mich … nur gefragt, ob das stimme mit dem Drahtwegfahren. Und mich für morgen früh zur Kripo vorgeladen.«

Pit zitterte, er fasste nach hinten zum Bürostuhl und ließ sich darauf fallen. »Wie heißt der gottverdammte Scheißbulle, der dich vernommen hat?«

»Herzog.«

Der sagte Pit nichts, also ein Frischling, der vorzufühlen hatte. Morgen dagegen dürfte Jochen diesem Arnschwanger gegenübersitzen.

»Na gut.« Pit mäßigte seine Stimme. »Ich kann mich auf dich verlassen?«

»Wie meinst du das?«

»Frag nicht so blöd. Kein Sterbenswort über meinen Großvater und all das, was war, verstanden?«

»Ja, verstanden«, echote Jochen und kappte umgehend die Verbindung. Als hätte er Angst, Pit könnte noch etwas wissen wollen. Hatte er noch etwas ausgeplaudert und wollte es Pit nicht beichten?

Pit fluchte Gift und Galle. Sah auf die Uhr. Steve ließ auf sich warten. Als ob mit Nordic Walking auch nur ein Problem gelöst werden könnte.

Womit Pit im Herrenzimmer war. Er nahm die »VSOP Reserve« aus der Vitrine. Zog den Korkverschluss von dem Cognac ab und setzte die Flasche an den Mund. Stürzte im Trinken, einer jähen Eingebung folgend, ans Fenster zum Hof.

Steves Audi stand weder im Hof noch in der Garage. Somit war das mit dem Walking gelogen. Was führte sein

Filius im Schilde? Hatte er sich gegen ihn verschworen? Vielleicht zusammen mit Britta? Hatte sie den Colt an sich genommen, um ihn demnächst gegen ihn zu richten?

Pit durchschritt das Haus, dessen Stille ihn ängstigte. Lief vor das Haus und streckte sich in der Sonne. Keine Panik, Steve ist bestimmt nur Zigaretten holen.

Doch Steve ließ weiter auf sich warten.

12 UHR. KOK HANS WÖRLE.

Kein Wunder, dass der Chef sich separat nach Erlangen fahren ließ und mir einen Einsatzwagen gab, mutmaßte Wörle, als er Dackel Pippin in den Fond setzte – auf eine höchstvorsorglich ausgebreitete Matte, die Arnschwanger in der Rechtsmedizin aufgetrieben und ihm mit einem mephistophelischen Lächeln in die Hand gedrückt hatte. Fehlte noch, dass Pippin vor lauter Aufregung einnässte oder sogar Polizeiinventar zerbiss, das gäbe Ärger mit Durchschlägen in vierfacher Ausfertigung. Arnschwanger hätte damit nichts zu tun, er saß bereits im Auto auf dem Rückweg nach Ansbach.

Wohin nun mit dem Hund? Wann nahm das Tierheim in Ansbach herrenlose Tiere in Obhut? Wörle
überlegte, Ort und Öffnungszeiten des Tierheims in
Erlangen zu ermitteln, um Pippin schon jetzt loszuwer-
den. Doch die Zeit drängte. Arnschwanger hatte zum
»Kriegsrat« gebeten, zu einer Teambesprechung in der
Kripo um 13 Uhr.

Ade, Mittagspause.

Für Arnschwanger kein Problem. Er kam bei der
Rückfahrt zu seiner Pause, da er bestens chauffiert war
von der Ansbacher Schutzpolizei. Auf seine Gesundheit bedacht, knabberte er vermutlich gerade in aller
bayerischer Ruh rohe Karotten und Kohlrabis, die ihm
seine Frau am Morgen geschält und mundgerecht klein
geschnitten hatte.

Wörle gönnte Pippin ein Lächeln und zerrte die Matte
näher an die Rücklehne. Woraufhin der Dackel sich
einigelte. Völlig geräuschlos, ohne Knurren und Bel-
len, war er Wörle bis jetzt gefolgt. Ahnte er, dass sein
Peiniger tot war?

Auf dem Frankenschnellweg stockte der Verkehr, Zeit
für Wörle, den Vormittag in der Rechtsmedizin kurz
Revue passieren zu lassen.

Meindls Obduktion hatte bestätigt, was bereits am
Tatort vermutet worden war: Meindl war definitiv nicht
an der Schussverletzung gestorben, auch wenn der Blut-
verlust groß war, sondern an den Folgen eines Herzin-
farkts, den er vermutlich vor dem Schuss erlitten hatte.

Ein Fazit, das eher gegen als für die Täterschaft Baldaufs sprach. Baldauf besaß einen Jagdschein, hatte also
schon häufig eine solche Flinte in der Hand gehalten.

Wenn Baldauf gezielt schoss, traf er tödlich. Ein weiteres Argument, das gegen ihn als Täter sprach. Blieb zudem die Frage nach dem Motiv und danach, warum man auf jemanden schießt, der ohnehin bereits mit dem Tode ringt. Was auch Arnschwanger zu denken gab. Nicht minder beschäftigte Wörle, was die forensische Untersuchung des Hundes ergeben hatte. Pippin wies Narben und auch frische Verletzungen auf, die in dieser Häufung nicht von anderen Tieren stammen konnten. Er musste von Meindl misshandelt worden sein.

Wörle trommelte mit dem Finger gegen das Armaturenbrett. Der Tag war noch lang. Auf der Dienststelle warteten sicher nervige Debatten über das weitere Vorgehen. Sein Kollege Herzog hatte am Morgen einen Herrn Herbst aus dem Dorf am Tatort vernommen. Der, so ein anonymer Zeuge, in der Tatnacht eine Rolle Stacheldraht vom Grundstück Baldaufs abtransportiert habe. Herzog hatte Arnschwanger nach der Vernehmung angerufen, da waren sie noch in der Rechtsmedizin gewesen. Nach anfänglichem Herumdrucksen hatte Herbst wohl zugegeben, dass er kurz nach der Tat und auf Baldaufs Geheiß die Drahtrolle abgeholt habe. Anscheinend sollte verdunkelt werden, dass Baldauf zur Tatzeit in der Nähe des Tatorts gewesen war.

Und dieser anonyme Zeuge hatte nicht nur Herbst beobachtet, sondern auch einen Schuss gehört, gegen halb zwölf vom Karlsgraben her. Gegen 0.30 Uhr war Pit Baldauf von der Treuchtlinger Polizei verfolgt worden. Wieder ein Argument, das gegen die Täterschaft Baldaufs sprach. Welcher Täter blieb eine Stunde in der Nähe des Tatorts?

Doch galt auch: So mancher Mörder kehrte nochmals an den Tatort zurück!

Noch was beschäftigte Wörle: das mit der fremden Dame im Tennis-Look unmittelbar vor dem Institut für Rechtsmedizin, von deren Ähnlichkeit mit Julia er sich hatte täuschen lassen. Gut, ihre Gesichter glichen sich, aber diese Frau war deutlich älter gewesen. Lächerlich, wie er sich einen abgestottert hatte!

Inzwischen hatte die Schlange in Nürnberg die Kreuzung am Ende des Frankenschnellwegs erreicht. Bei Dunkelgelb, viel dunkler als die Polizei erlaubt, passierte Wörle die Kreuzung. Blieb bloß zu hoffen, dass die A6 frei war. Sonst würde er es nicht bis 13 Uhr nach Ansbach schaffen.

Wörle hatte Glück, der übliche Stau um Schwabach blieb aus und er erreichte pünktlich die Dienststelle. Dennoch war er der Letzte. Wegen Pippin waren aller Kollegen Blicke auf Wörle gerichtet und jeder wollte den Dackel einmal streicheln.

»Ich fasse nun zusammen.« Arnschwanger blickte kurz in die Runde. Wie stets war sein Mienenspiel so dominant, dass er allen gleichzeitig in die Augen zu schauen schien. »Es kommt nur versuchter Mord in Betracht. Was muss der Meindl auch einen Herzkasper kriegen?«

»Sehe ich anders«, entgegnete Herzog, der einige Semester Jura studiert hatte. »Der Täter hat auf Meindl gezielt, und der ist tot, nur eben anders, als der Täter sich das vorgestellt hat. Der Infarkt ist und bleibt die naheliegende Folge der Tötungshandlung.«

»Mag sein«, meinte Wörle. »Nach dem eindeutigen Resultat der Obduktion müssen wir aber im Zweifel davon ausgehen, dass Meindl den Herzanfall erlitten hat, bevor Baldaufs Schuss ihn traf, vielleicht sogar, bevor er auf ihn zielte.«

Arnschwanger ging ans Fenster und öffnete es. »Noch fehlt uns ein hieb- und stichfestes Motiv für Baldaufs Täterschaft. Weshalb sollte er ausgerechnet diesen harmlosen Meindl töten?«

Allgemeines Nicken. Links von Wörle Pippin, der noch immer fügsame Dackel. Nichts deutete darauf hin, dass er einnässte oder etwas zerbiss.

»Und den Hund hat uns Meindl auch noch eingebrockt«, fuhr der Chef fort. »Wer kümmert sich um ihn?«

Klar, jetzt hob niemand den Arm.

»Ich fahre ihn morgen früh ins Tierheim«, sagte Wörle.

»Brav.« Prompt ging Arnschwanger zu Pippin und kraulte ihn am Kinn. »Zurück zur Sache. Ich habe auf der Rückfahrt von Erlangen mit dem Oberstaatsanwalt Rücksprache gehalten. Selbstverständlich werden wir Baldauf in Haft nehmen. Aber erst am Montag, um den dringenden Tatverdacht gegen ihn festzuzurren. Außerdem könnte Richter Specht bis dahin wieder im Dienst sein.« Womit Arnschwanger auf den zaudernden Leberecht anspielte, der diese Woche Ermittlungsrichter Specht im Amt vertrat.

»Apropos zurren.« Arnschwanger wandte sich dem Kollegen Herzog zu. »Du hast den Herrn Herbst aufgesucht, der für Baldauf nach der Tat den Draht fortgefahren hat. Gibt es in dem Punkt was Neues?«

»Nein. Ich habe ihn jedoch für morgen vorgeladen und mich im Dorf umgehört. Da hält sich zwar mancher die Hand vor, doch dieser Herbst scheint mit Pit Baldauf befreundet zu sein. Beide sind im Dorf Graben aufgewachsen. Pit Baldaufs Großvater hatte einen Hof, und sein Vater eröffnete dann ein Gasthaus im Fränkischen Seenland, die Keimzelle von Baldaufs Hotelimperium.«

»Mach dem Herbst die Hölle heiß!«, zischte Arnschwanger. »Damit er singt. Ich bin mir sicher, dass er was weiß, was wir noch nicht wissen.«

»Und wenn der Baldauf türmt?«, fragte Wörle. Sofort wurde ihm die Konsequenz bewusst, falls sie aufgrund seiner unüberlegten Frage Baldauf schon morgen statt am Montag vorläufig festnehmen würden. Dann konnte er sich, was Julia betraf, auch das Date morgen Abend abschminken.

»Berufsrisiko.« Arnschwanger mit unbewegten Mundwinkeln. »Wie gesagt, wir sollten es wasserdicht machen. Baldauf ist nicht Max Mustermann, nicht wahr, in Gunzenhausen gehört er zu den Honoratioren. Es führt zu nichts, Baldauf vorläufig festzunehmen, und der Leberecht lässt ihn dann laufen. Wir benötigen Ermittlungsrichter Specht dafür. Ist übrigens auch die Meinung von Oberstaatsanwalt Röder.«

»Du hast recht«, antwortete Wörle und machte inwendig drei Kreuze. Wegen Julia.

»Noch was.« Herzog stand nun am Besprechungstisch, über die Protokolle gebeugt. »Dieser Herr Hartnagel, der den eingesperrten Dackel in Meindls Wagen gefunden hat, bleibt für uns ebenfalls interessant.«

»Inwiefern?«, fragte Arnschwanger.

»Auch da berichtete mir jemand hinter vorgehaltener Hand, dass dieser Hartnagel am Tag nach der Tat im Karlsgraben herumgeturnt sein soll, und zwar in Begleitung einer Frau«, erläuterte Herzog.

»Interessant.« Arnschwanger trat ans Fenster. Zündete sich seinen verbotenen Zigarillo an und steckte diesen nach dem ersten Zug in die ebenfalls verbotene Halterung. Drehte sich zu Wörle um und beschied: »Hans, knöpf du dir diesen Herrn Sargnagel vor.«

»Hartnagel.«

Arnschwanger grinste. »Ich weiß, ich lese zu viel Sigmund Freud.«

13.30 UHR. PIT BALDAUF.

Noch immer keine Spur von Steve. Pit saß da wie auf einem Reißnagel. Vor ihm auf dem Schreibtisch die Autoschlüssel, aber er hatte mehr intus als nur den einen Cognac zu viel. In Nürnberg hätte er es riskiert, zu fahren und Steve zu suchen. Doch Gunzenhausen war dafür zu klein. Schon seit Tagen hatte er nichts Gescheites mehr gegessen.

Wie verdächtig war er der Kripo inzwischen? Denn die Kripo hatte den Spaten, mit dem Meindl zuvor gegraben hatte. Genau dort, wo sein Großvater … Hatten sie es schon herausgefunden?

Jochen konnte er nicht mehr hinschicken, der stand im Fadenkreuz der Bullen. Sein Schwager Tom hatte ihm per SMS signalisiert, dass er ihm nicht mehr helfen könne. Womöglich wusste die ganze Polizeidirektion, dass er seinen BMW an einen Mörder verliehen hatte. Selbst am Karlsgraben nachzuschauen, wäre der sichere Weg in die Handschellen.

Längst brannte eine erste Zigarette, der, er wusste es schon, einige folgen sollten.

Mache dir nicht noch mehr Feinde, hatte sein Filius ihn ermahnt; was Unsinn war, weil nur derjenige Erfolg hatte, der nicht everybody's darling war. Pit zog an der Zigarette. Suchte vergeblich nach einem Ascher, öffnete das Fenster und schnippte die Asche nach draußen.

Nachbar Schmidt kam draußen des Wegs und sah ihn am Fenster stehen. Schnell trat er zurück und rauchte auf der Toilette zu Ende. Die Kippe ließ er in die Klospülung fallen.

Auf wen außer Jost konnte er noch zählen? So viele waren es nicht mehr. Heidingsfelder, sicher. Doch auch der, nicht nur Steve, wollte Klarheit über das Tatmotiv.

Zurück an seinem Schreibtisch startete Pit seinen Laptop und checkte die aufgelaufenen Mails. Dann machte er, wie stets nach dem Mittag und um der Normalität willen, einen Rundruf durch seine Hotels. Zu seiner Beruhigung waren, abgesehen von dem verdammten Papiertaschentuch am Brombachsee, nirgends potenziell kriegsentscheidende Beweismittel gegen ihn sichergestellt worden. Auch in seinem Hotel in Nürnberg nicht, wo er, nicht nur wegen Lara, am häufigsten zugange war. Die Kripo schien also noch über die Tat zu rätseln. Sonst hätten sie ihn bereits observiert und vorläufig festgenommen.

Den »Faktor Mensch« hatte er letztlich nicht in der Hand. Was, wenn einer den Schuss gehört und sich bei der Kripo gemeldet hatte? Im Dorf am Karlsgraben wohnten Mitglieder dieser Bürgerinitiative. Die mussten nur eins und eins zusammenzählen.

Blieb das operative Geschäft, das ihm am wenigsten Stress machte. Die Geschäftsführer seiner Hotels waren clever, auf ihre Loyalität konnte er zählen. Die kamen gut auch ohne ihn zurecht.

Also doch untertauchen? Undercover die Fäden ziehen, bis alles ausgestanden war? Wann würde es das sein?

Pit hatte die dritte Zigarette im Klo ertränkt und sich im Herrenzimmer ein letztes Glas Cognac eingeschenkt. Mit dem zog er nun vom Schreibtisch ans Fenster des Raumes um, ein paar Schritte weg, damit man ihn von außen nicht sah.

In diesem Moment bog Steves Audi von der Straße her in den Hof. Saß da eine Frau auf dem Beifahrersitz?

Nein, Steve war solo. Er fuhr nicht in seine Garage, sondern parkte auf dem Hof, öffnete die Fahrertür und stieg entschlossen aus.

Pit lief ihm eilig entgegen, warum, wusste er nicht. Als ahnte er, dass sein Sohn was für ihn ausgeheckt haben könnte, was nicht zu seinem Nachteil war.

»Wo warst du?«, fragte Pit. Da musste eine Frau im Spiel sein. Wie so oft, wenn er seinen eigenen Sohn nicht wiedererkannte.

Steve schwieg dazu. Stattdessen erklärte er: »Du musst mit deiner Verhaftung rechnen.«

»Nichts Neues. Weiter.«

»Ich hätte bis über das Wochenende ein sicheres Versteck für dich.«

Pit blickte auf. War das eine Falle? »Was für ein Versteck? Wo und bei wem?«

»In Degersheim.«

»Diese paar Häuser auf dem Hahnenkamm? Wie kommst du darauf?«

Steve lächelte. Dann ließ er aus dem Sack, was Pit bereits hatte kommen sehen. »Dort wohnt meine Freundin Susi. Bei ihr wird dich kein Mensch vermuten.«

»Du spinnst.«

»Aber bloß unter zwei Bedingungen, eine stammt von Susi und eine von mir.«

»Und zwar?«

»Das sagen wir dir nachher in Degersheim.«

»Grenzt an Erpressung!«

»Mag sein. Trotzdem kommst du mit, sonst holt dich die Kripo.«

»Was du nicht sagst.«

»Es fahren momentan auffällig viele Streifenwagen im Städtchen umher.«

Pit schnaubte. Galle schäumte ihm hoch. Aber was blieb ihm anderes übrig? Am Ende setzte der Haftrichter doch seinen Friedrich Wilhelm auf das rote Papier.

14 UHR. RICARDA HELD.

Über Ansbach zu fahren war ein Umweg. Der sich freilich in Grenzen hielt.

Es ließ Ricarda keine Ruhe, dass sie in Erlangen Ermittlern der Kripo begegnet sein könnte, ohne dass sie diese Vorlage genutzt hatte. Eine Scharte, die sie gleich auswetzen wollte. Vielleicht erfuhr sie bei der Kripo ja auch, was hinter dem Dackel steckte, den die Herren bei sich hatten. Ob es wirklich der Hund des toten Meindl war.

Noch was ging ihr durch den Kopf: Sie schien den Mann mit dem Dackel in Verlegenheit gebracht zu haben, als hätte sie bei ihm an einen wunden Punkt gerührt.

Gegen 14 Uhr parkte Ricarda kurz entschlossen ihren Honda vor dem Gebäude der Kripo – und gab dort an der Pforte zu verstehen, dass sie zum »Karlsgraben« was Sachdienliches beizutragen habe. Worauf sich nach zwei kurzen Telefonaten des Pförtners mit dem zuständigen Kommissariat eine Tür für sie auftat.

Wie erhofft, war es der Herr mit dem Dackel, der ihr die Tür öffnete. Der erkannte sie sofort wieder, jedenfalls errötete er, als sie ins Zimmer trat. Der Hund lag neben dem Schreibtisch auf einer alten Matte.

»Mein Name ist Ricarda Held.« Nun war sie doch nervös, aber er offensichtlich auch. »Ich bin hier, weil ich Ihnen in der Sache ›Karlsgraben‹ weiterhelfen könnte.«

»Kriminaloberkommissar Wörle. Freut mich.« Der Beamte bot Ricarda einen Stuhl am Besprechungstisch an, und sie setzte sich. Er lief zuerst zu seinem Schreibtisch und nestelte in den Papieren. Regte stumm die Lippen dabei. Fragte er sich, ob sie extra aus Erlangen hergekommen war? Besser er sprach die Begegnung an; sie sollte es zumindest nicht voreilig tun.

Ricarda begann von vorne. Sie berichtete KOK Wörle von dem SUV-Gespann, welches in der vorletzten Nacht beim Bahnhof Treuchtlingen auf sie zugeschossen war, und dass Pit Baldauf der Fahrer gewesen sein könnte.

»Woraus schließen Sie das?« Noch immer stand Wörle in Frontstellung zu ihr an seinem Schreibtisch. Der Dackel hob sein Köpfchen.

»Weil jemand in der Tatnacht in unmittelbarer Tatortnähe offensichtlich auf der Flucht war. Mit Stacheldraht am Haken. Dies passt zu Baldauf wie der Karl zum Großen. Sie wissen, dass er am Graben einen Biergarten eröffnen will?«

Wörle nickte. Ja, bestätigte er, am Tatort seien Drahtstücke gefunden worden.

»Er wollte um das Grundstück Stacheldraht ziehen, um vollendete Besitztatsachen zu schaffen«, setzte Ricarda nach.

Wörle stellte den Kopf schief. »Hm. Ja, diese Idee hatte ich auch schon.«

»Mitten in der Nacht, damit ihm ja keiner in die Quere kommt. Das Projekt ist schließlich hoch umstritten, er hat in Treuchtlingen eine Bürgerinitiative gegen sich.« Dass sie selbst ihr Kopf war, behielt Ricarda für sich.

Wörle setzte sich zu ihr an das Tischchen und spielte mit einem Kugelschreiber.

Ricarda beriet mit sich. Sollte sie den Verdacht in den Raum stellen, dass Meindl möglicherweise deswegen hatte sterben müssen, weil Baldauf weitere Grabungen verhindern wollte? Sie sah davon ab und sagte stattdessen: »Sicher fragen Sie sich, wie ich auf all das komme. Ich wohne in Treuchtlingen. Ich bin deshalb über den Staub, den Baldauf dort aufwirbelt, bestens im Bilde. Von Beruf bin ich Professorin für Jüngere Deutsche Geschichte. An der Uni in Erlangen.«

Touché. »Hm. Dann waren Sie es tatsächlich«, murmelte er, eher zu sich selbst als zu ihr.

»Was denn?«, fragte sie beiläufig.

»Sie sind die Dame, der wir heute Vormittag vor der Rechtsmedizin begegnet sind.« Wörle errötete erneut. »Tut mir leid, wie ich Sie da angestarrt habe. Das war übergriffig.«

»Kein Thema.« Ricarda lächelte. »Übergriffig sind eher gewisse Herren an der Uni.«

»Dann ist es ja gut.« Nun erwiderte er ihr Lächeln. »Spielen Sie Tennis?«

»Ja, wie kommen Sie darauf?«

»Meine Freundin auch.«

Ricarda schmunzelte. Small Talk, der sie dem Ziel näher brachte, ihn aus dem Nähkästchen plaudern zu lassen. »Was spielt sie? Einzel? Doppel? In einer Mannschaft?«

»Ja, Landesliga.«

»Sie waren also heute Vormittag in der Rechtsmedizin. War der Hund an Ihrer Seite auch Gegenstand der forensischen Untersuchungen?«

»Ja, tragischerweise.«

»Warum?«

Wörle zuckte zusammen. Er stand auf. »Wer stellt hier die Fragen? Woher kommt Ihr Interesse an unseren Ermittlungen?«

Ricarda überlegte. Jetzt sollte sie Farbe bekennen. Doch nur in homöopathischen Dosen! »Also gut.« Sie strich sich eine lose Wimper aus dem rechten Auge. »Wie gesagt: Der Tatort und Pit Baldaufs Karlsgraben-Biergarten-Projekt stehen für mich in direktem und logischem Zusammenhang.«

»Richtig.«

»Anscheinend störte Meindl den Herrn Hotelier. Oder, anders gesagt: Baldauf wollte und will diesen Ort unbedingt unter seine Fittiche kriegen, warum auch immer.«

Wörle zog um, zu einem hölzernen Katheder, dem plakativen Fremdkörper in diesem Büro, und machte sich Notizen in ein Heft mit dem gelben Reclam-Design. Darin glich sie ihm. Sie projektierte auch gern in Kladden.

»Und noch etwas: Baldauf stammt nicht aus Gunzenhausen, wo er jetzt wohnt.«

»Sondern aus Treuchtlingen. Dies ist uns längst bekannt.«

»Nein, Baldauf kommt aus Graben, dort ist er aufgewachsen. In Treuchtlingen ist er bloß geboren. Das ist ein himmelweiter Unterschied.«

Wörle nahm das Notizheft vom Stehpult, setzte sich damit an den Schreibtisch, mit dem Rücken zu Ricarda am Besprechungstisch, und schrieb dort weiter. Bauch und Wangen gingen in die Breite, sein Haar war dünn.

Doch er war schick gekleidet – schwarze Hose, stahl-blaues Hemd.

»Weiß ich«, erwiderte er ein wenig indigniert und drehte sich auf dem Stuhl zu ihr um. »Was können Sie noch über seine Familie und Vorfahren berichten?«

Gäbe Ricarda nun ihr weiteres Wissen preis, müsste sie zugeben, dass sie undercover ermittelte. Das ging gar nicht. Kein Polizist schätzte es, wenn in seinem Rücken sondiert wurde – schon gar nicht einer von der Kripo. Heikel. Käme es hart auf hart bei ihrem Undercover-Einsatz, würde sie womöglich auf polizeilichen Bei-stand angewiesen sein.

Ricarda verbiss sich deshalb eine Antwort. War wie beim Mikado. Wer sich bewegte, verlor das Spiel.

Was Wörle ärgerte. Er wandte den Blick zurück zu Schreibtisch und PC. Knapp erklärte er: »Mir scheint, Sie wissen mehr. Drum werde ich Sie jetzt förmlich ein-vernehmen. Ihre Personalien?«

Und schon war sie offizielle Zeugin – was sie unbe-dingt hatte verhindern wollen. Hätte sie sich doch seine Befangenheit aufgrund der Begegnung in Erlan-gen mehr zunutze gemacht, statt ihn so aus der Reserve zu locken.

Ricarda gab ihre Personalien zu Protokoll, die Wörle direkt in den Rechner tippte. Bei »verwitwet« merkte er auf. Sah erst zu ihr, daraufhin zum Hund. Schließ-lich belehrte er sie über ihre Zeugenpflichten. Er ging das bisherige Gespräch noch einmal durch und brachte es zu Protokoll.

»Sie sagten, Baldauf komme aus dem Dorf Graben«, hakte Wörle nach. »Waren seine Vorfahren Bauern?«

»Ja, sehr reiche.« Genug. Alles Weitere zu gegebener Zeit. Das mit dem Loch im Karlsgraben, das Meindl vermutlich vor seiner Ermordung gebuddelt hatte und an dem sie nun mit Hartnagel weitergrub, verschwieg sie. »Das ist alles, was ich über die Familie weiß.«

Wörle drehte sich vom Rechner weg. Nahm sie in den Blick und hob die Brauen. »Und eigens hierfür haben Sie den Umweg über Ansbach genommen?«

»Goldig, der Dackel«, flötete sie, um dem Gespräch die dringend nötige andere Richtung zu geben. »Wie heißt er denn?«

»Pippin.«

Passte zu Meindl, dem Reliquienjäger auf Frankenkaisers Spuren.

»Wer kümmert sich jetzt um ihn?«, fragte Ricarda listig und erhob sich vom Konferenztisch.

»Ich bringe ihn morgen ins Tierheim.« Wörle glitt unruhig auf dem Bürostuhl nach vorne. »Es sei denn ...«

Ricarda hielt den Atem an. Würde er versuchen, ihr den Hund anzutragen? Es wäre ihre Chance! Ginge sie gleich drauf ein, müsste er es vergelten. Dann plauderte er vielleicht doch noch was aus. Vielleicht erführe sie zumindest, ob gezielt auf Meindl geschossen wurde, was den Verdacht gegen Baldauf erhärtete. Dass er auf Meindl geschossen haben könnte, um weitere Grabungen im Karlsgraben zu verhindern. Aber warum? Sie musste es herausfinden. »Es sei denn?«, wiederholte sie, da Wörle nicht weiterredete, und sah zu Pippin hinüber.

»Hätten Sie ihn gern?«

In genau diesem Augenblick hob Pippin erneut das Köpfchen und erwiderte Ricardas Blick. Kluges Tier.

»Ja.« Sie nahm eine Visitenkarte aus der Geldbörse und gab sie dem verdutzten Wörle.

14.30 UHR. PIT BALDAUF.

»Kommst du jetzt endlich?«, rief Steve aus dem Flur in Pits Büro und ließ die Autoschlüssel klimpern.

»Fünf Minuten, okay?«

»Ich warte unten am Wagen.«

Womit Pit allein war. Eilig öffnete er Koffer und Aktentaschen und sah nach den Handys, dem Laptop und all den anderen wichtigen Sachen. Alles parat.

Blieb Britta, der er Steves Anweisung nach hinterhertelefonieren sollte. Seit Steve ihm Brittas Handynummer hochnotpeinlich auf die Zeitung gepinselt hatte, wusste er sie auswendig. Verkniffen setzte er sich an den Schreibtisch, um seine Frau mit dem Bürotelefon zu kontaktieren. Beim dritten Rufzeichen zitterte ihm die Hand, nach dem fünften Zeichen ging sie schließlich dran.

»Peter?«, fragte sie, bereits das war eine Spitze. »Pit« hatte ihr stets nach Mafioso geklungen.

»Ja, Liebes.« Genügte. Mochte Britta selbst beichten, wo sie steckte.

Britta indes schwieg. Pit lauschte angestrengt nach Geräuschen im Hintergrund, nach Stimmen seiner Schwiegereltern. Doch es regte sich nichts. Verdammt, wo steckte sie bloß?

»Und?«, fragte Britta unterkühlt. Sonst trug sie das Herz auf der Zunge.

»Wo bist du, und warum?«

»Ist das alles, was du zu sagen, zu fragen hast? Bist nicht eher du mir eine Erklärung schuldig?«

Pit sank auf den Bürostuhl. Britta war nicht mehr Britta. Was kaum an ihren Eltern liegen konnte; diese mochten ihn zwar nicht, neigten aber nicht zur Aggression. Betrog sie ihn etwa?

»Ich«, setzte er verkniffen an, »ich bin zu Hause und auf freiem Fuß, und das wird auch so bleiben.« Wohltemperierte Pause, welche Britta nicht unterbrach. »Ach ja, das habe ich dir zu verdanken, Asche auf mein Haupt. Du hast die Ruhe bewahrt, bei uns im Büro aufgeräumt und Belastendes beiseitegeschafft. Danke dafür.«

»Und weiter?«, insistierte Britta.

Pits Blutdruck stieg noch höher. Hörte er eine männliche Stimme im Hintergrund?

»Gar nichts weiter.« Er horchte wieder ins Leere. »War ein Unfall, wie ich schon sagte. Ich habe nicht scharf auf ihn geschossen, echt nicht, und …«

»Unsinn«, fuhr sie ihm ins Wort. »Bei dir geschieht nichts aus Versehen. Wenn dir deine Ehe lieb ist, dann sag endlich die Wahrheit. In einer intakten Familie kann es keine Geheimnisse geben.«

Pit stutzte. Sie klang wie Steve. Hatten die beiden sich etwa abgesprochen?

»Britta, Schluss jetzt. Zu einer intakten Familie gehört auch, dass man sich sagt, wo man ist.«

»Okay, dann fang du mal damit an. Ich wüsste gern, wo du deine Nürnberger Nächte verbringst.«

Pit biss sich auf die Lippe. Unten am Auto Steve, der Chauffeur ins Exil.

»Ich bin übrigens im Hotel. Zu der Wellnesswoche, die du mir schon seit Jahren versprichst.«

»Ja, fesch.« Nur nicht überreagieren. »Und wo?«

»Im Hotel Schneckenburger, am wunderschönen idyllischen Rothsee.«

Pits Zornesader schwoll noch stärker an. Schneckenburger. Sein größter Konkurrent im Seenland – mit Zwanzig-Meter-Pool und Erlebnissauna. Der ihm schon lange die Nächtigungszahlen verdarb.

»Nun weißt du, wo ich bin«, sagte Britta frech. »Jetzt bist du dran. Sag mir endlich, was geschehen ist, und vor allem, wieso du Herrn Meindl erschossen hast.«

»Zuerst kommst du mir heim!«, befahl Pit und beendete das Gespräch, ehe Britta antworten konnte.

Hörte er in der Ferne ein Martinshorn? In Panik ergriff er die Taschen und rannte damit hinaus zum Audi seines Sohnes, der mit laufendem Motor auf ihn wartete. Lud sein Gepäck ein. Stieg zu. Hyperventilierte. Erst auf der Bundesstraße beruhigte sich sein Atem. Bei Meinheim am Fuße des Hahnenkamms fasste sich Pit an den Puls und maß die Herzfrequenz. Fast 100. Wo war nur seine Coolness geblieben?

Während der Fahrt nach Degersheim fiel kein einziges Wort. Auch Steve schwieg, erst bei seiner Freundin würde er die Bedingungen für Geleit und Asyl preisgeben.

Wobei Steves Bedingung ja auf der Hand lag, erst recht, falls sich der Filius tatsächlich mit Britta darüber verständigt haben sollte. Sie wollten die Wahrheit wissen. Aber worin zum Teufel bestand die andere Bedingung, jene von Steves Freundin?

Der Hahnenkamm, das Ende der Zivilisation. Nur böhmische Dörfer, trotz der Nähe zu Gunzenhausen.

Vor Degersheim bog Steve von der Hauptstraße ab. Nahm in Höhe des Ortsschilds per Handy mit seiner Freundin Kontakt auf, wofür er extra am Fahrbahnrand anhielt. Schließlich bog er im Ort in den Hof eines Einfamilienhauses ab, das Anfang der 90er-Jahre gebaut worden sein dürfte.

15 UHR. RICARDA HELD.

Zu gerne hätte Ricarda vor der Fahrt nach Hause einen Latte macchiato getrunken. Doch in der Nähe der Kripo, auf dem ehemaligen Kasernengelände der Amis, fand sie nichts, was zum Verweilen einlud.

Dabei täte Durchatmen gut. Seit sie in der Nacht von Montag auf Dienstag aus Erlangen heim nach Treuchtlingen gekommen war, war alle Routine dahin – Klausuren korrigieren, Drittmittel anwerben, also der hektische, bei Licht betrachtet aber beamtenmäßig anmutende Alltag einer ordentlichen Professorin an einer deutschen Universität. Aus und vorbei. Die quietschenden Reifen, der Hänger wie der Blitz auf sie zu. Ihr Sprung zur Seite. Vor Baldauf, wem sonst?

Nach durchschwitzter Nacht der Mord im Karlsgraben, der sie, die zwar linksliberal eingestellte, aber doch angepasste und gesetzestreue Uni-Professorin, einem polizeilichen Absperrband am Tatort hatte zuwiderhandeln lassen. Mit Wendelin Hartnagel. Geschichte, die allein das Leben schrieb. Mit dem sie im Graben gekiebitzt hatte – und mit dem sie morgen auf der Wülzburg verabredet war, zu weiteren gemeinsamen Schandtaten. Zu all dem ihre Albträume, für die man kein Psychofritze sein musste, um diese mit ihrem verschollenen, unbekannt gebliebenen Vater in Verbindung zu bringen. Nicht zuletzt KOK Wörle, der Ricarda in Erlangen mit seiner Freundin verwechselt hatte.

Und jetzt auch noch Pippin. Hatte sie sich in den Jahren seit Matthias' Tod nicht oft danach gesehnt, dass es in dem großen Haus nicht mehr so einsam war? Nun hatte sie also einen Hund. Und Wörle hatte ihr als Dank versprochen, ein Hundekörbchen zu kaufen und es am Samstag persönlich bei ihr vorbeizubringen. Was sie noch von ihm erfahren wollte, konnte sie ihn dann übermorgen fragen.

In der Ortsdurchfahrt von Merkendorf konzentrierte sich Ricarda auf die Strecke. Denn hier schlugen öfters Radarfallen zu. Sie drosselte ihr Tempo. Von hinten kam ein leises Fiepen.

»Ganz ruhig, Pippin.« Sie drehte sich um – zu dem, zu ihrem Hund. »Alles gut.«

Der Dackel nickte, fast wie ein Mensch, und rollte sich wieder ein. Pippin. Selbst dieser Name war ihr mittlerweile ans Herz gewachsen.

Ricarda sammelte sich, behielt den Tacho im Blick. Nur mehr vier Stunden bis zum Treffen der Bürgerinitiative. Das sicher zu einem »Untersuchungsausschuss Mord« werden dürfte. Zu dem sie überdies Pippin mitnehmen musste und aller Augen ausgeliefert war. Gleichwohl kam ihr das nicht ungelegen. Es war eine Chance, Leonid, den Letzten Sowjet von Altmühlfranken, gnädig zu stimmen. Er hatte schließlich auch einen Hund.

Ricarda hatte Gunzenhausen passiert. Sie bog ab von der Bundesstraße, nach rechts in Richtung Treuchtlingen. Trotz der Hitze wollte sie sich daheim zur Entspannung eine Kanne Kräutertee kochen.

16 UHR. PIT BALDAUF.

Da saß er nun in Degersheim.

Im Elternhaus von Steves Flamme Susi. In einer feuchten, aber üppigen Einliegerwohnung im Souterrain, in die Susi Pit geführt hatte. Vorbei an einer zeitgenössischen Kellerbar, auf deren Tresen sich Jahrgänge von »Reader's Digest« stapelten. Dahinter auf dem Bord irischer Whiskey, ein Weinbrand und farbenfroh klebrige Likörchen. Er würde sich die Letzte Ölung also stilecht spenden können.

Von Susis Eltern keine Spur. Auf dem Klingelschild standen aber noch deren Namen.

Pit arrangierte sich; er trug sein Gepäck in das Schlafzimmer im Souterrain. In dem er, schon des schmalen Bettes wegen, kein Auge würde zumachen können. Er stellte seinen Laptop auf den Esstisch im Wohnzimmer und lief anschließend nach oben zu Steve und Susi.

Zur Begrüßung gab es in der Hauptwohnung Kaffee und frisch gebackenen Apfelkuchen.

»Milch, Zucker?«, fragte Susi beflissen und in einer weißen Schürze.

»Schwarz.« Besser, er stellte Sohn und Susi gleich zur Rede und kostete erst dann von dem Kuchen.

Wider Erwarten kam er aber nicht dazu. Steve schob Pit einen Stuhl hin, blieb selbst stehen und erklärte: »Meine Bedingung für dein Asyl hier ist ganz einfach: Du erklärst mir, was hinter dem Schuss auf Meindl steckt. Da muss es etwas geben, was du uns verheimlichst.«

Pit setzte sich. War zu erwarten gewesen. Susi schenkte ihm Kaffee ein und schnitt den Kuchen in Stücke. Okay, Steve war eher nicht das Problem; der war hier nicht der Herr im Haus und überdies nicht abgebrüht genug, das Ganze so durchzuziehen. Susi sicher auch nicht. Zu höflich war ihre Begrüßung mit Kaffee und Kuchen. Doch sie konnte ihn jederzeit vor die Tür setzen. Womit er erst der Kripo und dann der Katz gehörte.

Prompt hatte Pit in all seiner Grübelei ein Stück Apfelkuchen auf seinem Teller.

Susi spritzte ihm sogar einen Berg Rahm daneben, aus einer Sahnekartusche, die sie unter dem Tisch hervorzog. »Guten Appetit.« Sie lächelte und fuhr fort: »Nun zu meiner Bedingung, Herr Baldauf. Sie lassen das sein mit dem Karlsgraben-Biergarten.« Sie schaute Steve an und setzte sich mit einem Stück Kuchen zu ihm aufs Sofa. »Sie machen sich nur Feinde, und die können Sie jetzt nicht brauchen.«

Pit starrte auf den fetten Sahnetuff. Was hatte er sich da bloß eingebrockt? »Das lassen Sie bitte meine Sorge sein«, konterte er, löffelte die Sahne auf das Stück Kuchen und kostete. Backen konnte sie, bestimmt auch kochen. Nichts wurde so heiß gegessen, wie es auf den Tisch kam. Es galt, beide weichzukochen. Ihr das Du aufzudrängen und Steve durch Taktieren Zugeständnisse abzutrotzen, um Zeit zu gewinnen. So würde er den Kopf aus der Schlinge bekommen.

Pit verzehrte den Kuchen. Er verzichtete auf ein zweites Stück, stand auf, obwohl Steve und Susi noch aßen, und schritt demonstrativ durch die gute Stube. Schaute

sich um. Links der Zimmertür zum Gang ein Paar Filz-
puschen, die Susi ihm hingestellt hatte; er würde sie
geflissentlich ignorieren. Vor einem Fenster ein Schreibtisch mit einem Bücherbord, Susis Visitenkarte. Neugierig blieb Pit davor stehen. Bücher über Medizin und
Krankenpflege, also war sie Krankenschwester. Wie
erwartet war ihr Schreibtisch aufgeräumt, kein Com-
puter, kein Kalender, nicht einmal lose Notizzettel. Pit
grinste und wandte sich um, nahm Susi fest in den Blick.

Sie hielt ihm stand und hebelte ihm noch ein Stück
Kuchen auf den Teller – als wüsste sie, wie ausgehun-
gert er war. Schenkte ihm eine weitere Tasse Kaffee ein.

Steve sah indessen an Pit, aber auch an Susi vorbei,
seine Stirn war in Falten gelegt.

Pits Hunger siegte; er nahm wieder Platz und verzehrte das zweite Stück Kuchen. Daraufhin trug er Susi
gleich das Du an. Sie zögerte zwar, willigte jedoch ein.
Bald hätte er ihr den Wind aus den Segeln genommen,
und Steve bekam er jedes Mal weich gekocht.

17 UHR. WENDELIN HARTNAGEL.

Für einen Kirchendiener war Weihnachten die Hölle und der Sommer das Paradies. Jedenfalls hielt sich die Arbeit sehr in Grenzen.

Frühzeitig beendete Hartnagel seinen täglichen Kontrollgang durch die Kirche, die Höfe und Gemeinderäume. Alles hatte er abgehakt, nun wartete ein Zuckerl auf ihn, eine Kiste mit alten Büchern. Die hatte er, von Gott und der Welt vergessen, im Keller des Pfarrhauses gefunden, als er einem Leck in den Wasserleitungen nachgegangen war. Nun stand die Kiste in der Sakristei der Kirche, denn Pfarrer Zwick hatte sie ihm freigegeben: »Schauen Sie sie durch, und was Sie möchten, behalten Sie. Die Bücher sind gewiss von meinen Vorgängern. Sie wissen ja, keiner tut hier was weg. Selbst mir ist das Gerümpel inzwischen zu viel.«

Als ob man zu viele Bücher besitzen könnte. Bücher hatten Geduld, wenn man sie nicht gleich las. Sie waren seit jeher Hartnagels Trost gewesen. Statt in Hort oder Schule mit den Gleichaltrigen zu spielen, die ihn wegen seines geringen Wuchses oft verspottet hatten, hatte er mit den Helden in den Geschichten gelebt und gelitten. Solche für Mädchen hatte er meistens gelesen, seine Helden waren eher Heldinnen gewesen. Allein dafür hätte es Keile von den Jungs seiner Klasse gesetzt, die nach der Schule gerne zum Treuchtlinger Bahnhof gezogen waren und Streichen oder Mutproben gefrönt hatten. Denen dabei niemals etwas zugestoßen war, im

Gegensatz zu Wendelin Hartnagels Vater. Der hatte dort zunächst als Heizer und später als Lokomotivführer gearbeitet. Ende 1959 hatte der Kessel seiner Lok Feuer gefangen und war explodiert. Seit diesem Unglück hatte eine große Narbe sein Gesicht geziert. Wie ungerecht das Los sein konnte, denn bald darauf hatten sich die Loks in Treuchtlingen das Rauchen abgewöhnt, nachdem 1965 auch die Strecke nach Würzburg elektrifiziert worden war.

Pfarrer Zwick war momentan außer Haus, wie jeden Donnerstag ab 16.30 Uhr. Dennoch klopfte Hartnagel an die Sakristeitür, bevor er eintrat. Er bekreuzigte sich und beugte sich über die volle Kiste mit den Büchern. Wider Erwarten waren darin nicht nur Sachbücher, sondern auch einige Romane. Alle Jahre, eher Jahrzehnte alt.

Romane las Hartnagel schon lange nicht mehr. Je älter nämlich das Kind Wendelin Hartnagel geworden war, umso mehr hatte es mit den Romanfiguren gelitten. Und war wiederum der Schwächling gewesen. Mit zwölf Jahren, kurz vor der Firmung, hatte er im Kino bei »Jim Knopf und Lukas der Lokomotivführer« geweint und die Augen zugedrückt, weil er die Überlastung der Lok Emma nicht hatte ertragen können. Was ihm den Spott der Mitschüler, eine Schelte des Lehrers, der sie damals ins Kino geschickt hatte, und daheim Stubenarrest eingetragen hatte. Seither verschlang er Sachbücher, dabei war es bis auf den heutigen Tag geblieben.

Hartnagel musste niesen. Jahre alter Bücherstaub tanzte im Sonnenlicht. Hartnagel strich mit dem Hemdsärmel über die tropfende Nase, eilte nach einem Lappen und machte ihn im Waschbecken der Sakristei feucht. Strich den Staub von den Büchern und sichtete die Titel. Keine Theologie. Nun wusste er, warum Zwick sie nicht behalten wollte. Oder gab es noch einen anderen Grund?

Hartnagel nahm aufs Geratewohl einen Band aus der Kiste, einen Roman von Friedrich Dürrenmatt mit dem Titel »Der Verdacht«, und blätterte darin. Ganz vorne ein mit Bleistift handschriftlich eingetragener Name, allerdings so verblichen, dass der Name nicht mehr zu lesen war. Sicher von einem Vorgänger Pfarrer Zwicks.

Hartnagel legte das Buch beiseite, den Sachbüchern galt sein Augenmerk. Das erste, das er herausnahm, hieß »Römer in Bayern«. Dann ein Bildband über den »Eisenbahnknotenpunkt Treuchtlingen«.

Schon hockte Hartnagel im Schneidersitz neben der Kiste. Er streckte sich ab und zu, damit seine Beine nicht einschliefen, und sortierte sämtliche Bücher grob nach Alter und Inhalt zu Stapeln. Schließlich fand er doch ein Buch über Theologie. Als Hartnagel darin blätterte, glitt daraus ein alter Brief. So alt, dass er mit einer »30er Heinemann« frankiert worden war. Er stammte also aus den frühen 70er-Jahren und war entsprechend vergilbt. Obschon die Marke Dutzendware war, sah Hartnagel, der in seiner Kindheit wie viele Buben Briefmarken gesammelt hatte, auf den Poststempel; leider war der Ort nicht zu entziffern. Denn die alte vierstellige Postleitzahl mit einer Vier am Anfang sagte Wendelin nichts. Vermutlich ein Ort in Nordrhein-Westfalen.

Laut dem Absender auf dem Umschlag hatte ein Pfarrer Franz Xaver R. den Brief verschickt, ohne seinen Nachnamen und Wohnort anzugeben, und er war gerichtet an den damaligen Pfarrer der Treuchtlinger Kirche, an Pfarrer Alfons Eder. Den Hartnagel noch gekannt hatte; dieser Priester hatte ihm die Erstkommunion gespendet. Was Hartnagel wieder seine düstere, von Weinen und Hoffen geprägte Kindheit vergegenwärtigte; Pfarrer Eder war ihm da oft ein Trost gewesen.

Dann merkte Hartnagel auf: Das Kuvert war geöffnet. Dieser Brief musste Pfarrer Eder also zugegangen sein. Vermutlich als er in diesem Buch gelesen hatte. Hartnagel legte den Brief zurück. Und erschrak ob des kreisrunden Flecks auf dem Umschlag. Der Schweiß seiner Finger. Was galt es zu tun? Gewiss, Pfarrer Zwick hatte ihm diese Bücher zur freien Verfügung überantwortet. Aber galt das auch für diesen Brief zwischen Pfarrern? Womöglich wusste Zwick gar nichts von dem Schreiben. Sollte Hartnagel, der verschwiegene Kirchendiener, ihn nicht unbesehen an Pfarrer Zwick weiterleiten? Pfarrer Eder war leider vor Kurzem verstorben.

Hartnagels Freude an dem Bücherschatz war nun getrübt. Er wollte, konnte sie nicht mitnehmen, ohne vorab die Brieffrage zu klären. Dies indes musste er verschieben, weil Pfarrer Zwick heute wie jeden Donnerstagabend mit drei Priestern aus dem Dekanat »Schafkopf« spielte.

Hartnagel wischte sich die zitternden Hände an der Hose ab. Vielleicht doch einen kurzen Blick auf den Inhalt des Briefes wagen? Er zog das Schreiben aus dem Umschlag und faltete es auseinander. Doch schon nach den ersten Zeilen merkte er, dass es sich um einen sehr persönlichen Brief handelte, der ihn nichts anging. Er steckte das Schreiben deshalb wieder in das Kuvert

und legte dieses in das Buch, aus dem es geglitten war –
ein Buch über Pastoral und Seelsorge –, und schich-
tete alle Bücher in die Kiste zurück. Schob sie an die
Wand, damit der Herr Pfarrer nicht darüberstolperte.
Bei nächster Gelegenheit wollte er Zwick auf den Brief
aufmerksam machen. Vorher konnte er die Kiste nicht
einfach mitnehmen.

Er versicherte sich seiner Schlüssel und wiederholte
seinen Kontrollrundgang, wie immer, wenn er sich
unwohl fühlte. Überprüfte nochmals im Gemeinde-
zentrum Lichtschalter und Herdplatten. Sperrte alle
Türen mit doppelter Umdrehung zu. Es wurde 19 Uhr,
ehe Hartnagel die Kirche verließ. Nicht ohne sich davon
überzeugt zu haben, dass der Brief wirklich wieder in
dem Buch lag, in dem er gewesen war.

Auch daheim kam er nicht zur Ruhe. Kaum war er
dort angekommen, fiel ihm ein, dass er morgen früh
mit Ricarda Held auf der Wülzburg verabredet war. Er
würde die virulente Brieffrage also bis zum Zwölfuhr-
läuten hintanstellen müssen.

Arnschwanger war offenbar gegangen, Wörle nun der Letzte im Kommissariat.

Pippin fehlte ihm.

Auf Arnschwangers Geheiß hatte er den Nachmittag über am Zwischendossier für Oberstaatsanwalt Röder gearbeitet, mit einer Zusammenfassung der Ermittlungen, dem Ergebnis der Obduktion und den ziemlich dürftigen Erkenntnissen aus den Durchsuchungen.

Wörle stand auf. Goss den Ficus, den er bereits am Morgen unter Wasser gesetzt hatte, noch ein weiteres Mal und hatte dabei Julia vor Augen sowie Arnschwangers Verdikt in den Ohren, Ansbach sei zu klein für eine solche Beziehung. Wie schon oft bei der Liebe, hatte Wörle es falsch gedeichselt. Er hätte Julia nicht auf sein Dienstzimmer kommen lassen sollen.

Prompt der Blick auf den WhatsApp-Icon. Vergeblich. Keine virtuelle Tasse Kaffee, kein Smiley, erst recht kein Herzchen. Funkstille. Würde sie auch das morgige Date canceln?

Und dazu Frau Held, die ihm in der Sache Meindl nicht weitergeholfen, ihm aber Pippin »abgenommen« hatte. Er hatte sich sogar noch beflissen erboten, ein Körbchen für den Hund zu kaufen. Und es ihr zu liefern! Nur weil sie sich als Julia verkleidet hatte und er darauf reingefallen war. Hätte er sie doch nicht so doof angestarrt!

Dann hätte er Pippin noch. Würde mit ihm im Wald

spazieren gehen und was für seine Gesundheit tun. Und knuddeln täte ihm auch gut.

Wörle tippte gedankenverloren, die Zeilen auf dem Bildschirm verschwammen vor seinen müden Augen. Bis sich sein Smartphone meldete.

Er schrak hoch und schaute auf das Display. Julia.

»Jetzt sagt sie mir ab«, seufzte er und nahm das Gespräch entgegen.

Ein Wortschwall schlug ihm entgegen, Endorphine pur. Sie habe soeben einer Bande von Serienbetrügern das Handwerk gelegt. »Und bei dir so?«, fragte sie.

Ehe Wörle ihr antworten konnte, klingelte bei ihr ein weiteres Telefon, worauf sie ihn mit einem »Hach, Hans, ich freu mich so auf morgen Abend« aus der Leitung kegelte.

Wörle schnaufte durch. Er öffnete ihren Chat, bedachte Julia mit einem »Freue mich auch!« sowie einem roten Herzchen. Darauf hörte er Schritte im Gang, und einen Atemzug später erschien Arnschwanger in der Tür, gottlob die entscheidende Minute zu spät. Sonst hätte er ihn wieder mit Julia ertappt.

»Du bist ja noch hier«, rief Wörle.

»Uns fehlt die Tatwaffe. Was meinst du? Gesetzt den Fall, es war Baldauf – wo würde er sie entsorgen?«

»Dafür bist du zurückgekommen? Das hättest du mich auch morgen fragen können.«

»Was denkst du«, beharrte Arnschwanger, »wo hat Baldauf die Waffe vergraben?«

Wörle überlegte. Baldauf war Hotelier. Er kannte sich bestimmt gut aus in ganz Bayern, schließlich wollten die Touristen mit Freizeittipps versorgt werden. Wo würde

Wörle die Tatwaffe verstecken, wenn er an Baldaufs Stelle wäre? Außerhalb des Zuständigkeitsbereichs der hiesigen Kripo, das als Allererstes. Irgendwo in der Pampa, wo kein Mensch einen Fuß hinsetzte. Wörle erinnerte sich an Ricardas Aussage. Baldauf stamme aus einer wohlhabenden Bauernfamilie, hatte sie gesagt. Gab es den Hof in Graben noch? Hatte er dort die Waffe versteckt? Unwahrscheinlich, da in jedem Fall zu nahe am Tatort. Aber ein Bauernhof, zumal ein verlassener, wäre kein schlechtes Versteck. Vielleicht in einem alten Silo oder einer Güllegrube?

»Ich hätte eine Idee.« Wörle trommelte mit den Fingern auf den Tisch. »Er könnte sie auf einem verlassenen Bauernhof entsorgt haben. In einer alten Güllegrube oder einem nicht mehr verwendeten Silo. Zuerst sollte man den ehemaligen Baldauf-Hof in Graben prüfen, dann aber auf jeden Fall an ganz Bayern denken, also außerhalb des Zuständigkeitsbereichs unserer Kripo.«

»Wie kommst du darauf?«

Wörle schwenkte den Monitor zu seinem Chef und zeigte ihm Helds Aussage.

»Gewagte Schlussfolgerung, aber nachvollziehbar und im Moment unsere einzige Idee. Sehr gut, Hans, das gilt es am Wochenende abzuchecken. Und jetzt gehst du heim. Ich wünsch dir ein erholsames Wochenende!«

»Aber morgen ist doch erst Freitag.«

»Du nimmst bitte Urlaub.« Arnschwanger sah ihn besorgt an. »Herzog vernimmt morgen den Herrn, der Baldauf den Draht weggefahren hat, ich knöpf mir Herrn Hartnagel vor. Bis Montag haben wir vielleicht die Tatwaffe gefunden – und dann greifen wir an.«

»Aber …«

»Lass gut sein, Hans, bitte. Du ruhst dich aus, du
kommst mir überarbeitet vor.«

19 UHR. RICARDA HELD.

Ob Karnickelzüchter oder Bürgerinitiative, ein Verein ist ein Verein ist ein Verein. Darin gab es mächtig
Engagierte, doch auch die Karteileichen. Aber diesmal
waren viele erschienen, war das Nebenzimmer im Gasthof beinahe zu klein.

Hierfür sorgte die Tagesordnung, die kurz war, es
jedoch in sich hatte. Das Bürgerbegehren lag auf dem
Tisch, das qua Flächennutzungsplan, zu dessen Ände-
rung der Stadtrat von Treuchtlingen hiermit verpflichtet würde, Baldaufs absurden Karlsgraben-Biergarten
torpedieren sollte.

Nicht alle hießen das Vorhaben gut. Konservative
Mitglieder, von denen gab es einige, hielten Bürgerbe-
gehren generell für »sozialistisches Teufelszeug«. Der
Stadtrat allein müsse Herr des Verfahrens bleiben, die

Ratsmitglieder seien gegen Baldauf in Stellung zu bringen.

Den Progressiven in der Initiative hingegen war selbst ein Bürgerbegehren zu defensiv. Sie plädierten für »kreativen zivilen Ungehorsam«, schreckten somit vor Gewalt nicht zurück – allen voran Leonid, der Letzte Sowjet Altmühlfrankens.

Konservative und Progressive standen schon jetzt, beim Small Talk, in Grüppchen getrennt voneinander und spiegelten optisch die Konflikte in der Bürgerinitiative wider.

Die »Blockfreien« saßen bei Bier oder Apfelschorle an den Tischen und warteten auf die Begrüßung.

»Venceremos!« Ein lauter Ruf vom Eingang her. Das »Wir werden siegen« der chilenischen Sozialisten.

Ricarda sah von ihrem Spickzettel auf. »Hola, Leonid«, seufzte sie, »schön, dass du da bist.« Ihre vage Hoffnung, er werde der Tagung fernbleiben, hatte also getrogen.

»Venceremos!« Leonid zupfte an seinem Lenin-Bärtchen, ließ Ricarda zurück, stapfte grußlos an den Konservativen vorüber und gesellte sich zu seinesgleichen. Von denen er zweifellos der Seines-Gleichste war.

Ricarda war nervös, memorierte im Geiste ihre Argumente. Für das Bürgerbegehren, strikt gegen jede Guerilla-Taktik. Beunruhigt darüber, dass Susi aus Degersheim, stets eine verlässliche Stimme des Ausgleichs und des geschickten Taktierens, noch nicht da war. Leider. Vermutlich hatte sie als Krankenschwester in der Altmühl-Klinik Gunzenhausen mal wieder Überstunden zu schieben.

»Friede den Hütten – Krieg den Palästen!« Leonid war auf Betriebstemperatur.

Ernst Brandstätter, der bei der letzten Kommunalwahl erfolglos für die CSU als Stadtrat kandidiert hatte, verdrehte höhnisch die Augen und versuchte, Leonid mit dem Victory-Zeichen zu provozieren. Nicht von ungefähr war er die Speerspitze der Konservativen im Saal. Obschon er Deutschlehrer war von Beruf.

»Hinsetzen, bitte.« Ricarda klatschte in die Hände. Nur nicht die Kontrolle verlieren. »Gibt genug zu tun.«

»Packen wir's an!« Brandstätter gebot seine Anhänger an seinen Tisch.

Aufreizend langsam begaben sich die Progressiven auf die Plätze. Winkten dann herrisch den Ober her, da konnte es ihnen nicht zackig genug gehen.

Ricarda bestellte Apfelschorle. Viel lieber hätte sie sich ein Viertel Chardonnay gegönnt. Heute aber war sie, müde von diesem anstrengenden Tag, mit dem Auto gekommen statt wie sonst zu Fuß. Ein Spaziergang hätte ihr vermutlich gutgetan.

Was war das für ein Tag gewesen! Die Holperfahrt per Bahn nach Erlangen. Ein Herr mit Hund nahe der Erlanger Rechtsmedizin, einer der Beamten des Ansbacher Mordkommissariates. Den Ricarda geschickt in ein Gespräch über die Causa Baldauf hätte verwickeln müssen. Eine Scharte, die sie jedoch in Ansbach hatte auswetzen können. Und sie hatte plötzlich einen Hund!

Ricarda hatte Pippin doch zu Hause gelassen. Zu heikel war eine ehrliche Antwort auf die gewiss unvermeidliche Frage, wie sie zu ihm gekommen sei. Auch wenn Pippin die interfraktionelle Eiszeit sicherlich hätte abmildern können. Egal, dann halt nächstes Mal. Wichtiger war, dass sie auch hier das Undercover in Sachen Baldauf wahrte.

Ricarda sah auf die Uhr und dann zur Tür. Susi kam vermutlich nicht mehr. Leider.

»Hallo zusammen«, eröffnete sie den Abend und referierte die vorab bekannt gegebene Tagesordnung. »Änderungen hierzu gewünscht?«

Wie erwartet, meldete sich Leonid zu Wort: »Höchste Zeit, dass wir Ernst machen. Baldauf schreckt nicht mal vor Mord und Totschlag zurück.«

»Einspruch!«, erwiderte Brandstätter. »Der Täter steht noch nicht fest. Ermittlungen sind allein Sache der Polizei.«

»Die auf dem rechten Auge blind und auf dem rechten Ohr taub ist.«

»Was soll das heißen, ›Ernst machen‹?«, fragte Ricarda. »Für mich ist und bleibt Gewalt keine Lösung, genauso wenig, wie Mord eine Lösung sein kann. Im Übrigen weißt du selbst, dass wir die Leute im Land mitnehmen und von unseren Zielen überzeugen müssen. Das erreichen wir nicht mit Molotowcocktails.«

»Richtig. Gewalt ist diktatorisch.« Brandstätter tat einen tiefen Zug aus seinem Bierglas.

Leonid sprang hoch und entbot Brandstätter den gestreckten rechten Arm. »Heil Hitler!«

»Diese Straftat bitte ich zu Protokoll zu nehmen.« Brandstätter blickte zu Ricarda, dann zu Leonid: »Du kennst doch sicher das geniale Gedicht, das uns lautmalerisch zeigt, dass rechter und linker Totalitarismus …?«

Leonid fiel ihm ins Wort: »Ändert aber nichts daran, dass es mit einem Bürgerbegehren nicht getan ist, solange sich die Denke nicht bewegt. Gibt schließlich einige hier im Stadtrat, zumal in der CSU, die hinter Baldauf stehen. Kehre also vor deiner eigenen Haustür.«

Worauf sich die Wortführer beider Fraktionen in den Haaren lagen, die Debatte jedoch zurück ins gewohnte Fahrwasser steuerte.

Ricarda wartete, bis alle ausgekeift hatten – und wurde belohnt. Als sich der Pulverdampf verzogen hatte, gelang es ihr, über Brandstätters Protokollierungswunsch in Sachen Hitlergruß nonchalant hinwegzugehen, ohne dass der darauf zurückkam.

Der Rest des Abends vollzog sich zunächst eher gesittet; der von einem Rechtsanwalt vorformulierte Antrag auf das gegen den Biergarten gerichtete Bürgerbegehren wurde eingehend diskutiert und darauf im Ganzen verabschiedet, und Ricarda sagte zu, unverzüglich bei der Stadt Treuchtlingen vorstellig zu werden. Vielleicht gelang es ihnen sogar, die Stadt davon zu überzeugen, den Karlsgraben unter ihre Fittiche zu nehmen.

Dickere Luft gab es erst wieder bei der Frage, ob und was gegen Baldauf zu tun sei, diesen »Kapitalisten und Mörder«, wie Leonid zu Protokoll gab. Letztlich drang Leonid mit seinen Hassparolen gegen Baldauf nicht durch und auch diese Diskussion verebbte. Einige bemerkten spitz: »Was hat der Meindl da auch graben müssen.« Vielen Naturfreunden in der Bürgerinitiative waren Meindls »Wildwest-Grabereien« mächtig gegen den Strich gegangen.

Ricarda fielen beinahe die Augen zu; dieser Tag hatte sie viele Körner gekostet. Die Tagesordnung war abgehakt, daher ließ sie die Streithähne gewähren; sie hielt sich raus. Und rief schließlich den Ober her, ein sehr probates Mittel, um eine Versammlung zu Ende zu bringen.

Sie wusste: Falls Baldauf wirklich Meindls Mörder war, und dafür sprachen ihre eigenen Ermittlungen, dann war auch der Biergarten gestorben. Denn sein Sohn Steve schien kein solcher Haudrauf zu sein. So sagten es die Leute hier, wenn auch hinter vorgehaltener Hand.

Als die Ersten gezahlt hatten, hieb Leonid auf den Tisch und schleuderte Ricarda von seinem Platz aus sein »Venceremos« entgegen, lauter und unerbittlicher als je zuvor. Dann verließ er grußlos den Saal.

Ricarda sah ihm beklommen hinterher. Das verhieß nichts Gutes.

Hätte sie doch Pippin dabeigehabt und Susi, die ferngeblieben war, ohne sich zuvor bei ihr zu melden. Beunruhigend. Das passte nicht zu Susis Zuverlässigkeit.

FREITAG
27.07.2018

5.30 UHR. PIT BALDAUF.

Pit wälzte sich aus dem schmalen Bett und zog im Pyjama durch die wenigen Zimmer seines Degersheimer Exils. Wie erwartet, hatte er kaum geschlafen und war zu früh dran. Erst ab 7 Uhr sollte es Frühstück geben.

Bis Montag hatte Pit Asyl, bis dahin musste er die Weichen gestellt, alle Kühe vom Eis gebracht haben. Ohne auf Susis und Steves Bedingungen einzugehen.

Frische Luft wäre gut, Bewegung weckt die grauen Zellen. Pit glitt im Bad aus dem Schlafanzug, rasierte und duschte sich, eiskalt. Darauf die Klamottenfrage. In Degersheim war Understatement angesagt. So ließ er Designer-Shorts und Edel-Polos im Weekender und entschied sich für seine ausgebleichte blaue Leinenhose sowie ein weißes T-Shirt, das er sonst höchstens als Unterhemd benutzte. Dazu ein Paar Prolo-Flip-Flops.

Dergestalt verkleidet spähte er durch das einzige Fenster in dieser Souterrainwohnung mit Blick in den Hof. Nur Steves Audi stand dort. Es fehlte der alte

Mazda von gestern Abend, der sicher Susi gehörte. Sie war wohl schon auf dem Weg nach Gunzenhausen.

Pit verließ die Wohnung, lief die Treppenstufen hinauf in den Windfang des Hauses, wo, der Absprache gemäß, für ihn ein Hausschlüssel bereitlag. Er steckte ihn ein und horchte nach oben. Stille. Steve, einst ein Frühaufsteher, war nicht nur zum Warmduscher, sondern auch zum Langschläfer mutiert und verpennte die produktivste Zeit des Tages.

Pit ging nach draußen. Er sog die Degersheimer Morgenluft ein. Es hatte aufgefrischt, doch stand ein weiterer heißer Tag bevor. Hier oben auf dem Hahnenkamm allerdings bestimmt um zwei, drei Grad kühler, besser gesagt, erträglicher. Das Dorf war höchst überschaubar, umgeben von Flurbereinigungswegen, von denen einer durch eine Senke hinauf zum Wald führte. Pit machte die morgendlichen 50 Kniebeugen, dabei rannen ihm erste Schweißperlen den Nacken hinunter.

Die letzte Beuge. Pit ertastete den Puls. Schneller als sonst schlug sein Herz. Er schaute sich um. Keiner zu sehen, auch nicht auf dem Weg zum Wald, den Pit nun in Angriff nahm.

Bald drosselte er das Tempo, die Flip-Flops waren ausgeleiert, üble Massenware, immer wieder verlor er sie. Einige Hundert Meter vor dem Wald überholte ihn ein Lada, dessen Fahrer, ein waschechter Lenin mit Bart, sich nach ihm umdrehte. Länger als es Pit geheuer war.

Egal. Welche Optionen hatte er noch? Den Sohnemann über sein Mordmotiv und die uralte Familiengeschichte ins Bild zu setzen, schied aus; die erzählte er höchstens Heidingsfelder, damit der ihn nicht im Blindflug verteidigen musste. Denn sickerte diese Geschichte an die Öffentlichkeit, gehörte er der Katz.

Pit sah dem Lada nach. Lief weiter, erreichte den Wald. Normalerweise inspirierte und belebte ihn ein Waldspaziergang. Heute drehten sich alle Gedanken im Kreis. Er musste sich sputen, zu Freunden Kontakt aufnehmen. Viele hatte er nicht mehr.

Er blieb stehen, blickte auf seine Zehen, Pediküre wäre gut, auch das Leinen der Hose war staubig geworden. Immerhin hatte er sich das Kennzeichen des Lada gemerkt.

Wagte es die Russenkiste, ein zweites Mal seine Wege zu kreuzen? Sie tat es nicht. Dennoch fand Pit auf dem Spaziergang nicht zur Ruhe und schon gar keine zielführende Idee. Bis auf den Verdacht, dass im Lada der Letzte Sowjet Altmühlfrankens gesessen haben könnte. Der war in der ganzen Region fast so bekannt wie er selbst und gehörte zu der Bürgerinitiative gegen sein Biergarten-Projekt.

7.30 UHR. RICARDA HELD.

Weit vor der Zeit fuhr Ricarda mit ihrem Honda und Hund Pippin zur Wülzburg hinauf. Schon um 5 Uhr war sie wach gewesen, woraufhin sie sofort aufgestanden war und in aller Ruhe gefrühstückt hatte. Hefezopf. Dicker als üblich mit Butter bestrichen.

Was erwartete sie sich von Wendelin? Zu Baldauf wusste er vermutlich wenig Neues. Deshalb hatte Ricarda am Vorabend erwogen, Wendelin anzurufen und sich das vereinbarte Treffen auf der Festung zu sparen, um die viele hier gerne einen Bogen schlugen.

Gut, dass sie es letztlich nicht getan hatte, es wäre gekniffen gewesen. Blieb zu hoffen, dass Wendelin mit Pippin zurechtkam, trotz seiner Hundephobie. Falls es tatsächlich eine war.

Sie passierte die Häuser unterhalb der Wülzburg. Als sie den Parkplatz erreichte, stutzte sie. Wendelin war bereits da, sein Renault parkte oben an der alten Mauer. Er stand mit dem Rücken zum Auto gegen die Fahrertür gelehnt.

Ricarda steuerte den Platz links neben ihm an – unwillkürlich warf sie einen Blick auf Wendelins Twingo. Auch diesmal lag am rechten Hinterrad der Unterlegkeil. Okay, hier war es auch abschüssig. Ricarda musste lächeln. Zog fest die Handbremse an.

Als sie ausstieg, sah sie, dass Wendelin einen weiteren Unterlegkeil in der Hand hielt. Den er unter ihr rechtes Hinterrad legte.

»Danke.« Ricarda bot ihm die Hand. »Auf unsere Teamarbeit hier oben.«

»Gern«, antwortete er, diesmal nicht in alter Cargo-Hose und Watteweste, sondern in Blue Jeans und einem taillierten T-Shirt. Dazu trug er eine geschmackvolle Umhängetasche aus feinstem Leder. »Ich hoffe, dass ich dir weiterhelfen kann.«

»Bestimmt.«

Ricarda ließ Pippin aussteigen, der sofort schwanzwedelnd zu Wendelin lief, ohne dass der erschrak. Stattdessen rief er freudig: »Danke, dass du Pippin aufgenommen hast, er wird es gut bei dir haben.«

Sie liefen schweigend der Burg zu. Die Dimensionen dieses bedrückenden Bollwerks ließen Small Talk im Keim ersticken. Vor dem Portal blieb Wendelin stehen und schaute sich um. Wann war er wohl zuletzt hier gewesen? Oder war es das erste Mal?

Ricarda ließ Wendelin in Ruhe auf der Burg ankommen. Sie kannte hier ja jeden Winkel. Ende des 19. Jahrhunderts hatte Weißenburg, die zur Landstadt gewordene ehemalige Freie Reichsstadt, die Burg gekauft und es vermutlich oft bereut. Nur während oder nach den Kriegen war sie »gut« zu gebrauchen gewesen – während und nach dem Dritten Reich beispielsweise als Internierungslager der Nazis für unschuldige Zivilpersonen aus dem eroberten Osten und später für sudetendeutsche Heimatvertriebene. Heute beherbergten die bewohnbaren Bauten eine Schule für Sonderpädagogik.

Sie betraten den Burghof, der mindestens so groß wie ein Fußballplatz und von weiteren Bauwerken dieser fünfeckigen Festung umgeben war. Pippin folgte artig; er lief nicht fort, sie mussten nicht nach ihm rufen.

Vor einer Hinweistafel blieb Wendelin stehen. Drehte sich zu ihr her, sah aber zu Boden wie ein Dreikäsehoch, der etwas ausgefressen hat. »Traurig, aber wahr.« Er hüstelte. »Ich war noch nie hier, obwohl ich in Treuchtlingen aufgewachsen bin. Und ehrlich gesagt wusste ich gar nicht genau, was in den Kriegen hier oben geschah, das mit den Gefangenen. Bis ich mich im letzten Jahr am Nagelberg engagiert habe.«

Ricarda blickte erstaunt auf. »Was hast du am Nagelberg gemacht?«

»Ich habe schadhafte Gräber ausgebessert.« Er kraulte sich verlegen am Kinn. »Als Kirchendiener kommst du am Tod nicht vorbei.« Wendelin blickte sich um, schaute von Bollwerk zu Bollwerk. »Zu oft wird auf unseren Friedhöfen in Ehren bestattet, wer es nicht verdient hat. Die vielen Opfer von Krieg und Gewalt aber haben es verdient.«

Womit Wendelin die Kriegsopfergedenkstätte meinte, die am Nagelberg bei Treuchtlingen errichtet und im September 1961 geweiht worden war. Als Sühne für die Wülzburg und für ein Lager des Reichsarbeitsdienstes damals in Treuchtlingen.

Wie positiv Wendelin sie überraschte! Ricarda schenkte ihm ein Lächeln. Sie hatte sich in ihm nicht geirrt. Sie waren ein Team gegen Pit Baldauf sowie gegen die kleinen und großen Baldaufs der deutschen Geschichte. Zeit, ihn ins Vertrauen zu ziehen.

Sie bat ihn also an die Hinweistafel, die über den Ersten und den Zweiten Weltkrieg berichtete, über die

Burg als Lager für Kriegsgefangene und -internierte. »Wendelin, ich habe ja schon am Tatort im Karlsgraben etwas angedeutet, was mir durch den Kopf geht. Hier sei es ausgesprochen: Baldaufs Familie könnte im Zweiten Weltkrieg jemanden getötet und die Leiche im Karlsgraben vergraben haben. Ein Verbrechen also, dem Meindl, ohne es zu wissen, mit seinen Grabungen auf der Spur war.«

»Wie kommst du darauf?«, fragte er. »Ach ja, du forschst über die Wülzburg.«

»Es war so: Kurz vor Kriegsende, genau zu der Zeit, als der Treuchtlinger Bahnhof von den Alliierten bombardiert wurde, verliert sich die Spur eines russischen Gefangenen namens Henry – sein Schicksal ist bis heute ungeklärt. Man weiß bloß, dass ihm die Flucht aus der Wülzburg gelang.«

»Verstehe. Und wie hängt das mit den Baldaufs zusammen?«

»Sicher quälte ihn der Hunger. Es ging damals ums nackte Überleben. Baldaufs waren reiche Bauern, wie du mir erzählt hast. Wenn ich Hunger hätte und von reichen Bauern in der Gegend hören würde, würde ich versuchen, dort etwas Essbares zu finden.«

»Du meinst also, Henry könnte auf dem Hof der Baldaufs was zu essen gestohlen haben? Und dafür erschossen und im Karlsgraben verscharrt worden sein?«

»Ja. Rache für einen Diebstahl, der allenfalls ein Mundraub aus purer Not war. Und zugleich für den Bombenangriff auf Treuchtlingen.«

»Auge um Auge, Zahn um Zahn.«

»Genau. Möglicherweise weiß Pit Baldauf um dieses

186

Familiengeheimnis – wenn es denn so war. Das würde auch seinen Plan erklären, am Karlsgraben einen Biergarten zu eröffnen. Er will die Stelle unter seine Fittiche bekommen, weil er Bammel hat. Angst, dass da jemand eine Leiche ausgräbt, sei es der Herr Meindl oder Archäologen bei Forschungsgrabungen, von denen es schon einige gegeben hat.«

Inzwischen waren sie am Eck des zweiflügeligen Schlosses angekommen, in dem die Gefangenen eingesperrt gewesen waren. Und hingen schweigend im Schatten des Gebäudes ihren eigenen Gedanken nach.

»Ricarda?«

»Ja?«

»Ist Pippin jetzt für immer bei dir? Wie bist du zu ihm gekommen?«

Ricarda zögerte. Welche Geschichte sollte sie ihm erzählen: die über Erlangen und den Herrn KOK oder die andere über ihre Trauer und Einsamkeit, die sie rastlos tätig und zugleich müde werden ließ?

»Es ist so.« Sie neigte sich zu Pippin herab und streichelte ihn. »Immer wenn ich von Erlangen, also von meiner Arbeit, heimfahre – ich bin hier geboren und aufgewachsen –, fühle ich mich so einsam. Mein Mann Matthias ist an Krebs gestorben, und das Haus ist leer.« Sie hielt innere Einkehr und fuhr fort: »Schon vor zwei Jahren. Aber die Leere wird immer schlimmer.«

»Mein tiefes Mitgefühl. Sicher hast du deswegen Pippin zu dir geholt.«

»Ja, auch. Doch genug von mir. Du sagtest, dass du bei der Post warst und jetzt Mesner der Kirchengemeinde bist. Seit wann, und was machst du da? Tut mir leid, ich … fremdele mit der Kirche.« Ricarda verbiss sich den Grund dafür, fügte jedoch hinzu: »Es gibt eine Leerstelle, eine Lücke in meiner Kindheit.«

»Ich bin an und für sich … schon gläubig.« Er regte sinnend die Lippen. »Die Post hat mich, wie gesagt, beizeiten aussortiert und mich in den Vorruhestand geschickt, genauso wie die Bahn meinen Vater zusammen mit den Dampfloks aufs Abstellgleis schob. Vermutlich deswegen hat Pfarrer Zwick mich gefragt, ob ich den frei gewordenen Posten übernehmen möchte. Zupacken kann ich schließlich. Seither bin ich sozusagen der Hausmeister in der Kirche. Bücher sind schließlich nicht alles.«

Stimmt, dachte Ricarda. Auch sie hatte, seit sie Montagnacht nach Treuchtlingen zurückgekehrt war, kein einziges Buch in Händen gehalten, und das als ordentliche Professorin für jüngere deutsche Geschichte.

»Dein Vater war bei der Bahn?«

»Ja, und gut katholisch. Er war, wie einige hier in Treuchtlingen, Sudetendeutscher.«

»Du glaubst also nur ›an und für sich‹?«, fragte sie in eine kurze Stille.

Er hob verdutzt den Blick. »Wie kommst du darauf?«

»Weil du es so gesagt hast.«

Wie ertappt er wirkte. Als müsste er jetzt in den Beichtstuhl. »Gibt es hier eigentlich auch eine Burgkapelle?«, fragte er.

»Ja. Die gehört aber der evangelischen Kirche.«

»Macht nichts.«

»Außerdem ist sie wahrscheinlich zugesperrt«, vermutete Ricarda und ging in Richtung der Kapelle.

Wendelin folgte ihr. Sie erreichten das Renaissance-portal der Kapelle.

»Ja, zugesperrt«, bestätigte Ricarda.

»Wie schade.«

»Um ehrlich zu sein, war ich selbst noch nie in der Kapelle. Würde mich interessieren, ob es mir in dieser Festungskapelle genauso eiskalt den Buckel hinunter-läuft wie in der Nähe der Treuchtlinger Kirche.«

Wendelin zuckte zusammen. »Warum?«

»Die Kirche hat schließlich auch etwas Festungsarti-ges. Sie wirkt sehr massiv. Mich hat sie als Kind ein-geschüchtert. Außerdem ... ist da noch die Sache mit meinem Vater, den ich nicht kenne, nie kennengelernt habe. Es ist seltsam, aber immer wenn ich an der Kir-che vorbeigehe, muss ich an meinen unbekannten Vater denken.«

Wendelin war leichenblass. »Was?«

»Meine Mutter hat eisern über ihn geschwiegen, bis zu ihrem Tod. Sie hat mir lediglich gesagt, er habe sich nach kurzer Zeit von ihr getrennt und sei später an einem Unfall verstorben.«

»Und sie stammte aus Treuchtlingen, habe ich das richtig verstanden?«

»Genau.«

Wendelin schwieg. Sein Blick jedoch sprach Bände, er trug etwas auf dem Herzen. Ricarda fröstelte, trotz der Hitze. Wusste er etwas? Kam sie mit Wendelin dem Rätsel »Vater« endlich auf die Spur?

»Seit einigen Tagen träume ich schlecht«, erklärte sie ihm. »Und manchmal von einer Kirche. Glockengeläut, Pfarrer in Gewändern und zirkulierende Weihrauchbüchsen. So heftig, dass ich schweißgebadet aufwache. Sicher, es ist ziemlich heiß momentan, aber mir scheint, das ist nicht nur die Hitze.«

»Du meinst also, es gibt womöglich einen Zusammenhang zwischen deinem Vater beziehungsweise seinem Fehlen und der Treuchtlinger Kirche?«

»Nicht unbedingt mit genau dieser.« Ricarda sah sich um nach Pippin, der an einem Mauseloch schnüffelte. »Aber mit der Kirche als Institution.«

Wendelin sinnierte stumm in sich hinein. Kein Zweifel, er trug etwas auf dem Herzen.

»Hm, ich höre mich mal um«, murmelte er kaum hörbar. Dann kehrte er zum eigentlichen Grund ihres Hierseins zurück. »Erzähle mir doch bitte etwas über den geflohenen Mann. Waren die Gefangenen Soldaten?«

»Nein, keine Soldaten«, erklärte Ricarda. »Jedenfalls nicht im Zweiten Weltkrieg. Die Nazis hielten damals auf der Burg unschuldige Zivilisten aus den besetzten Gebieten im Osten fest. Vor allem Sowjets.«

Sie überlegte. Wollte Wendelin das, was ihm anscheinend auf dem Herzen lag, lieber außerhalb der Festungsmauern offenbaren? »Gehen wir?«

»Gern.« Wendelin blickte zu Boden. »Ist alles so bedrückend hier.«

Gemeinsam verließen sie die Wülzburg. Kein einziges Wort fiel dabei.

Als sie den Parkplatz erreichten, hielt dort ein Wohnmobil, und somit erste Touristen, womöglich mit Hund. Ricarda sah es mit gemischten Gefühlen; sie hätte für Pippin doch gleich eine Leine kaufen sollen. Aber dem Wagen entstieg kein Vierbeiner, bloß ein älteres Ehepaar. Pippin war und blieb so friedlich, dass Ricarda mit Wendelin noch ein Stück gehen konnte, den Wall entlang zur Abbruchkante, wo ein Fernrohr stand mit Sicht auf den Nagelberg und die Täler von Rezat und Altmühl.

Dort angekommen erklärte sie: »Die Polizei wird Baldauf die Ermordung Meindls nachweisen und ihn festnehmen. Aber sie wird nicht nach Henry graben, jedenfalls solange der Verdacht so vage ist wie jetzt.«

»Du bist also davon überzeugt, dass ein Baldauf diesen Henry gerichtet hat?«

»Ja, felsenfest.«

Wendelin atmete hörbar aus, wandte sich um zur Burg und ließ den Blick über die Wallmauern schweifen. Dann sagte er: »Meindl hat mir ein Vermächtnis hinterlassen, eine römische Münze, die er kurz vor seinem Tod im Karlsgraben gefunden hat.«

»Als Vermächtnis, inwiefern?«

»Wenige Stunden vor seinem Tod hat er mir diese Münze in einem Briefumschlag in meinen Briefkasten geworfen, mit der Mahnung, gut auf mich aufzupassen.« Er nickte. »Als hätte er befürchtet, unversehens einem Verbrechen auf der Spur zu sein.«

Nun standen sie beide neben dem Fernrohr und blickten hinab ins Tal.

Irgendwann brach Ricarda das lange Schweigen. »Lass uns nach Henry suchen, und zwar dort, wo Meindl zuletzt gegraben hat, bevor er erschossen wurde. So schnell wie möglich. Hilfst du mir dabei?«

Wendelin rang die Hände. »Vor aller Augen? Graben ist ein Dorf.«

»Natürlich nicht sofort, erst dann, wenn es dunkel wird und sich draußen keiner mehr herumtreibt. Und weil ...«

»Was?«

»Weil ich den Tag brauche, um nach meinem Vater zu suchen.«

Wendelin nickte. »Verstehe.«

Zwei Autos fuhren auf den Parkplatz. Entweder einigten sie sich nun auf ihr weiteres Vorgehen oder sie musste Pippin ins Auto sperren, jedenfalls wenn die Touris einen Hund dabeihatten.

»Wendelin?«

»Ja?«

»Verstehe mich nicht falsch – aber mir scheint, du weißt etwas, das mit meinem Vater-Problem zu schaffen haben könnte.«

»Vielleicht.« Wendelin zögerte. »Pfarrer Zwick hat mir gestern eine Kiste mit alten Büchern zur freien Verfügung überlassen. In einem dieser Bände liegt ein jahrzehntealter Brief, der von einem katholischen Priester an Pfarrer Eder, den damaligen Pfarrer in Treuchtlingen, geschrieben wurde. Auf dem Umschlag steht, warum auch immer, nur der Vorname des Absenders, Franz Xaver. Ich habe nur die ersten Zeilen gelesen und dann festgestellt, dass es sich um einen sehr persönlichen und brisanten Brief handelt. Deshalb habe ich ihn wieder zurückgelegt und die Kiste vorerst nicht mitgenommen.«

Ricarda fröstelte, trotz der Hitze. War dieser Brief etwa der Schlüssel zu ihrem verschollenen Vater? »Was stand darin?«

»Eben, viel habe ich nicht gelesen. Über das Wenige

möchte ich nichts sagen, bevor ich nicht mit Pfarrer Zwick über den Brief gesprochen habe.«

»Okay.« Sie sah zu den Autos; auch diesmal war kein Hund dabei.

Wendelin überlegte. »Lass uns gemeinsam zum Karlsgraben fahren und nachschauen, ob der Tatort noch abgesperrt ist. Falls nicht, treffen wir uns dort nach Sonnenuntergang. Ich bringe einen größeren Spaten mit. Und den Brief, sofern ...«

»... der Pfarrer ihn nicht haben will und du ihn mit den Büchern behalten darfst.«

»Ja, genau.«

Eine Viertelstunde später erreichten sie den Karlsgraben, wo das Absperrband verschwunden war. Sie verabredeten sich auf 21.30 Uhr. Bevor sie sich auf den Heimweg machten, warnte Ricarda Wendelin noch vor. »Du musst damit rechnen, dass die Kripo auf dich zukommt.«

»Warum?«

»Vielleicht hat uns irgendeiner aus dem Ort gesehen, als wir vorgestern hier waren.«

»Hat dich die Kripo darauf angesprochen?«

»Nein, das nicht. Es könnte jedoch sein, dass ein Zeuge dich erkannt hat.«

»Das stimmt.« Wendelin fasste nach seinen Schlüsseln. »Ich wundere mich eh schon, dass von der Polizei noch niemand bei mir war. Darf ich dich um etwas bitten?«

»Immer.«

Er zögerte kurz. »Könntest du mir deine Telefonnummer geben? Damit wir, wenn nötig, einander Bescheid geben können.«

»Du hast recht.«

Sie tauschten ihre Telefonnummern aus. »Danke, Wendelin. Mach's gut und bis später.«

»Bis später.« Er lächelte. »Danke für dein Verständnis. Noch nie habe ich mich so verstanden gefühlt.« Inwiefern, ließ er offen.

Ricarda wusste es auch so. Sicherlich machten sich die Leute hinter seinem Rücken lustig über ihn, den kleinen Postbeamten im Ruhestand, der für die Kirche Kehrwoche betrieb.

Nachdenklich sah Ricarda Wendelins Twingo hinterher, bis er in der langgezogenen Kurve verschwunden war. Anschließend setzte sie sich in ihren Honda und fuhr heim. Als sie hinter der Bahnunterführung Richtung Treuchtlingen abbog, stand ihr Entschluss fest.

Sie war es Henry schuldig, ihn zu finden, sein Schicksal zu klären. Dann erst würde sie KOK Wörle über Henry ins Bild setzen. Sich Baldauf gegenüberstellen lassen – und ihn mit Henrys Gebeinen konfrontieren.

Als sie zu Hause ankam, holte sie ihre alten Wanderschuhe und den Spaten aus dem Gartenhaus und lud beides in den Honda. Dabei fiel ihr Susi aus Degersheim wieder ein, die gestern Abend der Versammlung der Bürgerinitiative ferngeblieben war. Vielleicht hatte sie sich inzwischen bei ihr gemeldet.

Leider erfüllte sich Ricardas Hoffnung nicht. Sie schrieb Susi eine Mail, um sie über den Verlauf des Treffens und Leonids Aggressionen zu unterrichten. Beendete die Mail mit »Melde dich bitte« sowie zwei roten Herzchen und klickte auf »Senden«.

Ricarda war müde. Sie ging in die Küche, schenkte

sich ein Glas Cola ein und sank damit auf der Terrasse
auf den Liegestuhl. Sie bemerkte, wie ihr die letzten
Tage zugesetzt hatten.

Blieb zu hoffen, dass es Wendelin gelang, bis zum
Abend die Brieffrage zu lösen. Zu gerne wüsste sie,
was Pfarrer Franz Xaver Anonymus seinem damaligen Amtsbruder mitzuteilen gehabt hatte.

9 UHR. KOK HANS WÖRLE.

Wörle war tatsächlich völlig ausgepowert gewesen, als
er gestern von Arnschwanger ins lange Wochenende
geschickt worden war. Daheim hatte er zu Flamm-
kuchen aus der Truhe gegriffen. Sich noch extra Käse
drübergehobelt und seine letzten »Bamberger Lager«
geköpft. Dann war er zu Bett gegangen.

Jetzt wischte er sich den Schlaf aus den Augen. Neune
schon. Ihm schlug das schlechte Gewissen des Frühauf-
stehers. Schon als Schüler hatte er vor sechs aufstehen
müssen, um von Göhren bei Pappenheim rechtzeitig
zum Gymnasium in Weißenburg zu kommen.

»Schlafhaube, Schlafhaube, schlaf nicht so fest, Schlafhaube, Schlafhaube, rasch aus dem Nest!« Die Stimme
seiner Mutter, die ihn selbst am Wochenende nicht hatte
ausschlafen lassen.

Wörle sprang aus dem Bett und schlurfte in die Küche.
In der Spüle standen die drei leeren Bierflaschen. Aus
Bamberg. Anfang des Jahres hatte er einen Ausflug dort-
hin gemacht, sogar zweimal übernachtet und ein Bier-
seminar absolviert. Drei Tage Urlaub bisher, das war's.
Resturlaub: 30 Tage.

War es die Angst vor der Aktenflut nach einem mehr-
tägigen oder gar mehrwöchigen Urlaub, die ihn daran
hinderte, sich länger freizunehmen? Einmal hatte sie
ihm sogar auf den fernen Malediven das Candle-Light-
Dinner vergällt.

Warum fiel es ihm so schwer, sich nach Herzenslust
etwas zu gönnen? Im Gegensatz zu Julia, die selbst nach
einem langen Arbeitstag entspannt und gut aufgelegt
war.

Er nahm den Einkaufskorb vom Küchenschrank
und legte die drei leeren Flaschen hinein. Das Handy
schwieg. Nein, er schaltete es nicht ein. Zur Ruhe kommen, sich etwas zugestehen, frische Semmeln, Butter
und Honig und ein zartes Schokocroissant. Wäre da
bloß nicht der restliche Einkauf, der aber sein musste,
sein Kühlschrank war leer.

Schon jetzt, am frühen Vormittag, knallte die Sonne,
flirrte die Luft, reglos, trotz geöffneter Fenster und Bal-
kontür. Wörle ging ins Bad und stieg in die roten Shorts.
Dazu passte ein weißes Shirt.

Telefon.

Wörle eilte in den Flur. Bevor er abhob, sah er aufs Display. Sein Chef war es nicht, ebenso wenig Julias Rufnummer bei der Staatsanwaltschaft.

Wer könnte das sein? Selten rief ihn jemand an, abgesehen von seiner Mutter, die ihm bis zu ihrem Tod vor zwei Jahren Sonntag für Sonntag das Ohr abgekaut hatte. Sein Vater war eher der Typ buddhistischer Schweigemönch, und Geschwister hatte er keine.

Es war eine Handynummer, die ihm bekannt vorkam. Vielleicht doch Julia? Leise Hoffnung keimte in ihm auf.

»Ja, hier Wörle?«

»Da bist du ja endlich«, sprudelte ihm Julias hitziger Sopran entgegen. »Stell dir vor, ich krieg die Stelle in Nürnberg, und zwar schon zum 1. Oktober! Grad kam der Anruf, hach, vom Justizminister persönlich! Das müssen wir feiern, ich lad dich zum Dinner ein heute Abend! Steht unser Termin? Oder habt ihr noch jemanden einzusperren?« Hecheln. »Halt, nein, Richter Zögerlich ist ja momentan der zuständige Ermittlungsrichter. Wartet also besser bis Montag.«

»Machen wir.«

Typisch Julia. Für sie war jede Woche ohne einen neuen Haftbefehl eine Schlappe.

Wörle ahnte, auf welche Stelle sich Julia beworben haben könnte. In Nürnberg hatten sie bei der Staatsanwaltschaft neue Planstellen für IT-Kriminalität eingerichtet, ebenso bei der dortigen Kriminalpolizei. Hatte er nicht befürchtet, dass ihr Ansbach zu provinziell war?

»Hast du also heute Abend frei?«, fragte er und fügte als kleinen Nadelstich hinzu: »Dann steht unserem Dinner ja nichts entgegen.«

Julia ließ die Spitze unkommentiert. »Hast du uns einen Tisch im ›Chilli's‹ reserviert?«

Wörle holte Luft, zu langsam für Julias Temperament. »Du machst das, ich bin im Dienst«, sprudelte sie. »Und sage ihnen, sie sollen Champagner kalt stellen!«

»Mache ich.«

»Du bist ein Schatz! Du, ich muss aufhören, da ruft jemand von den Nürnbergern an. Bis denn!«

Wörle sammelte sich. Steckte den Geldbeutel in die Shorts und machte sich mit Korb und Leergut auf den weiten Weg zum Deli-Supermarkt.

Als er eine Stunde später nach Hause zurückfuhr, zog der verführerische Duft von zwei buttrig frischen Schokocroissants durch sein Auto, und der von Julias Anruf inspirierte Kassenzettel belief sich auf dreimal so viel wie sonst. Parmaschinken, dazu italienische Antipasti und sogar ein Bordeaux.

Blieb die Frage: Überwände ihre noch so junge und ungewisse Liebe die 40 Kilometer von hier nach Nürnberg? Oder wagte er doch die Versetzung in eine Großstadt-Kripo?

13 UHR. EKHK FRED ARNSCHWANGER.

Später als einkalkuliert machte sich Arnschwanger auf den Weg nach Treuchtlingen. Es galt, diesem Hartnagel auf den hohlen Zahn zu fühlen.

Den Vormittag hatte er damit verbracht, zur Fahndung nach der Tatwaffe mit den benachbarten Polizeidienststellen zu telefonieren, außerdem hatte er die Fahndung per Mail an alle bayerischen Kriminalpolizeiinspektionen im Umkreis von 150 Kilometern geschickt und seine eigenen Leute für ihren Zuständigkeitsbereich gebrieft. Die Suche sollte möglichst großflächig vonstattengehen. Dass sich nicht die gesamte bayerische Kripo aufmachen würde, um nach der Tatwaffe zu suchen, war klar. Aber vielleicht hatten sie ja Glück …

Vor seiner Mannschaft hatte er mit Engelszungen und, wenn notwendig, auch mit geballter Faust gesprochen und sich einmal mehr neue Feinde gemacht. Nicht jeder Kollege teilte Wörles Überlegungen, der Karlsgraben-Mörder habe die Tatwaffe auf einem leer stehenden Bauernhof versteckt, und noch weniger Kollegen wollten sich dafür erwärmen, in stinkenden Güllegruben danach zu suchen.

Noch was regte Arnschwanger auf: Obwohl Kollege Herzog dem dubiosen Zeugen Herbst, der für Baldauf in der Tatnacht den Draht vom Karlsgraben weggefahren hatte, gehörig auf die Pelle gerückt war, hatte dieser gemauert. Er könne ihm »rein gar nicht« erklären, wieso Baldauf Meindl erschossen haben sollte. Herbsts Mienenspiel aber verhieß das genaue Gegenteil.

Arnschwanger zuckte zusammen beim Blick auf den Tacho. 125. Erlaubt waren 80. Zweimal bereits hatten Radarfotos mit seinem Konterfei für schadenfreudiges Schmunzeln bei der Ansbacher Verkehrspolizei gesorgt. Er zügelte sein Tempo, fuhr mit genau 50 km/h durch Merkendorf und Muhr und erreichte Gunzenhausen. Achtete so auf den Tacho, dass er dort zunächst Richtung Oettingen weiterfuhr. Nicht schlimm, über Unterwurmbach gelangte er zurück auf die B13 in Richtung Weißenburg und Treuchtlingen.

Kurz hinter Unterwurmbach horchte Arnschwanger auf, über Funk ein Rundspruch der PI Gunzenhausen: »Angesägter Jägerhochsitz nahe Degersheim« und »Handschrift Letzter Sowjet«.

Arnschwanger ging vom Gas, runter auf 30, und notierte sich diesen Rundruf auf einen Zettel. Irgendwie kam ihm das mit dem Letzten Sowjet bekannt vor.

Etwa eine Viertelstunde später war er in Treuchtlingen. Fuhr oberhalb der Gleise stadteinwärts und dann durch die große Bahnunterführung ins Zentrum, wo er lange nach der Gasse suchte, in der Hartnagel wohnte.

Schließlich war Arnschwanger am Ziel. Er parkte vor einem betagten, für eine Vorstadt typischen Mehrfamilienhaus mit abblätterndem Putz. An der Hausfassade lehnte ein Besen, im zugehörigen Hof sah er zwei markierte Stellplätze, beide besetzt, ein Polo und ein Twingo. Hartnagel war also daheim. Arnschwanger stieg aus. Klingelte. Der Summer ertönte, die Sprechanlage blieb stumm. Er stieß die Haustür auf. Innen der Geruch nach Wachs und Spießertum. Eine halb geöffnete Tür, Erdgeschoss rechts.

Das Weitere pure Routine: »Grüß Gott, Kripo Ansbach«. Die Dienstmarke. Nur eines wunderte ihn: Der Herr, der ihn empfing, schien nicht überrascht. Als hätte er mit seinem Besuch gerechnet.

»Herr Hartnagel?«, fragte Arnschwanger. Obacht, damit er ihn nicht mit »Sargnagel« ansprach!

Hartnagel nickte. Schürzte die Lippen und bat Arnschwanger mit höflicher, fast unterwürfiger Geste in die zwar abgewohnte, aber saubere Wohnung und dort in ein Zimmer, das eher zu Professor Weltweisheit passte – rings umher Bücherwände, dazu ein Stehpult in der Mitte.

Arnschwanger stutzte. Auch Hartnagels Kleidung, Chino und ein knapp geschnittenes T-Shirt, passten nicht recht zu dieser kleinbürgerlichen Wohnung.

»Nehmen Sie bitte Platz.« Hartnagel schob ihm einen Sessel heran, die einzige Sitzgelegenheit hier, und setzte sich selbst auf einen mit Büchern gefüllten Karton.

»Sie sind nach der Tat am Tatort gesehen worden, und zwar in Begleitung einer Frau«, kam Arnschwanger unmittelbar nach der Belehrung des Zeugen über seine Pflichten zur Sache. »Warum und mit wem?«

Hartnagel zuckte zusammen. »Wann soll das gewesen sein?«

»Wann waren Sie das erste Mal dort?«

»Kurz nach der Tat.« Hartnagel hielt Arnschwangers Blicken stand. »Ich bin derjenige, der den Hund Pippin entdeckt hat, der schier in Meindls Wagen erstickt wäre.«

Hoppla. Arnschwanger zog die Stirn kraus, wie hatte ihm das entfallen können? Egal. Keine Schwäche zeigen. »Wie oft dann noch? Mit wem und warum?«

»Noch zweimal. Ich wollte in aller Ruhe Abschied nehmen, am folgenden Tag. Dabei ist mir eine Frau begegnet, ganz zufällig. Ich kannte sie nicht. Sie saß auf der Schaukel vom Spielplatz, wie ein Kind. Ob sie geschaukelt hat oder nicht, das weiß ich nicht mehr.«

»Ach ja?«

»Sie glauben mir nicht?«

»Und wie heißt die gnädige Frau?«

Hartnagel zierte sich, dann jedoch rückte er damit heraus: »Ricarda Held.«

Arnschwanger schluckte und fluchte in sich hinein. Held war es, die Kesse, die gestern zuerst in Erlangen und später auf der Dienststelle mit Wörle geflirtet hatte! Wieso nur hatte er Wörle heimgeschickt, anstatt ihn das Protokoll über Helds Aussage ins Reine schreiben zu lassen? Dann hätte er es in Händen und könnte es Hartnagel vorhalten!

»Sie wissen sicher, dass Täter oder Mitwisser oft zum Tatort zurückkommen.« Arnschwanger zückte Blöckchen und Stift, um die Aussage sofort zu fixieren. »Zeugen haben beobachtet, dass Sie nicht nur ›Grüß Gott‹ zu ihr gesagt, sondern sich angeregt mit ihr unterhalten haben. Also?«

»Natürlich unterhält man sich, wenn ... im Karlsgraben was Schlimmes passiert.«

Arnschwanger schrieb alles demonstrativ mit, das erhöhte den Druck im Kessel. Hartnagel war verunsichert, das galt es auszunutzen. Zumal der ihm mit seinem letzten Satz eine Steilvorlage für die bewährte Taktik des amtlichen Dummstellens bot. »Interessant, und was ist im Graben passiert?«

»Was Meindl dort widerfahren ist, wissen Sie besser als ich«, konterte Hartnagel spitz. »Ich kann Ihnen aber erzählen, was vorher geschehen ist.«

Arnschwanger fiel der Bleistift aus der Hand und kullerte auf dem Linoleumboden unter das Stehpult. Ziemlich hartleibig, dieser Zeuge. »Und das wäre?«

Hartnagel erhob sich von seinem provisorischen Hocker. Er trat zum Stehpult, wo er den Stift aufhob und Arnschwanger reichte. Danach öffnete er einen auf dem Pult liegenden wattierten Briefumschlag. Zog etwas heraus und drückte es Arnschwanger in die Hand. Eine alte, wohl antike Münze.

»Zur Sache, bitte.« Arnschwanger wurde unleidig. »Wir sind hier nicht bei einem Rentnertauschzirkel für alte Münzen und Briefmarken.«

»Ist kein Sammlervergnügen, sofern es das überhaupt gibt, sondern bitterer Ernst.«

»Warum?«

Hartnagel fasste noch einmal in den Briefumschlag und zog einen Zettel heraus, auf dem »Zu treuen Händen« sowie die Warnung »Pass gut auf dich auf« geschrieben war.

»Sagt das nicht alles?«, fragte Hartnagel rhetorisch und gab gleich die Antwort: »Mein Freund Meindl hat im Karlsgraben nach karolingischen Reliquien gesucht, und sehr oft, ich weiß es, hat er sich deswegen angefeindet gefühlt.«

»Kein Wunder. Wildes Graben in einem Naturschutzgebiet ist zumindest ordnungswidrig.«

»Stimmt.«

Arnschwanger blickte Hartnagel tief in die Augen. »Nun?«

»Vielleicht war er dort unbewusst einem anderen Mord auf der Spur.« Hartnagel blinzelte zwar, hielt jedoch dem Blick stand. »Ist eine Vermutung meinerseits. Nicht mehr, aber auch nicht weniger.«

Arnschwanger hob die Brauen. Dieser Hartnagel verschwieg ihm etwas. Was er aus ihm noch herauskitzeln würde, bei einer scharfen Vernehmung auf der Dienststelle und möglichst in Gegenwart von Ricarda Held. Damit er beide notfalls in ein Kreuzverhör nehmen konnte.

Arnschwanger holte sein Tablet aus seiner Aktentasche. Schaltete es ein, tippte Hartnagels Aussage ein und ließ ihn alles lesen und genehmigen. Danach griff er in seinem Jackett nach seinen Visitenkarten. Schrieb »Dienstag, 8.30 Uhr, Kripo Ansbach« auf eine der Karten und drückte sie Hartnagel in die Hand. »Mir scheint, Sie haben noch nicht alles gesagt.« Arnschwanger schaltete das Tablet aus und packte es ein. »Denken Sie noch einmal in aller Ruhe darüber nach bis zur Vernehmung.«

»Dann ist das also eine Vorladung?«

»Das will ich meinen«, entgegnete Arnschwanger unterkühlt und verabschiedete sich.

Draußen angekommen, rieb er sich die Hände. Wörle hatte Frau Held nicht nur den Hund angedreht; er hatte auch ihre Visitenkarte. Das kam Arnschwanger zupass. Er würde ihr die gleiche Vorladung zuschicken, per Mail, ohne auch nur mit der Wimper zu zucken.

Nachdem Arnschwanger gegangen war, stand Hartnagel baff in seinem Studierzimmer, er kannte sich selbst nicht mehr. Er, der Schüchterne, ängstlich Vermeidende, hatte einem KHK die Stirn geboten!

Und wem hatte er das zu verdanken? Seiner neuen Freundin Ricarda.

Aber was war mit Baldauf, wollte die Polizei ihn festnehmen? So bangte Hartnagel doch. Sollten sie wirklich weitergraben? Es war und blieb ein Ritt auf Spatens Schneide.

Wenig später machte sich Hartnagel auf den Weg zur Kirche; es war an der Zeit für den Brief. Wie sprach er Pfarrer Zwick am besten darauf an?

Trotz der mittlerweile 30 Grad war Hartnagel zu Hause noch in die Alltagskluft des Mesners geschlüpft. Latzhose, langärmliges Hemd. Zwick schätzte es nicht, wenn Gottes Bodenpersonal im Tanktop die Kirche betrat.

Bald lief ihm der Schweiß; er drosselte das Tempo, ging den Tag durch. Mit Ricarda droben auf der Burg. Das Duell mit einem KHK. Rapport beim Pfarrer. Abends Graben mit Ricarda. Heilige Jungfrau Maria! Selbst als Postbeamter am Schalter, und dort hatte er so manches erlebt, konnte er sich an derlei nicht erinnern.

Wendelin war das Glück hold. Pfarrer Zwick, sonst eher im Verborgenen, stutzte mit einer Heckenschere die ins Kraut geschossenen Sträucher im Kirchhof und hatte hierzu extra eine Schürze angelegt.

Gelegenheit, ihm seine Hilfe anzubieten und dabei beiläufig mit ihm über die alten Bücher und den Brief ins Gespräch zu kommen.

Doch vorher schlich Wendelin an Zwick vorüber in die Kirche und betrat die Sakristei. Zu seinem großen Schrecken stand die Kiste mit den alten Büchern nicht mehr an der Wand, wohin er sie gestern geschoben hatte, sondern mitten im Zimmer. Die Bücher waren umgeschichtet worden, und der Brief lag nun obenauf.

Wendelin nahm die zweite Heckenschere aus dem Schrank. Zwick schien sich also doch mit den Büchern beschäftigt zu haben. Hatte er nach diesem Brief gesucht?

Wendelin kratzte sich am Kopf, er schnürte die losen Senkel seiner Schuhe fest und lief mit der Heckenschere hinaus zu Pfarrer Zwick.

»Kann ich Ihnen behilflich sein?«

Ein wunder Punkt. Obwohl er seit Jahren als Mesner in der Gemeinde tätig war, hatte ihm Pfarrer Zwick noch nicht das Du angeboten.

»Gerne, aber lassen Sie mich mitturnen.« Zwick strich ohne Befangenheit über seinen Bauch. »Auch ein Pfarrer braucht Ausgleichssport.«

Schweigend schnitten sie an den Sträuchern nebeneinanderher. Wendelin hoffte inständig, Pfarrer Zwick werde von sich aus auf den seltsamen Brief zu sprechen kommen. Leider tat er es nicht.

An einem dicken Zweig rutschte Wendelin die Heckenschere weg. Erschrocken hielt er inne. Sicherte die Schneide. Er war nicht richtig bei der Sache. Er musste die Bücherfrage stellen, ehe er sich in die Hand schnitt.

»Herr Pfarrer?«

»Ja?«

»Haben Sie sich die alten Bücher in der Sakristei noch einmal angeschaut?«

»Ach Gott, ja, das habe ich«, antwortete Zwick kaum hörbar. Pfarrer Zwick, der die Kirche, und die war nicht bescheiden, mit seiner Stimme mühelos zu füllen vermochte.

Wendelin entsicherte die Schere wieder. Schnitt vorsichtig weiter und hoffte, Zwick werde jetzt auf den Brief zu sprechen kommen.

Der Pfarrer aber tat ihm den Gefallen nicht. Wieder oblag es Wendelin, mit dem Zaunpfahl zu winken. »Dann darf ich mir die Kiste also nehmen?« Wendelin nahm all seinen Mut zusammen und schaute zu seinem Herrn und Meister hinüber. »Ich frage deswegen, weil auf den Büchern ein Brief liegt, der ausdrücklich an den früheren Pfarrer Eder gerichtet ist.«

Zwick, gerade dabei, eine Ranke zurechtzustutzen, ließ just beim Wort »Brief« den Arm sinken. »Ach ja, der Brief, Mariaundjosef.« Der Verstoß gegen das zweite Gebot war nur halbherzig unterdrückt.

Der Pfarrer legte die Schere weg und gebot Wendelin, ihm in die Sakristei zu folgen. »Danke, dass Sie mich daran erinnert haben.«

Dort angelangt, bückte sich Zwick, nahm den Brief zur Hand und blickte verlegen an sich herab, als wüsste er nicht recht wohin damit. Dann sagte er, leise und eher zu sich selbst: »Darum muss ich mich wohl oder übel selber kümmern.«

Wendelin wies auf die Brusttasche seiner Latzhose. »Soll ich Ihnen den Brief ins Pfarrhaus bringen?«

Der Pfarrer verhielt sich nicht dazu. Er entnahm der Kiste ein Buch und legte den Brief dort hinein. »Lieber Herr Hartnagel, nichts für ungut, es ist ein Brief von Pfarrer zu Pfarrer, Bruder zu Bruder, Sie verstehen?«

»Selbstverständlich.«

»Ich nehme das Buch hier samt Brief an mich, den Rest können Sie haben. Viel Freude an den Büchern!«

Insgeheim war Wendelin froh, dass Zwick die Entscheidung über den Brief selbst getroffen hatte. Doch jetzt stand er bei Ricarda im Soll. Er hatte ihr auf der Wülzburg versprochen, den Brief nach Möglichkeit mitzubringen.

»Schneiden Sie noch ein wenig weiter?«, fragte Zwick kurz angebunden.

»Mache ich.«

»Danke. Bis morgen.« Der Pfarrer klemmte das Buch in die rechte Achselhöhle und drehte sich an der Tür nochmals nach Wendelin um: »Und Gott befohlen.« Fort war er.

Wendelin zog einen Stuhl her, er musste sich setzen. Zu viel, was heute passiert war. Er musste an Ricarda denken und an ihren unbekannten Vater. Gab es einen Zusammenhang mit diesem Brief?

Wendelin verließ die Sakristei mit flauem Magen und schnitt den Rest der Hecke.

Sollte er Ricarda am Abend trotzdem seine Hilfe in Sachen Vater anbieten? Was allerdings letztlich bedeutete, dass er Zwick nach dem Inhalt des Briefes fragen müsste. Hätte er doch gestern den Mut gehabt, ihn zu lesen, Gottes Gebote hin oder her!

Als Wendelin den Heckenschnitt beendet und die

Schere aufgeräumt hatte, brachte er die Bücher in einen Abstellraum des Gemeindezentrums, in dem er nicht jeden Tag zugange war.

15 UHR. EKHK FRED ARNSCHWANGER.

Unliebsame Überraschungen ließen Arnschwanger schnell aggressiv werden. Auf dem Rückweg von Treuchtlingen zur Dienststelle schnappte in Schlungenhof eine Radarfalle zu. Fluchend bremste er ab. Die Kollegen von der VPI grinsten sich sicher schon eins.

Wendelin Hartnagel hatte ihn kalt erwischt. Nach allem, was über ihn bekannt war, hätte er ein Nervenbündel von Zeuge sein müssen. Anfangs war er es auch, dann jedoch hatte er sich gefangen und ihm Paroli geboten.

Hatte das mit dieser Ricarda Held zu tun? War er von ihr geimpft? Führten sie etwas im Schilde, an der Polizei vorbei?

Überlegungen, die Arnschwanger bis zur Dienststelle nicht mehr aus dem Kopf gingen.

Zurück in Ansbach parkte er den Wagen und schritt eilig zu den Kollegen ins Kommissariat. Galt es doch, sich auch um den angesägten Hochsitz bei Degersheim zu kümmern.

Nur Herzog hielt die Stellung; alle anderen Kollegen halfen mit bei der Suche nach der Waffe, mit der Meindl erschossen worden war, oder waren anderweitig unterwegs. Arnschwanger bat den Kollegen in sein Zimmer und steckte eine Kaffeekapsel in den Automaten. »Hast du diesen Rundruf in Sachen Jägersitz und Letzter Sowjet gehört?«, fragte er, als Herzog zu ihm in den Raum kam.

»Ja, nebenbei.«

»Wer ist für Degersheim zuständig? Treuchtlingen oder Gunzenhausen?«

»Gunzenhausen.« Herzog fingerte eine zweite Kaffeekapsel aus der Verpackung. »Kollegen der Ermittlungsgruppe sind bereits darauf angesetzt.«

»Soko ›Hochsitz‹ sozusagen.«

»Noch.«

»Wie meinst du das?«

»Wenn das so weitergeht und der Letzte Sowjet, oder wer es sonst sein mag, noch öfter zuschlägt beziehungsweise sich mehr als bloß Jägerhochsitze aussucht, wird das bald bei uns in der Kripo landen.«

Beide seufzten und tranken ihren Kaffee, dem Herzog einen weiteren folgen ließ. Wer die Axt an einen solchen Ansitz legt, also Taten begeht, die die politische Linke meist als »Guerilla-Folklore« abtut, schreckt auch vor Mord nicht zurück.

Aufkeimende Gedanken, der Letzte Sowjet könne

Meindl getötet haben, verwarf Arnschwanger. Dann würde der jetzt keine Hochsitze mehr ansägen.

So sinnierte er den Kaffee hinunter bis zum letzten Schluck. Als er die leere Tasse auf den Schreibtisch stellte, meldete sich das Telefon. Eine Nummer der VPI.

Er nahm das Gespräch entgegen, wappnete sich gegen den zu erwartenden Spott. Wider Erwarten ging es nicht um die Radarfalle, sondern um Neuigkeiten, die Arnschwanger sehr zugutekamen. Der Kollege berichtete von einem Zeugen, der beim Abbau der Messstelle aufgetaucht war und die VPI auf eine Scheune aufmerksam gemacht hatte, die voller Stacheldraht sei und »einem nicht unbedeutenden Hotelier« gehöre.

Grinsend legte Arnschwanger auf und sah zu Herzog, der noch immer im Büro saß. »Jetzt wissen wir, wo der Stacheldraht vom Biergarten-Grundstück ist. Und von wem er stammt.«

»Baldauf?«

»Genau. Mit Sicherheit wollte er Stacheldraht um das Grundstück ziehen und ist dabei von Meindl überrascht worden.«

Damit zog sich die Schlinge um Baldaufs Genick weiter zu, es fehlte nur mehr die Tatwaffe.

15 UHR. PIT BALDAUF.

Ein karges Frühstück in Degersheim und mehrere Stunden am Laptop zusammen mit Steve lagen hinter Pit, »Business as usual«, ohne die wunden Punkte anzuschneiden.

Steve hatte zwar gelassen gewirkt, sich aber danach bis zum späten Abend »frei« erbeten, um unten am Altmühlsee »zur Ruhe zu kommen«. Von wegen. Eher um sich mit Susi zu beraten, ohne dass er es mitbekam!

Nun half wohl nur noch Jost, denn der besaß eine Waffe, die Pit fehlte, seitdem Britta seinen Colt vor der Polizei versteckt hatte.

Telefonie und Internet eierten, Pampa pur, zwar kaum mehr als zwei Zigarillos von Gunzenhausen entfernt, aber in einer Hahnenkamm-Senke. Jost meldete sich nicht. Anscheinend saß er nicht vor seinem PC. Schande über ihn.

Kurz darauf erschien ein kleines, zittriges Bildchen des Kumpels auf dem Bildschirm. »Pit?« Anscheinend war Jost mit Smartphone im Netz.

»Gut, dass du dich meldest.« Pit versuchte, sich seine Ungeduld und Unruhe nicht anmerken zu lassen, dennoch kam er bündig zur Sache. »Sei so gut, Jost, behalte den Karlsgraben im Auge, nicht dass dort irgendwer buddelt. Vor allem in der Nacht. Du weißt, warum.«

»Du bist also auf der Flucht?«

»Ja. Bitte mach das sofort, heute Abend, okay?« Pit horchte auf, hörte er Stimmen im Hintergrund? Das hätte gerade noch gefehlt!

»Selbstverständlich, aber erst morgen. Heute geht es leider nicht.«

Er hatte es geahnt. »Wieso?«

»Ich habe heute meinen 60sten, wir sind auf dem Sprung zur Feier.«

»Ach Gott, herzlichen Glückwunsch!« Verdammt noch mal, warum nahm er sich nie die Zeit, sich die Geburtstage anderer zu notieren?

»Danke dir. Du, ich muss los.«

»Einen Moment bitte. Hast du deine Waffe noch?« Womit Pit einen Revolver meinte, den Jost mal auf dem Schwarzmarkt aufgetrieben hatte.

»Habe ich.«

»Munition auch?«

»Natürlich.« Im Hintergrund »Happy Birthday«.

»Rufst du mich bitte morgen an, ja?«, fragte er und kappte die Verbindung.

Pit blickte auf den Bildschirm. Abermals war es nicht optimal gelaufen. Dennoch würde er auf Jost zählen können, und auf einen Range Rover, der leider schon abgemeldet auf Josts Grundstück stand.

Wie auch immer es weiterging, lange wollte und konnte er nicht mehr hier in Degersheim bleiben. Denn er hatte, dessen war er sich sicher, eine Gegnerin, die nicht lange fackelte. Die ihm gewiss längst auf der Spur war. Ricarda Held.

Desto ärgerlicher, dass er Jost frühestens morgen wieder erreichen würde.

Egal. Erst musste er sich Sohnemann Steve vorknöpfen. Wo der Bursche nur steckte?

16.30 UHR. RICARDA HELD.

Müde war Ricarda auf der Terrasse im Liegestuhl eingenickt, hatte aber das Telefon zuvor in Hörweite gestellt. Das sie am späten Nachmittag aus dem Halbschlaf riss.

Ricarda ignorierte es zunächst, aber der Anrufer war hartnäckig. Nach dem achten Klingeln eilte sie hin.

Susi war's. Susi aus Degersheim. Ihre Verbündete gegen Pit, die, ansonsten stets zuverlässig, gestern Abend beim Treffen gefehlt hatte.

»Bist du allein?«, fragte Susi nervös.

»Klar bin ich allein.« Ricardas Stimme schwächelte, wie stets nach den Treffen der Bürgerinitiative. »Bei mir ist niemand.«

Wobei das nicht mehr stimmte – Pippin hatte sich zu ihr gesellt. Er folgte ihr nach draußen an den Liegestuhl, auf den sich Ricarda, groggy, wie sie war, nun wieder setzte.

Nach einer peinlich langen Stille erklärte Susi: »Es tut mir so leid.«

»Ich weiß, wegen gestern Abend. Du wirst vermutlich Dienst gehabt haben.«

»Nein, eben nicht.« Susi war kaum noch zu hören. »Ich habe mich in was Dummes reingeritten.«

Ricarda war mit einem Schlag wach. Doch ihr »Sprich!« blieb ihr im Hals stecken. Was trug Susi auf dem Herzen? Hatte es mit Baldauf zu tun? Sie, die mutige Mitstreiterin gegen ihn? »Was denn, liebe Susi?«, fragte Ricarda sachte und staunte über sich selbst. Einfühlsamkeit war sonst nicht ihr Ding. Wohl aber das, was Susi brauchte.

»Ich schäm mich so, Ricarda. Ich habe mich in Steve Baldauf verguckt.«

Vor Schreck glitt Ricarda das Telefon aus der Hand, fiel ihr in den Schoß. Eilig fasste sie danach.

Stille, Schluchzen.

»Susi, bloß nicht weinen, bitte nicht!« Ricarda legte sich auf ihren Liegestuhl. »Du hast dich also in ihn verliebt«, hob sie an, so behutsam wie möglich. »Als es zwischen euch gefunkt hat, hast du wahrscheinlich nicht geahnt, dass du es mit einem Baldauf zu tun hast.«

»Doch.« Unterdrücktes Schniefen. »Bitte sei mir nicht böse, ich erkläre es dir.«

Ricarda saugte nach Speichel, die Kehle trocken. Konnte es hierfür eine vernünftige Erklärung geben? Vielleicht war Steve anders als sein skrupelloser Vater.

»Dann lass mal hören.«

»An einem Sonntagvormittag im Juni war ich am Altmühlsee zum Sonnen. Ich lag im Bikini am Strand. Da hat sich ein Mann herangeschlichen und mich fotografiert. In dem Moment kam Steve mit Walkingstöcken vorbei. Er hat den Spanner gleich zur Rede gestellt und ihn vertrieben.«

Ricarda nickte. Steve, der Gute. Manchmal fiel der Apfel eben doch weit vom Stamm. »Vorbildlich. Und dann?«

Susi atmete hörbar auf, ihre Stimme festigte sich. »Ich wollte bloß noch heim, so schnell wie möglich. Ich war so fertig, habe am ganzen Leib gezittert. Da hat er mich zum Auto begleitet, hat mich sogar gefragt, ob er mich heimfahren soll.«

Ricarda erschrak. »Du hast dich hoffentlich nicht heimfahren lassen?«

»Nein, natürlich nicht.« Susi zögerte. »Aber ich war ihm so dankbar, dass ich ihn gefragt habe, ob wir uns wiedersehen könnten.«

Ricarda fixierte das Telefon mit dem Kinn und setzte sich wieder auf. Sie konnte Susis Dankbarkeit nachvollziehen. Dennoch hatte sie das Gefühl, dass der Film, in dem sie nun als Hauptfigur mitspielte, kaum dass sie zurück in Treuchtlingen war, allmählich zu einem Thriller geriet. »Wo hast du dich mit ihm getroffen?«

»Ich habe ihn gleich für den nachfolgenden Abend ins ›Hafner‹ in Gunzenhausen eingeladen. Dort haben wir uns noch ein weiteres Mal getroffen, anschließend bei mir zu Hause.«

»Wann hat er die Katze aus dem Sack gelassen?«

»Was meinst du?«

»Wann hat er dir gesagt, dass er ein Baldauf ist?«

»Erst bei mir daheim.« Susi seufzte, hörbar sog sie Luft ein. »Das ist so ein Durcheinander!«

»Und jetzt?«, fragte Ricarda ahnungsvoll. War Susi nicht zum Treffen gekommen, weil sie bereits in Pits Fängen war? Eine Geisel in seiner Gewalt?

»Wir, das heißt, eigentlich Steve, nein, wir beide haben seinem Vater ein Ultimatum gestellt.«

»Was?«

»Ja.« Susi wirkte wieder etwas ruhiger, ein Wechselbad der Gefühle. »Ich gewähre ihm seit gestern bis übers Wochenende bei mir daheim in der Einliegerwohnung

Asyl, unter zwei Bedingungen, einer von Steve und einer von mir.«

»Darauf ist er eingegangen?«

»Ja.«

Ricarda traute ihren Ohren nicht. Von wegen Geisel in Pits Fängen, eher umgekehrt. Pit kroch ihnen zu Kreuze. »Was für Bedingungen? Bis wann muss er sie erfüllen?«

Wieder zögerte Susi. »Bis wann, bis wann …«, sagte sie zu sich selbst. »Ich bin noch bei der Arbeit, habe aber demnächst Feierabend. Steve hat mir geschrieben, dass er mit seinem Vater zu Hause gearbeitet hat, jetzt jedoch weggefahren ist. Ich bin also allein mit seinem Vater, wenn ich nachher nach Hause komme. Macht man sich eigentlich strafbar, wenn man einem Mörder Unterschlupf gewährt?«

Ricarda wurde wütend. Typisch Mann, da war Steve also nicht anders. Fädelt die Sache ein und macht sich dann vom Acker. Doch ihr Zorn träfe Susi. Und damit die Falsche. »Das ist im Moment egal.« Nun ging es allein darum, Susi stark zu machen. »Manchmal heiligt der Zweck die Mittel. Jetzt sag, was sind die Bedingungen?«

»Also, meine Bedingung ist, dass Baldauf sein Karlsgraben-Biergarten-Projekt fallenlässt, für dich, für uns und für unsere Bürgerinitiative.«

Ricarda schmolz vor Rührung. Am liebsten würde sie Susi umarmen. »Susi, Allerliebste, du bist so goldig. Und du hast recht. Aber der Biergarten ist bereits tot. Mausetot.«

»Wieso?«

»Selbst ein Baldauf wird von hinter schwedischen Gardinen aus keinen Biergarten eröffnen.«

Susi zögerte. Was Ricarda hörte, klang wieder wie ganz nah am Wasser gebaut. So wartete sie, geduldiger als ihr zumute war, so lange, bis sich Susi beruhigt zu haben schien. Dann fragte sie: »Und die andere Bedingung?«

»Steves Bedingung ist, dass sein Vater ein Geheimnis lüftet. Eine bitterböse Familiengeschichte vermutlich, die er geheim hält.«

Ricarda konnte ihr Glück kaum fassen. War sie Henry vollends auf der Spur? War der von der Wülzburg entronnene Häftling wirklich von einem Baldauf gerichtet und im Karlsgraben verscharrt worden?

»Noch was«, sagte Susi. »Steve lässt mich nicht allein. Er hat gerade geschrieben: ›Komme später zu dir.‹«

Gott sei Dank. Ricarda atmete durch. Danach erklärte sie schonend: »So leid es mir für dich tut, das wirst du allein schultern müssen. Du musst Steve in aller Klarheit sagen, dass er das in seiner Familie wurzelnde Problem nicht auf dich abwälzen kann. Du musst ihm klarmachen, dass du nur dann seine Freundin bleiben kannst, wenn er das Problem löst, also seinen Vater davon überzeugt, dass er ausgespielt hat. Dass er sich der Kripo stellt und das Geheimnis um seine Familie endlich lüftet – sagen wir bis übers Wochenende, also entsprechend eurer Abrede. Sonst musst du sie rausschmeißen, und zwar beide, so leid es mir für dich tut.«

Wie erhofft, war Susi klug genug, um zu erkennen, dass es nicht anders ging. So endete das Gespräch zwar unter Spannung, doch nicht im Streit. Trotzdem hing

Ricarda, als sie sich von Susi verabschiedete, an ihrem Ersatznerv, zu viel durfte jetzt nicht mehr passieren.

Sie schälte einen Apfel, viertelte ihn und setzte sich mit den Apfelstücken und einer Speckseele an den Küchentisch.

Eine Frage stand weiter unbeantwortet im Raum: Sollte sie, solange Baldauf auf freiem Fuß war, mit Wendelin nach Henry graben?

Beklommen schaute sie zum Telefon. Doch sie rief Wendelin nicht an. Zumal Pippin ihr zu Füßen saß. Sein Spür- und Geruchssinn könnte ihnen eine große Hilfe sein. Sie mussten es riskieren, schon um Baldauf die Ausrede abzuschneiden, es habe sich lediglich um ein Herumballern gehandelt, dem Meindl zufällig zum Opfer gefallen sei. Denn hatte Pit gezielt auf ihn geschossen, um zu verhindern, dass er Henry fand, war es eiskalter Mord, zur Verdeckung einer anderen Straftat.

18.30 UHR. STEVE BALDAUF.

Steve stand pünktlich zum Feierabend von Susi vor der Altmühlsee-Klinik und wartete auf sie. Susi war freudig überrascht, ihn zu sehen. Sie hatte seine Nachricht wohl so verstanden, dass er zu ihr nach Hause kommen würde. Daraufhin fuhren sie, jeder in seinem Auto, zum Altmühlsee. Nicht dorthin, wo sie sich kennengelernt hatten, sondern zum Wehr am westlichen Ende des Sees. Weit weg von den Touristenmassen.

Dort angekommen, fassten sie einander an den Händen und schlenderten den Uferweg entlang. Keiner von beiden wagte es, zur Sache zu kommen.

Nach geraumer Zeit setzten sie sich ans Ufer, mangels Bank und Decken auf den von der Dürre gezeichneten Boden. Vor ihnen lag die Vogelinsel, ein Idyll für Ornithologen, die nur im Rahmen von Führungen zugänglich war.

»Warst du schon mal auf der Vogelinsel?«, fragte Steve beiläufig und kratzte an einem Schnakenstich.

»Nein.« Susi schmiegte sich an ihn. »Und du?«

Er schüttelte den Kopf. Wann hatte er je für so etwas wie Vögel Muße gehabt? Abitur, Lehre, Studium, Geld genug auf dem Konto, aber unter der Knute des Vaters. Die Expansion des Unternehmens, die viel zu schnell gegangen, dem alles andere untergeordnet gewesen war.

Nun saß er da, seine nackten Füße im Gras, das ihn ein wenig kitzelte. Selbst für eine Freundin hatte er keine Zeit gehabt. Wollte er wirklich so getrieben sein? Oder wollte er es gar nicht, sondern sollte es nur? Vor allem aber: Warum hatte er sich dazu verleiten lassen, wenn auch verknüpft mit einem Ultimatum, seinen Vater zu decken? Kapierte der immer noch nicht, dass es vorbei war? Dass selbst tief vergrabenes Unrecht schlussendlich zum Vorschein kommen musste?

Und nun hatte Steve auch noch Susi hineingezogen, in Mithaftung genommen! Sodass sie sich in ihrer Not die zweite Bedingung ausgedacht hatte – jenen hilflosen Appell an seinen Vater, im Interesse aller auf seinen elenden Biergarten zu verzichten.

Steve zitterte. Er spürte Susis Hand, fasste sehnend danach. Es würde, musste weitergehen.

»Mein Vater …« Er hielt inne. Er war der Sohn und blieb es sein ganzes Leben.

»Ich weiß schon.« Susi strich ihm sachte über den Unterarm. »Mein Vater hat sich, als er den Gesellenbrief in der Tasche hatte, auch selbstständig machen wollen. Zum Glück hat er's nicht gewagt.«

Steve schlang den Arm um Susis Schultern, sie lehnte ihren Kopf bei ihm an. Ein lauer Abend, ohne Touristen. Kein Laut war zu hören. Flirrende Luft, staubig von der Hitze, trocken die Kehlen. Zeit für einen Drink.

»Susi?«

»Ja?«

»Tut mir leid, dass ich dich da reingezogen habe. Dass du ihm in all deiner Not das Versprechen hast abringen wollen, dem Biergarten ade zu sagen. Dabei weiß er genau, dass das Projekt mit dem Schuss auf Meindl gestorben ist.«

Sie lösten sich voneinander, Steve sah auf seine kurzen Zehen. Anders als unter Männern rollte er sie nicht ein.

Susi gegenüber brauchte er sich nicht zu schämen. Auch sie hatte ihre Schuhe abgestreift, Birkis mit Fersenriemen. Vermutlich waren die Riemen in der Klinik Pflicht. Auch sie hatte kurze Zehen und ein Muttermal an der rechten Ferse. Sie verbarg es mit ihrem anderen Fuß.

Eine Weile saßen sie schweigsam da, schauten hinüber auf die Vogelinsel und hingen dabei ihren Gedanken nach. Steve steckte die Zehen tief in den warmen Boden. Könnten sie doch nur so sitzen bleiben, bis alles ausgestanden war!

Aber er war der Sohn eines größenwahnsinnigen, bislang erfolgreichen Unternehmers, der es geschafft hatte. Und anders als sein künstlerisch veranlagter Bruder war er dem Vater, privat und im Geschäft, stets loyal geblieben. Allerdings unter der Prämisse »Vertrauen auf Gegenseitigkeit«.

Steve gab sich einen Ruck: »Mein Vater wird sich uns erklären müssen, spätestens am Montagfrüh. Gibt er sein Geheimnis preis, dann sehen wir weiter. Falls nicht, und davon gehe ich aus, stelle ich ihn vor die Wahl: Entweder ...« Steve hielt inne, schlug die Hände vor das Gesicht, die Angst vor der eigenen Courage.

Susi war ganz Ohr, ihm ganz Haut. Sie schmiegte sich an ihn. Liebe pur. »Du meinst also, er wird dieses Geheimnis nicht lüften, nicht einmal jetzt?«

I wo, dachte Steve. Er wagte Susi kaum anzuschauen, doch sie trug seine Not, seine Skrupel mit. Strich ihm beruhigend über Nacken und Schultern, den Arm hinunter und über den Handrücken. Ergriff seine Hand und drückte sie ganz fest. Er lehnte den Kopf an ihre Schulter, hob ihn ein wenig, Wange an Wange, und gab ihr einen Kuss. »Mein Vater wird es nicht preisgeben. Das denkt auch meine Mutter. Die kennt das Geheimnis übrigens auch nicht, ich hab sie gefragt, als ich heute früh mit ihr telefonierte.«

»Echt?«

»Ja. Und sie hat etwas getan, das ich ihr niemals zugetraut hätte. Was mir so zu denken gibt, dass ich bereits überlege, es ihr gleichzutun.«

»Hat sie sich von ihm getrennt?«

»Ja. Und sie hat sich obendrein in das beste Hotel hier im Seenland eingenistet, ins Schneckenburger. Dem größten Konkurrenten meines Vaters.«

»Cool.«

»Und wie sie mir verraten hat, wird sie dort auch so bald nicht mehr auschecken.« Steve holte tief Luft. Schaute Susi in die Augen, sie ebenso fest in seine. »Der Ball liegt im Feld meines Vaters. Verschweigt er sein Familiengeheimnis auch weiterhin oder übernimmt er keine Verantwortung für das, was passiert ist, wird er seinen Dreck allein machen müssen. Denn uns steht die Welt offen. Ein Diplom-Betriebswirt findet überall einen Job, und du als Krankenschwester auch.«

Kurze, ergriffene Stille.

»Danke.« Susis Augen glänzten. Nah am Wasser und doch erleichtert. »Aber tu's nicht nur um meinetwillen.«

»Das mache ich auch nicht.«

»Sondern?«

»Um unseretwillen, für unsere gemeinsame Zukunft.« Nun rang auch Steve mit den Tränen. Sie legten sich auf den lauwarmen Strandboden. Schmiegten sich aneinander. Ohne Decke und Manschetten.

Als die untergehende Sonne hinter dem Forst verschwunden war, machten sie sich auf den Weg nach
Gunzenhausen, um den Tag bei einem Achterl Rotwein
ausklingen zu lassen.

Im »Hafner«, wie bei ihrem ersten Date.

Von wo aus sie nicht etwa nach Degersheim fuhren,
sondern zu Steves Wohnung. Mochte sein Vater allein
zur Besinnung kommen.

19.30 UHR. KOK HANS WÖRLE.

Wörle, fesch mit der neuen Jeans, weißem Schlupfhemd
mit kurzen Ärmeln und roten Rosen, musste dieses Mal
nicht auf Julia warten.

Ganz im Gegenteil – als er die Promenade überquerte,
stand sie schon vor dem Restaurant »Chilli's«. Weiße
Shorts, darüber ein Polo in Marineblau. An ihren Füßen
Mokassins. Wofür sie extra heimgefahren sein musste,
denn so hatte sie vermutlich nicht am Schreibtisch der
Staatsanwaltschaft gesessen.

Sie war ähnlich gekleidet wie tags zuvor Frau Held. Bis auf die Mokassins und die Attitüde. Bei Julia war es echt gelebte Jugendlichkeit, bei Frau Held eher traurig nachgeholte.

»Was für ein schöner Strauß«, rief Julia euphorisch, als hätte sie ihm den nicht zugetraut. Küsschen links, Küsschen rechts. »Fesch schaust aus.«

Viel zu viel des Lobes. Das Wörle nachdenklich werden ließ, als er Julia zu dem von ihm reservierten Tisch im Gastgarten des Restaurants führte und den Oberkellner um eine Vase für die Rosen bat. Der war so aufmerksam und nahm Wörle die zerknüllte Folie ab. Sonst hätte Wörle, er kannte sich, sie vermutlich in die Hosentasche gesteckt.

Der mit Eis gefüllte Sektkühler und zwei Champagnergläser standen für das Dinner bereit, der Tisch war festlich gedeckt, eine Kerze verströmte den Duft von Zitrusfrüchten.

»Bestens, Hans.« Julia strahlte, überließ ihm die Platzierung.

Wörle, nicht so gern auf dem Präsentierteller, wählte an dem Zweiertisch den Platz mit Blick zum Restaurant. Julia nickte beifällig, winkte einer Frau an einem anderen Tisch zu, einer Kollegin, wie sie ihm erklärte, und setzte sich ihm gegenüber. Der Oberkellner kam mit den Rosen, stellte die Vase auf den Tisch und ging wieder.

Julias Blick ruhte lächelnd auf Wörles neuer und fühlbar bequemerer Jeans. »Schöne Hose.«

Elasthan eben. Dass den Frauen so etwas stets auffiel!

»Hattest du heute etwa frei?« Julia schaltete, ohne den Blick von ihm zu wenden, das Smartphone aus und steckte es in ihre Designer-Handtasche eines französischen Labels, das einen beim Aussprechen und beim Bezahlen ruinierte.

»Ja, Überstunden abarbeiten«, erklärte Wörle. War unscharf, fast geflunkert.

Zum Glück kam der Kellner zurück, mit dem Champagner. Er entkorkte die Flasche und schenkte ihnen ein. Wörle konnte sich zurücklehnen. Denn Julias asthmatisches Stakkato, das sie sonst leibte und lebte, ihre allgegenwärtige Hektik und Überdrehtheit waren verflogen; es schien, als genösse sie den Augenblick. Und als freute sie sich auch an ihm.

Wörle atmete durch. Ihre Freude, ihr Optimismus taten ihm gut. Er dankte dem Kellner, bat ihn um die Karte und schlug Julia eine Flasche Mineralwasser vor. »Möchtest du mit oder ohne Sprudel?«

Julia wandte den Blick zum Ober. »Bitte mit Sprudel.« Der Kellner bot ihnen ein hiesiges Mineralwasser sowie das italienische in der grünen Flasche mit dem blauen Etikett an, woraufhin sich Wörle intuitiv für Letzteres entschied und dafür ein weiteres Lächeln erntete.

Sie hoben die Champagnergläser und stießen miteinander an.

»Du gefällst mir heute.« Julia beugte sich zu Wörle hinüber. Zupfte ihm eine Fluse vom Ärmel seines Leinenhemdes und berührte ihn mit ihrem Unterarm. »Mir scheint, dass du es Arnschwanger mal richtig gezeigt hast. Stimmt's oder habe ich recht?«

Nun, tatsächlich hatte er Arnschwanger überrascht: mit seinen Überlegungen, dass Baldauf – wenn er es denn war – die Tatwaffe auf einem alten Bauernhof versteckt hatte. Worauf Arnschwanger genickt, ihn gelobt und dann ins lange Wochenende geschickt hatte.

»Haben Sie gewählt?«, fragte der Ober in Wörles Sinnieren und servierte das Mineralwasser.

Verdutzt blickte Wörle auf, rasch überflog er die Karte, auch Julia überlegte noch.

»Vegetarisch haben wir auch.«

»Ich bitte Sie«, erwiderte Julia, wies auf das Rinderfilet mit grünen Bohnen und orderte als Entrée Tortillas mit Käse und Schinken. Wörle entschied sich für den Salat mit Shrimps und Chili con Carne; eine gewagte Menüfolge, die er ohne Julia nicht bestellt hätte.

Dann waltete wieder der Champagner, denn sie stieß erneut mit ihm an: »Auf diesen unvergesslichen Tag.«

Julia meinte damit gewiss ihre Beförderung nach Nürnberg, doch dieses Mal im Stillen. Ihr Drang, ständig Rechenschaft darüber abzulegen, dass sie die gar nicht fürstlichen Bezüge einer Gruppenleiterin der bayerischen Staatsanwaltschaft mehr als wert war, schien an diesem Abend zum Stillstand gekommen zu sein.

»Auf dein Wohl, Julia.«

»Auf unseres.«

»Aber …«

»Ja, ich weiß.«

Wörle behielt das Glas noch in der Hand und schaute in den Champagner. Julia hatte recht. Er hatte sich tatsächlich verändert, das Landei mit Hang zum Zögern fuhr nicht mehr so auf Sicht. Er war mutiger, quirliger und optimistischer geworden. Und war, er ahnte es, sogar bereit, ihr nach Nürnberg zu folgen.

»Rotwein?«, fragte Julia.

»Sehr gern.«

Julia winkte den Ober an den Tisch. Gut, dass sie beide zu Fuß gekommen waren.

21.30 UHR. RICARDA HELD.

Diesmal fuhr Ricarda weit außenherum, auf der Staatsstraße nach Bubenheim und über einsame Flurwege nach Grönhart. Weit lieber wäre sie mit dem Rad zum Karlsgraben gefahren, aber das wäre schwierig geworden mit dem Spaten. Auf gar keinen Fall wollte sie Wendelin alleine graben lassen. Auch Pippin hatte sie unbedingt mitnehmen wollen. Also hatte sie sich doch mit dem Auto auf den Weg gemacht.

Auf der Grönharter Höhe lag ihr der Karlsgraben zu Füßen; es blieb nur mehr die Frage, wohin mit dem Wagen. Und ob es in dieser Nacht einer totalen Mondfinsternis hell genug zum Graben sein würde.

Am Karlsgraben angekommen, bog sie vor dem Spielplatz nach links ab, auf einen Feldweg, der am Graben entlang vom Dorf wegführte. Sie folgte diesem etwa 100 Meter und parkte den Honda. Nachdem sie ausgestiegen war, fielen ihr Gebäude auf, die den Rand des hier bereits auslaufenden Karlsgrabens säumten, Schuppen und alte Bauwagen. So weitab, dass sie bis dato auf ihren Streifzügen noch nicht bis hierhin gekommen war. Ricarda fuhr ein Schauer durch die Glieder. Sie böten Pit ein optimales Versteck und lagen fast noch in Sichtweite des Tatortbereichs.

Nachdenklich kontrollierte sie ihr Auto, ob es verschlossen war, und folgte dem Feldweg zurück in Richtung Spielplatz, wo sie hoffentlich auf Wendelin stoßen würde. Immer wieder hielt sie Ausschau nach dem Mond, der nun hoch genug am Himmel stand.

Die Hitze blieb drückend. Gras und Buschwerk waren braun und ausgedörrt. Und wieder war Ricarda nach Schaukeln zumute, wie an dem Tag, als sie Wendelin zum ersten Mal begegnet war.

Als sie sich auf die Schaukel setzen wollte, erschrak sie – vor lauter Gedanken hatte sie nur den Spaten mitgenommen. Sie hatte Pippin vergessen. Unverzeihlich, nach dem, was Meindl ihm angetan hatte!

Ricarda stürzte zum Auto und befreite Pippin, der in seiner Erleichterung zum ersten Mal an ihr hochsprang. Und auf dem Weg zurück zum Spielplatz die Ohren spitzte. Nur gut, dass die Leine, die sie in der Zwischenzeit gekauft hatte, zu Hause geblieben war. Niemals mehr sollte er sich an Ketten fühlen.

Ricarda merkte auf, Pippins Ohren blieben gespitzt. Witterte er Gefahr? Irritierte ihn die Mondfinsternis?

Wieder einmal lief es ihr heiß und kalt den Rücken

hinunter. Sie verlangsamte ihre Schritte. Hoffte, von Wendelin erwartet zu werden.

In der Tat, auf ihn war Verlass. Als sie den Spielplatz erreichte, saß er auf der Schaukel. Kam sofort auf sie zu und begrüßte sie mit einer Umarmung und Pippin mit liebevollem Streicheln. Am Pfosten der Schaukel lehnte sein Spaten, ein anderer als beim letzten Mal. So groß und schwer, als ginge es darum, die Taiga umzugraben.

Taiga. Sie zuckte zusammen. Was heckte Leonid wohl gerade aus? Seinem militanten »Venceremos!« von gestern Abend nach zu urteilen, stand für den Letzten Sowjet Altmühlfrankens die kapitalistische Konterrevolution bevor.

Wendelin war schweigsam – und auch ihr war nicht nach vielen Worten zumute. Gemeinsam liefen sie mit ihren Spaten hinab zur Holzbrücke und von dort aus links zu jener Stelle im dürren Buschwerk, wo sie am Mittwochabend den Stein ausgegraben hatten. Wendelin lehnte den Spaten an einen Busch.

»Ricarda?«

»Ja?«

»Ich habe ein schlechtes Gewissen.«

»Warum?«

»Wegen dem Brief, von dem ich dir erzählt habe.« Wendelin schlug die Augen nieder. »Ich habe ihn leider nicht mehr, Pfarrer Zwick hat ihn an sich genommen.«

»Das macht nichts.«

»Aber jetzt kann ich dir nicht helfen, ich meine, wegen deines Vaters.«

Ricarda benahm es fast den Atem. Was für ein einfühlsamer Mensch Wendelin war. »Ist nicht schlimm«, beruhigte sie ihn, bestrebt, sich die Enttäuschung nicht anmerken zu lassen. »Sollte der Brief wirklich mit meinem Vater in Zusammenhang stehen, wird die Wahrheit ans Licht gelangen, wie die Geschichte hinter Baldaufs Tat. Weil dieser Brief ausgerechnet jetzt aufgetaucht ist.«

»Meinst du?«

»Ja.« Ricarda band sich die Schuhe und fragte: »Sag mal, hattest du inzwischen Besuch von der Kripo?«

Wendelin nickte. Berichtete kurz und erklärte: »Ich habe eine Vorladung gekriegt, auf die Kripo in Ansbach für nächsten Dienstagfrüh.«

»Ich auch, per Mail.«

»Was mag das bedeuten?«

»Dass dieser Arnschwanger uns ins Kreuzverhör nehmen möchte.«

Wendelin zuckte zusammen. Ricarda strich ihm beruhigend über die Schultern. »Hab keine Angst. Bis dahin haben wir Henry gefunden.«

»Hoffentlich.«

Wendelin nahm seinen Spaten wieder zur Hand und machte die Stirnlampe an.

»Was meinst du, wo sollen wir graben?«

»Gute Frage.« Ricarda schaltete ihre Lampe ein.

»Lass uns einfach an der Stelle von vorgestern weitermachen.«

Ricarda nickte stumm. Plötzlich kam ihr alles unsystematisch vor. Ihr Herumbuddeln hier wie ein Stochern im Nebel. Wo bist du bloß, Henry, dachte sie bei sich.

Wendelin fing an zu graben. Abermals ohne viele Worte. Wie ein Forscherteam, das schon seit Jahren eingespielt ist.

Sie setzte ihrerseits den Spaten an; nur mühevoll hielt sie mit Wendelin Schritt. Da grub ein Kerl. Der zupacken konnte und dem es so ernst war wie ihr. Ricarda kam sehr ins Schwitzen; gleichzeitig wurde sie ruhiger und schöpfte neue Zuversicht. Auf den Mond blickten sie beide nicht mehr, alles Augenmerk galt der Arbeit.

Pippin wuselte nicht etwa schwanzwedelnd zu ihren Füßen herum, sondern sicherte nach allen Seiten hin mit gestellten Lauschern, als wäre er von Meindl abgerichtet worden.

Das Loch wuchs sichtlich an. Sah jetzt aus wie ein Bombenkrater. Ricarda konnte mangels Leuchtziffern nicht mehr auf die Uhr schauen. Wie lange gruben sie bereits in dieser mondfinsteren Nacht?

Plötzlich rief Wendelin: »Da ist was Funkelndes!« Er setzte den Spaten ab, stellte ihn an eine nahe Birke und leuchtete mit der Stirnlampe.

»Tatsächlich.«

Ricarda bückte sich nach dem Fund, einer älteren Münze. Ihr stockte der Atem, als sie im Lichtkegel von Wendelins Stirnlampe das Geldstück mit den Fingernägeln vom Dreck befreite.

Eine Münze des Dritten Reichs. Fünf Reichsmark.

Pippin kam hinzu, aufgeregt, als wollte er sie warnen. Dann in der Ferne Stimmen.

Ricarda steckte das Geldstück ein. Sie packten ihre Spaten und entfernten sich, von Pippin begleitet, fort vom Spielplatz und den Stimmen, entgegengesetzt zum nördlichen Schluss der Fossa Carolina. Ohne ein Wort, allein auf stumme Blicke gegenseitigen Einvernehmens hin. Und mit ausgeschalteten Lampen.

Als sie sich schließlich unbeobachtet fühlten, hielten sie inne. Sammelten sich, atmeten auf.

»Keine Sorge.« Wendelin knipste die Stirnlampe wieder an. »Meinem Eindruck nach waren es lediglich Stimmen von Kindern.«

»Ja. Dachte ich irgendwie auch.«

Sie horchten in die Finsternis. Stille. Nur Pippin streifte durch das Unterholz.

»Morgen wieder, um die gleiche Stunde?«, fragte Wendelin.

Ricarda nickte. »Ja. Bis morgen Abend.«

SAMSTAG
28.07.2018

5.45 UHR. PIT BALDAUF.

In Degersheim wurde es Tag. Pit schaltete den Laptop ein – und merkte auf.

Stimmen, Schritte, droben aus der Wohnung. Endlich waren Steve und Susi zurückgekommen. Gleichwohl, das konnte er ihnen nicht durchgehen lassen.

Pit sah an sich herab. Schnüffelte. Eine Dusche wäre nötig, nicht nur der Hitze wegen. Dazu sein Bart, der umso stärker wuchs, je schlechter er schlief.

Nach der gründlichen Nassrasur und dank seines geradezu atemberaubenden Duschgels stieg Pit wie neugeboren aus der Dusche, zog eine frische Jeans aus seinem Weekender, dazu ein tailliertes T-Shirt mit V-Ausschnitt und kurzen, den Bizeps betonenden Ärmeln.

Ein kurzer Blick in den Spiegel und dann mit dem Laptop hinauf.

Bereits im Treppenhaus duftete es nach frischem Kaffee. Die Tür zur Wohnung war nicht abgeschlossen, also rein in die gute Stube.

Darin angelangt, schwoll Pit der Kamm. Die Kanne stand auf dem Tisch, in einem Brotkorb lagen zwei Semmeln und eine Breze, dazu Butter, Marmelade und Honig, auf zwei Platten auch Wurst und Käse. Geschmackvoll dargeboten wie in Pits Hotels.

Von Steve und Susi fehlte aber jede Spur.

Pit fluchte. Die entscheidenden Minuten war er zu spät dran. Die Schlinge um seinen Hals wurde enger und enger.

Pit setzte sich an den Tisch. Richtete sich die Semmeln, gegen den Frust, eine mit Butter und Honig, eine mit Wurst. Alles Hausmacher, nicht vom Discounter.

Er hing wie ein angezählter Boxer in den Seilen. Hatte die ganze Nacht herumgegrübelt, statt zu schlafen.

Was blieb ihm jetzt noch? Steve drohte ihm von der Fahne zu gehen. Er musste den Spieß umdrehen. Zuerst musste Steve ihm hoch und heilig seine Loyalität erklären, musste ihn weiter decken, bis …

Bis wann und wozu? Und wie dann weiter? Untertauchen? Auf Heidingsfelders Schläue bauen? Den Pit frühestens Montag wieder kontaktieren konnte. Dazwischen lagen noch lange 48 Stunden, die vermutlich über sein Schicksal entschieden.

Nein, ein Baldauf strich nicht die Segel, er gab Kontra und parierte jeden Angriff. Steve würde einknicken, spätestens wenn seine Flamme zu flennen anfing.

Aber da war ja noch Jost. Ein Jäger ließ den anderen Jäger nicht im Kugelhagel zurück. Fragte sich bloß, wie schwer Josts Geburtstagskater war. Wann Pit ihn anrufen konnte.

Noch während des Frühstücks wurde ihm die Zeit lang. Zumal deswegen, weil er kaum noch Mails bekam. Als rechnete keiner mehr mit ihm, weder seine Hotelgeschäftsführer noch die Geschäftswelt draußen. Oder, nicht besser, sie hielten sich schon jetzt lieber an Steve. Der möglicherweise am großen Schreibtisch in Pits Headquarters saß und ihm eine lange Nase zog.

Von dem Pit sich allein dadurch hatte tunneln lassen, dass er sich in dessen Audi hatte hierher kutschieren lassen. Und nun in der Pampa festhing. Völlig undenkbar für einen Baldauf, an einer Degersheimer Bushaltestelle rumzustehen, vermutlich vergebens an einem Samstag. Abgesehen davon, dass ihn hier sicher auch welche kannten. Nicht mal den »Altmühl-Boten« hatte Steves Flamme abonniert. Dann wüsste er wenigstens grob, wie weit die Polente war.

Ob Lara in Nürnberg wohl auf ihn wartete? Käme sie zu ihm, wenn er sie anriefe – und sei es, um seine gestauten Liebessäfte zu kanalisieren?

Pit wagte nicht, sie zu kontaktieren, nicht nur der zu frühen Stunde wegen. Inzwischen dürfte die Tat auch in Nürnberg die Runde gemacht haben. Wenn sie nicht ohnehin schon am Dienstag etwas geahnt hatte, als er auf der Flucht bei ihr übernachtet hatte. Einen abgeklärten, coolen Eindruck hatte er jedenfalls nicht gemacht.

Er tippte rum, an einer E-Mail an sie, schickte sie aber nicht ab.

Was war nur mit ihm los? Er hatte am Abzug genestelt, ein Versehen nur, ein Unfall. Nicht der Rede wert. Dabei wollte er bleiben.

Inzwischen hatte Pit auch die Laugenbreze verdrückt, mit der ganzen Butter. Der Kaffee war alle. Sonst aß er morgens wie ein Spatz. Kalorien verklebten den Verstand. Heute schlug er sich die Zeit damit tot.

Er wendete sich wieder dem Laptop zu und klickte sich in abgesichertem Browser-Modus durch das Netz.

Die hiesigen Gazetten schwiegen beredt. Man ermittle noch in alle Richtungen. Punkt.

Um Punkt halb acht piepste Pits Handy, eine SMS von Steve: »Ich bleibe bis auf Weiteres zu Hause, weil der Letzte Sowjet Altmühlfrankens wieder aktiv ist. Es geht das Gerücht um, dass er wieder einen Hochsitz angesägt hat. Wer weiß, zu was der noch imstande ist, schließlich bist du mit deinem Biergarten-Projekt einer seiner Hauptgegner. LG, Steve. PS: Komme Sonntagabend nach Degersheim.«

Holla, dachte Pit, mit Post Scriptum, wie bei Oma Hannelore. Der Rest war freilich nicht zum Schmunzeln, erst recht nicht, als er »Letzter Sowjet Altmühlfrankens« in die Suchzeile des Browsers eingegeben hatte.

Viel stand da nicht, doch genug, um Pits Blutdruck deutlich steigen zu lassen. Der Spitzbart im Lada, der ihm gestern früh hier in Degersheim begegnet war, musste dieser Letzte Sowjet gewesen sein. Hatte er also richtig vermutet. Dass er ein Aktivist in Ricarda Helds roter Zelle gegen die freie Marktwirtschaft war, wusste Pit schon. Steve könnte recht haben mit seiner Befürchtung, dass dieser Typ auch vor Anschlägen auf ihn nicht zurückschrecken würde!

Kurz vor 9 Uhr. Noch nicht die Stunde, in der ein Rausch nach einem 60sten ausgestanden war.

Pit spülte das Geschirr mit der Hand. Trocknete es sogar ab. Selbst hier in der Küche kein Dreck, kein Staub, geschweige denn fettige Ränder. Dabei schuftete Susi Wechselschicht in einem Krankenhaus.

Himmelherrgottsakrament!

Er verließ die Küche, lief kreuz und quer durch die Wohnung, aufs Klo, zurück ins Souterrain, setzte sich auf einen der Barhocker. Hoffte, unter dem klebrigen Zeug einen gescheiten Cognac zu finden. Der sich natürlich nicht fand – bloß ein irischer Whiskey, gegorene »Tränen eines Schriftstellers«.

Skurril.

Wodurch ihm sein anderer Sohn einfiel, die Künstlernatur. Der, wie hatte das bloß passieren können, von seiner Art her eher dem Letzten Sowjet als ihm glich.

Viertel nach neun.

Er glitt in den Stand, schlurfte hinter den Tresen der Bar und inspizierte die Vitrine mit den Gläsern. Darin, auffällig neben all dem barocken Rest, zwei schicke Rotweingläser. Grad so, als hätten Susi und Steve heimlich auf ihr Wohl angestoßen. Whiskeygläser Fehlanzeige.

Pit nahm sich ein Wasserglas, öffnete die Whiskeyflasche und schenkte sich zwei Finger breit ein. Schnupperte daran – eher ein milder Geselle. Keiner von denen, bei dem man das Gefühl hat, den Ascher auszuschlecken. Nun gut, manchmal ging es halt nur auf die sanfte Tour.

Pit trank das Glas zur Hälfte leer, in kleinen Schlucken. Daraufhin holte er den Laptop und das Netzkabel, um den Akku aufzuladen, und steckte ihn ans Stromnetz. Er schickte eine Warnung wegen des »Sowjets« per

E-Mail an seine Hotels und antwortete entsprechend auf Steves SMS. Dann kippte er den Rest des Whiskeys, ließ den Blick über die anderen Flaschen in der Hausbar kreisen, schenkte sich von dem irischen Likör aus Whiskey und Sahne ein und seufzte.

Kurz vor 10 Uhr ging er mit dem »ausgeborgten« Handy, in das er zuvor die in Nürnberg gekaufte Prepaid-SIM-Card eingelegt hatte, zurück in die Wohnung. Mit seinen vom Likör klebrigen Fingern tippte er Josts Nummer ein. Stille. Nach dem achten Rufton visierte er die rote Taste an, da vernahm er ein verschlafenes »Ja«.

»Jost? Pit hier.«

»Zum Henker, kannst du mich nicht ausschlafen lassen? Du weißt doch, dass ich gefeiert habe.«

Die denkbar übelste Begrüßung. Wäre er doch geduldiger mit Jost gewesen.

Und das war nur der Anfang, denn als Pit seinen Freund um den Revolver und den Range Rover bat, brummte der unerwartet: »Pit, bei aller Liebe, nein. Ich habe grad nach einem dummen Unfall auf der Jagd ein Strafverfahren wegen fahrlässiger Tötung an der Backe. Das ist im Übrigen auch der Grund dafür, dass ich dringend eine neue Waffe brauche, also nicht erst am Sankt-Nimmerleins-Tag. Weil ich die alte hab verschwinden lassen müssen. Sei mir nicht bös, ich kann mir deine Eskapaden nicht mehr leisten.«

»Lass mich nicht im Stich!«

»Das tu ich auch nicht. Ich sehe mich wie versprochen am Abend im Karlsgraben um. Sollte mir etwas auffallen, melde ich mich sofort.« Jost beendete das Gespräch, ehe Pit reagieren konnte.

So waren ihm fast alle Stricke gerissen. Der letzte könnte ihm selbst zum Strick werden. Es blieb ihm nur noch, ein Auto und Nummernschilder zu stehlen. Dann kurz nach Hause und seinen eigenen Colt mitnehmen, den Britta vor der Polente versteckt hatte. Sofern er ihn überhaupt fand.

Pit musste sich setzen; der Alkohol, den er eigentlich gewöhnt war, stieg ihm zu Kopf. Er klickte auf dem Handy das Anrufverzeichnis auf und löschte den Eintrag des Gesprächs, obwohl er wusste, dass ihm das auch nichts mehr half. Dann schaltete er zittrig das Teil aus und ging hinauf in die Küche von Susis Wohnung, wo er in den Kühlschrank schaute. Zumindest fürs Essen war gesorgt; Susi hatte ihm, wo und wann auch immer, eine große Schüssel Chili con Carne gekocht. Sollte es seine Henkersmahlzeit sein?

10 UHR. WENDELIN HARTNAGEL.

Wendelin ließ das kalt gewordene Kirschkernkissen aus dem Unterhemd auf den Küchenboden fallen. Schaltete die Röhre an, 100 Grad, und legte das Kissen zehn Minuten hinein. Ein Hexenschuss tat weh.

Der ihn nicht etwa beim Graben, sondern danach ereilt hatte. Er hatte sich von Ricarda, die woanders geparkt hatte, verabschiedet und war gerade in seinen Renault gestiegen, als er ein Geräusch oder eine Stimme gehört hatte. Erschrocken hatte er sich ruckartig umgedreht. Das Geräusch war weg gewesen, gesehen hatte er auch nichts, dafür aber etwas gespürt – nämlich seinen Rücken.

Wendelin hielt sich die Lendenwirbelsäule und atmete in die schmerzende Stelle. Als der Küchenwecker nach zehn Minuten klingelte, nahm er das erwärmte Kissen aus dem Ofen. Zog das Hemd vom Leib weg und ließ das Kissen an den unteren Rücken gleiten.

Als er wieder am Frühstückstisch saß, über der Zeitung und seinem längst kalt gewordenen Kaffee, läutete das Telefon. Er hebelte sich empor. Langsam, damit es nicht wehtat. Am Telefon angelangt, klingelte es zum zehnten Mal, ohne dass der Anrufer aufgelegt hätte.

»Guten Morgen, hier Hartnagel.«

Es war der Pfarrer. »Grüß Gott, Herr Hartnagel, hier Zwick.« Stille. »Hätten Sie ein wenig Zeit?«

»Ja, natürlich.«

»Nun denn.« Zwick räusperte sich. »Es ist wegen des Briefs, Sie erinnern sich?«

»Der Brief aus den alten Büchern?« Hartnagel jubilierte und spitzte die Ohren. Er hätte nicht nach dem Inhalt des Briefes zu fragen gewagt. Kam der Pfarrer nun von sich aus darauf zu sprechen?

»Ja, genau.« Abermals war es lange still. »Und bitte, vorerst kein Wort nach draußen.«

»Selbstverständlich, Herr Pfarrer. Wenn ich Ihnen irgendwie helfen kann.«

»Das können Sie in der Tat, Sie sind ja von hier. Kennen Sie zufällig eine Frau Ricarda Held?«

Obacht. Nur nicht die Euphorie raushängen lassen. »Ja, ich kenne sie. Ihr Gatte war hier in Treuchtlingen freier Architekt, soweit ich weiß. Leider lebt er nicht mehr.«

Zwick zögerte. Schien mit sich zu ringen. »Nun denn, ist eine alte Geschichte, die uns als Kirche leider nicht besonders gut zu Gesicht steht.«

»Inwiefern?«

»Kennen Sie Frau Held näher?«

Wendelin saß bequem in seinem Lesesessel und konnte sein Glück kaum fassen. Zu arg war ihm Ricarda bereits ans Herz gewachsen. Hoffte Zwick, über ihn einen Kontakt zu ihr herzustellen?

»Ja, ich kenne sie. Wissen Sie, Frau Held ist Vorsitzende der Bürgerinitiative gegen den geplanten umstrittenen Biergarten am Karlsgraben. Und weil ich es gut finde, dass sie sich dafür engagiert, habe ich sie vor Kurzem darauf angesprochen. So sind wir ein bisserl ins Gespräch gekommen.« Das war geflunkert – doch das konnte er ja außerhalb Treuchtlingens beichten.

Zwick schnaufte hörbar ein. »Jener Brief aus den Büchern stammt von einem Priester Franz Xaver Reulein. Er ist der Vater von Ricarda Held.«

Nun schlug Hartnagels Herz, obwohl er dies längst geahnt hatte.

»Er leitete als Seminarist ein Jugend-Zeltlager im Allgäu, an dem Ricardas Mutter teilnahm. Ist da mit ihr intim geworden und hat Ricarda Held ... äh ... gezeugt.«

»Verstehe.« Ja nicht durchblicken lassen, dass er eingeweiht war und mit Ricarda per Du.

»Reulein hat die Vaterschaft im Einvernehmen mit der Mutter verheimlicht, auch dem Bistum Eichstätt gegenüber, hat aber stets Alimente gezahlt und das Studium von Frau Held mitfinanziert. Er hat die Priesterweihe fern von Treuchtlingen empfangen wollen, verständlicherweise, ohne dass jemand nachgefragt hat, warum. Er wurde Pfarrer im Bistum Münster und blieb dort. Dass Bruder Reulein und die Mutter von Frau Held stets schwiegen und das Standesamt und ihre Tochter über die Vaterschaft im Unklaren ließen, war also ihre eigene Entscheidung. Was, nostra culpa, die Sache nicht besser macht.«

»Und der Brief?«

»Mei, der Brief, ja ... Der ist das i-Tüpfelchen darauf, leider. In diesem Brief hat Reulein Pfarrer Eder darum gebeten, in der Gemeinde zu veranlassen, dass nichts von alledem nach außen dringt. Schließlich lebten Ricarda und ihre Mutter in Treuchtlingen. Irgendwann sprach sich in der Gemeinde herum, Ricardas Vater habe sich nach ihrer Geburt von ihrer Mutter getrennt und den Kontakt zu ihr abgebrochen. Später sei er bei einem Verkehrsunfall verstorben. Diese Lüge wollte Reulein offenbar gewahrt wissen.«

Schweigen.

»So gut, so schlecht«, seufzte Zwick. »Gottes Ratschlüsse sind stets unergründlich. Zufall kann es jedenfalls nicht sein, dass der Brief ausgerechnet jetzt aufgetaucht ist. Vorgestern Abend nämlich, kurz nach dem Schafkopfen mit meinen Kollegen, hat mich Bruder

Reulein angerufen. Ich war bis dahin ahnungslos, weil Bruder Eder niemals ein Wort hat verlauten lassen und, wie wir nun wissen, diesen Brief in einem Buch versteckt hat. Aus den Augen, aus dem Sinn. Bitte glauben Sie mir, ich wusste nichts davon. Darum war ich gestern an der Hecke so durcheinander. Ich wusste einfach nicht, was tun. Tut mir leid um Frau Held. Es ist ein Unrecht, das die Kirche verschuldet hat und nun wiedergutzumachen ist. So wahr uns Gott helfe!«

Hartnagel nickte. Jetzt war auch klar, warum die Bücherkiste am gestrigen Tag in der Sakristei umhergeschoben worden war. Zwick hatte nach dem Brief gesucht. Und ihn gefunden. »Und nun?«, fragte Wendelin.

»Bruder Reulein bereut. Er ist schwer an Krebs erkrankt und hat nur einen Wunsch: seine Tochter endlich kennenzulernen und sie um Verzeihung zu bitten.«

»Ach Gott!«

»Reulein hat mich ferner darum gebeten, ihm Ricarda Helds Kontaktdaten mitzuteilen, am besten den Kontakt zu ihr selbst herzustellen. Nur, als Ricarda 18 war, ist sie aus der Kirche ausgetreten. Ich weiß nicht, wie ich in meiner Eigenschaft als Pfarrer an sie herantreten soll.« Erschöpftes Schweigen.

Hartnagel überlegte. Hoffte Zwick auf ihn? War er nicht nach allem, was in den letzten Tagen geschehen war, geradezu dafür prädestiniert? Hatte Gott, der Unerforschliche, ihn dazu ausersehen? Hartnagel erhob sich von seinem Sessel. »Soll ich Ihnen bei dem Kontakt zu Frau Held behilflich sein?«

»Hach, würden Sie das wirklich tun?«

»Ja, warum nicht?«

»Vergelt's Gott!« Jetzt schniefte Zwick sogar. Putzte sich die Nase. »Entschuldigung, aber … Sie haben eine Zentnerlast von mir genommen.«

»Schon gut.« Hartnagel streckte sich – sein Kirschkernkissen glitt aus dem Unterhemd zu Boden. »Was Gott der Herr so weise gefügt hat, das soll der Mensch nicht hintertreiben. Sozusagen das elfte Gebot.«

»Amen!«, seufzte Pfarrer Zwick. Verabschiedete sich ebenso erleichtert wie erschöpft.

Wendelin atmete tief durch. Selbst sein Rücken schwieg vor lauter Rührung. Gut, dass Ricarda heute Abend am Karlsgraben auf ihn wartete. Er hatte ihr viel zu erzählen.

11.30 UHR. RICARDA HELD.

Am späten Vormittag parkte ein Auto mit Ansbacher Nummer vor Ricardas Haus.

»Pippin«, rief Ricarda, grad zufällig am Küchenfenster. »Dein Körbchen kommt!«

Sie trat, ehe es klingelte, im Flur an den Spiegel. Genehmigt. Weiße Leinenbluse, blaue Shorts, an den Füßen diesmal die bequemen Ballerinas.

Wie am Dienstag, bei ihrem Ausflug mit Matthias' Cabrio auf den Hahnenkamm und kurz bevor sie vom Mord erfahren hatte. Jetzt aber war sie um einiges gescheiter.

Dennoch zuckte Ricarda zusammen, als Wörle läutete. Die Glocke, die genauso energisch war wie ihr lieber Matthias, klang ungewohnt in den Ohren. Um wie viel sanfter war dieser Wörle, und damit in Ricardas Augen der ideale Kriminalkommissar.

Sie öffnete ihm. Stutzte. Wo war denn das Körbchen? Doch Wörles Kofferraum stand noch offen. Klar, das trug er nicht wie einen Bauchladen vor sich her.

Ricarda verbiss sich das ortsübliche »Grüß Gott«, welches ihr meistens im Hals stecken blieb, und begrüßte Wörle mit einem entspannten »Hallo«.

»Hallo. Schön haben Sie's hier.« Er lächelte, ohne Arg, wie ihr schien. »Warten Sie bitte, ich hole gleich das Körbchen für Pippin.«

Die Gelegenheit, Wörle zu inspizieren. Er trug eine Jeans, dazu ein T-Shirt in gedecktem, freundlichem Grün, das gut zu seiner hellen Haut passte. Ob er sich seiner Sommersprossen schämte?

Er kam zurück mit dem Körbchen, ein schickes Teil und zu ihrer Freude aus Rohr und nicht aus Plastik. Sogar eine flauschige Decke hatte Wörle spendiert.

»Haben Sie tausend Dank.« Ricarda bat ihn herein, Pippin zu Füßen, der den Gast schwanzwedelnd willkommen hieß. »Ein Bett wie für einen König, das einen Ehrenplatz verdient hat.« Welchen genau, wollte sie in

Ruhe überlegen. Sie lehnte das Körbchen an die Garderobe, bat Wörle ins Wohnzimmer und bot ihm einen ihrer Rattan-Sessel an, auf dem er bereitwillig Platz nahm. »Möchten Sie vielleicht etwas Kühles trinken? Oder einen Cappuccino?«

Wörle zierte sich zunächst. »Zu viel der Ehre, ich wollte nur das Körbchen bringen.« Doch es klang viel zu kokettiert dafür, als dass es ernst gemeint war. »Also gut, gerne einen Cappuccino. Aber bitte keine Umstände.«

»Mit Vergnügen.« Schmunzelnd lief Ricarda in die Küche. Mit ungeschickten Männern hatte sie Erfahrung, die gab es an der Uni reichlich.

Ricarda nahm die großen, lange unbenutzten Kaffeehaferl aus dem Küchenschrank. Gut, dass er sich für Cappuccino entschieden hatte. Der machte viel aufgeschlossener und hoffentlich auch redseliger als das gluckernde Wasser. Sie brühte eilig zwei Tassen auf, gab großzügig Kakao auf den Milchschaum und stellte aufs Tablett noch eine Schachtel jener Toffees, in denen schon seit Jahrzehnten der Spaß steckte.

Bereits vor dem ersten Schluck fingerte sich Wörle eins davon.

Ricarda lächelte. Spiel und erster Satz für sie. Sie wartete, bis er vom Cappuccino getrunken hatte, dann fragte sie: »Gibt es denn schon ein tragfähiges Motiv für den Mord an Meindl?«

Er setzte die Tasse ab, so zittrig, dass diese überschwappte. Entschuldigte sich. »Also«, begann er zögernd, »noch fehlt uns ein tragfähiges Mordmotiv, sofern es tatsächlich Baldauf war.«

»Ach ja?« Ricarda grinste leise in sich hinein. »Ihr Kollege Arnschwanger hat mich per Mail für Dienstagvormittag vorgeladen, ich werde ihm nicht vorgreifen.«

Wörle biss an. Er belehrte sie der Ordnung halber über ihre Zeugenpflichten und meinte: »Wenn Sie etwas wissen, sollten Sie es mir jetzt sagen.«

Ricarda überlegte. Was verraten? Sie trank ihren Cappuccino zur Hälfte. Naschte auch von den Spaß-Toffees und erzählte dann: »Am Ende des Zweiten Weltkriegs entlief von der Wülzburg, wo die Nazis unschuldige Zivilisten aus dem besetzten Osten internierten, ein russischer Häftling mit Vornamen Henry. Und zwar wenige Tage nach dem ersten Angriff der Alliierten auf den Bahnhof von Treuchtlingen. Das ist aktenkundig. Nicht klar ist bis heute das Schicksal dieses Mannes. Ich wüsste es aber gern, ich forsche seit Jahren über das Lager.«

»Ein Russe namens Henry?«

»Er ist dort als solcher erfasst.«

Wörle hatte Feuer gefangen. Dass sie mit Wendelin nach Henry grub, würde sie ihm aber auch jetzt nicht offenbaren.

»Henry hatte bloß die eine Chance damals im tiefen Winter. Er musste rasch einen Unterschlupf und etwas zu essen finden. Vielleicht hat er versucht, nach Treuchtlingen zu gelangen, um heimlich auf einen Güterzug zu springen. Dass der Bahnhof zerstört war, konnte er nicht wissen. Oder nach Weißenburg. Graben liegt genau dazwischen.«

Wörle hörte aufmerksam zu, auf seiner Stirn bildeten sich Denkerfalten. »Sie meinen, Henry könnte in diesem Dorf versucht haben, sich zu verstecken und etwas zu essen aufzutreiben?«

»Richtig. Und wieso nicht auf dem Baldauf-Hof? Denn wer der Reichste ist im Dorf, das erkennt man am Anwesen. Auch im Krieg.«

»Stimmt.«

Die Haferl waren leer, die Hälfte der Toffees verputzt. »Noch einen Cappuccino?«

»Sehr gern.« Sie lief in die Küche, nahm zwei weitere Haferl zur Hand und betätigte den Automaten.

»Okay«, fuhr sie fort, als sie serviert hatte, »gehen wir also davon aus, Henry war bei den Baldaufs. Falls er dort etwas gestohlen hat, wäre der Selbstjustiz Tür und Tor geöffnet. Falls er nur bettelte, gäbe es trotzdem ein Motiv, an ihm das Mütchen zu kühlen: eben den Bombenangriff auf Bahnhof und Stadt.«

»Sie vermuten also, einer von den Baldaufs hat Henry gerichtet und seine Leiche im Karlsgraben verscharrt?«

»Genau.« Ricardas Müdigkeit war wie weggeblasen. Ein Hoch dem Koffein. »Das würde auch den scheinbar irrationalen Mord an Meindl erklären«, spann Ricarda ihren Gedanken fort. »Meindl, der Jünger Karls des Großen, grub gewiss nicht nach Henry, sondern nach der goldenen Stiefelschnalle des großen Frankenkaisers. Aber womöglich war er zu nahe dran an der Stelle, wo Henry verscharrt ist.«

»So würde tatsächlich ein Schuh daraus. Besten Dank, Frau Kommissarin.« Wörle schaute zu den Toffees und danach zu ihr. »Darf ich?«

»Klar.«

Die Packung war inzwischen fast leer. Ricarda sicherte sich das letzte davon. Endlich hatte sie ein Bettchen für Pippin. Und Wörle konnte die Handschellen rausholen.

Nachdem sie sich herzlich voneinander verabschiedet hatten und Wörle gegangen war, nahm sie das Hundekörbchen und stellte es im Wohnzimmer an den Kachelofen, den sie wegen ihrer Angst vor Feuer kaum anschürte. Er strahlte dennoch Behaglichkeit aus.

Pippin, als hätte er darauf gewartet, schnüffelte an seinem neuen Bett. Seine Wunden und Striemen, die ihm Meindl zugefügt hatte, verheilten zusehends, jedoch wollte sie mit ihm in der kommenden Woche vorsichtshalber zum Tierarzt gehen.

Ricarda lächelte selig. Als sie die leeren Tassen in die Küche trug, um sie zu spülen, läutete es nochmals. Sie eilte zur Tür und blickte dabei suchend zur Garderobe. Hatte der Herr Oberkommissar etwas vergessen?

Es war tatsächlich Wörle, etwas verlegen, wie ihr schien. Er holte ein Pfefferspray hinter seinem Rücken hervor. »Verstehen Sie mich bitte nicht falsch, aber passen Sie gut auf sich auf.«

Ricarda schluckte. Er hatte recht. Sie nahm das Spray, wollte es ihm bezahlen, doch er winkte ab.

»Danke schön.«

Zum zweiten Mal verabschiedete er sich von ihr, noch herzlicher als zuvor.

Ob er ahnte, dass sie nach Henry grub? Sie spann es besser nicht zu Ende. Winkte ihm noch einmal zu und sah ihm nach, bis sein Auto außer Sicht war.

Zurück im Haus fröstelte sie, trotz der Hitze. Wie schmal der Grat war, auf dem sie sich bewegte …

Pippin freilich war zufrieden. Er lag in seinem neuen Bett und schlief.

Anders Ricarda. Sie war aufgewühlt und musste etwas tun. Kurz entschlossen ging sie in den Keller zu den Tüten und Schachteln mit ihren gesammelten Altstoffen und mit so einigem Schrott, der sich die Jahre über in jedem Haus ansammelte. Mehrere Male stieg sie die Kellertreppe hoch und runter, bis sie alles in ihrem Honda verstaut hatte. Wenn sie sofort losfuhr, hatte der Wertstoffhof vielleicht noch offen.

20.45 UHR. RICARDA HELD.

Anders als sonst hatte sich Ricarda für ihr Aussortieren und die verkniffenen Mienen auf dem Wertstoffhof gleich belohnt, mit einem tiefenentspannten Nachmittag in der im Sommer nur mäßig frequentierten Altmühl-Therme. Um neue Kräfte zu sammeln und das schmerzende Gestell zu entspannen. Graben gehörte schließlich nicht zum universitären Alltag. Noch etwas gönnte sie sich: ein selbst zubereitetes Puten-Curry mit

Früchten und Reis. Sie zwang sich zu langsamem Kauen, allzu oft schlang sie das Essen herunter. Blieb eine düstere Vorahnung, gegen die auch Entschleunigung nicht half: dass dieser Abend mit Wendelin im Karlsgraben die Weichen stellen würde.

Fragte sich nur, in welche Richtung.

Die Zeit drängte; Ricarda ließ das dreckige Geschirr stehen, morgen war ja auch noch ein Tag. Alles Weitere ergab sich von selbst. Stirnlampe, Spaten, Pippin. Diesmal zog sie die Bergschuhe an, in denen sie mit Matthias im Allgäu viel gewandert war, dazu eine lange Wanderhose, der Schnaken wegen.

Erneut fuhr sie ganz außen rum, nicht die Bahn entlang, also nicht durch das Dorf Graben. Mied auch heute die Stellplätze am Grabenwallzugang und parkte wie tags zuvor unweit der verlassenen Schuppen am nördlichen Grabensaum. Sie ließ Pippin aussteigen und holte den Spaten aus dem Kofferraum. Als sie ihre Stirnlampe aufsetzte, sah sie Wendelin kommen, diesmal nicht vom Spielplatz her, sondern vom Nordeck des Grabens. Er hatte seinen Spaten geschultert, als wäre er schon ein Stück gelaufen.

»Grüß dich, Wendelin.« Ricarda band die Schnürsenkel fester und steckte sie in den Schaft. »Warst du auf der Pirsch?«

»Waidmannsheil.« Wendelin grinste. »Nein, ich dachte nur, es schadet nichts, sich mal umzusehen.«

Wieder kroch Ricarda die Angst den Nacken hinauf. Was, wenn doch jemand sie beobachtete?

»Bitte lass uns gehen. Noch ist es hell.«

Wendelin nickte. Sie liefen los.

»Hast du etwas entdeckt?«, fragte sie ahnungsvoll.

»Nein. Aber ich habe mir dieses Bahnwärterhaus am Rand des Karlsgrabens angeschaut. Und bin mit dem Eigner, der gerade die Wege gekehrt hat, ins Gespräch gekommen.« Er lächelte übers ganze Gesicht, als wäre er mächtig stolz auf sich selbst. »Keine Sorge, ich habe dem nicht gesagt, was wir hier machen. Ich habe ihn auf Baldaufs geplanten Biergarten angesprochen. Er hat mir erzählt, dass Baldauf ihn gefragt habe, ob er sich vorstellen könne, sein Grundstück zu verkaufen.«

»Typisch Baldauf.«

»Baldauf hat dann jedoch einen Rückzieher gemacht, weshalb auch immer.«

»Leere Kriegskasse vermutlich.«

»Oder wegen der angrenzenden Bahnlinie. Dort ist es zu gefährlich für Kinder und es gibt zu wenig Platz.«

Sie überquerten den Spielplatz, anschließend die Holzbrücke und erreichten die Stelle, wo sie tags zuvor die Münze entdeckt hatten. Noch war es dämmrig hell, und so gruben sie, ohne ihre Stirnlampen einzuschalten. Doch es fiel beiden schwer. Ricarda zwickte es in den Knochen, und auch Wendelin kam nicht richtig von der Stelle. Immer wieder setzte er aus, beugte sich über den Spaten, als ginge ihm etwas völlig anderes durch den Kopf.

Viel zu früh wurde es dunkel und sie mussten sich Licht machen. Ricarda schaute nach jedem Spatenstich nervös um sich.

»Ricarda?«

»Ja?«

Beide knipsten auf den Wimpernschlag gleichzeitig ihre Lampen aus.

»Ich muss dir was erzählen.«

Ricarda schluckte. Ging es um den Brief? Hatte Wendelins Nachdenklichkeit damit zu tun? »Lass uns ein Stück von hier weggehen«, bat sie ihn, und er folgte ihr, den Wall nach oben, wo sie sich an der Wegegabelung auf dem Saumpfad links hielten, vom Dorf weg. Neben einer Birke blieb Ricarda stehen. Lauschte in die Finsternis, spähte umher nach einem fremden Licht.

Nichts.

»Was willst du mir denn erzählen?«, flüsterte sie, als Wendelin, zwei Schritte voraus, zu ihr zurückgelaufen war. »Was über den Brief an den Pfarrer?«

»Ja.«

Ihr Herz stolperte, es verschlug ihr den Atem. »Und?«

Wendelin atmete aus. Sah sie an, senkte dabei die Lider, als genierte er sich. »Dein Vater hat sich gemeldet.«

»Bitte?«

»Ja. Ein katholischer Priester, der damals Seminarist war, also kurz vor seiner Priesterweihe. Der seine Vaterschaft verleugnet hat, um seine Karriere zu retten.«

Ricarda schluckte.

Wendelin gab ihr einen Moment Zeit, bevor er weitersprach. »Er heißt Franz Xaver Reulein, hat die Vaterschaft selbst der Kirche gegenüber verhehlt und sich nach Münster abgesetzt. Wo er zum Priester geweiht worden ist. Und der Brief stammt von ihm.«

»Und?«, fragte Ricarda. »Was steht da drin?«

»Dein Vater hat deine Mutter bei einem Jugendzeltlager der Kirchengemeinde kennengelernt. Hat dort mit ihr geschlafen. In dem Brief aus den 70er-Jahren hat er

Pfarrer Eder, den damaligen Treuchtlinger Pfarrer, um Stillschweigen gebeten, auch deine Mutter beharrte darauf. Dafür hat er immer Unterhalt bezahlt. Und dein Studium mitfinanziert.«

Ricarda nickte. Daher also die Bigotterie ihrer Mutter. Ihre Unlust, neue Kontakte zu knüpfen, Bindungen einzugehen. Offenbar hatte sie darauf vertrauen können, dass die Schweigemauer hielt, ansonsten wären sie wohl schnurstracks aus Treuchtlingen weggezogen.

»Und weiter?«, fragte Ricarda. »Du sagtest, mein Vater habe sich gemeldet? Was will er?«

»Dein Vater bereut und möchte dich gerne kennenlernen. Er hat vorgestern Pfarrer Zwick angerufen und ihn gebeten, den Kontakt zu dir zu vermitteln.«

»Interessant.« Jetzt half nur mehr Zynismus. »Und Zwick hat dann den undankbaren Job an seinen stets getreuen Mesner und Knecht delegiert.«

Wendelin ging über diese kleine Spitze hinweg: »Das verstehe ich sogar ein wenig. Zwick wusste nicht, wie er an dich herantreten soll, weil du aus der Kirche ausgetreten seist.«

Leichter Wind kam auf, brachte das Laub zum Rascheln. Ein tiefer und unverhoffter Frieden breitete sich in Ricarda aus. Jahrzehntelang quälende Fragen, die heute binnen Minuten beantwortet worden waren. Sonnenklar nun auch die Albträume in den letzten Nächten. Und noch was brach sich Bahn, ehe sich ihr Trotz dagegen auflehnen konnte: der sehnliche Wunsch, ihren Vater bald kennenzulernen.

»Liebe Ricarda.« Wendelin, der mit Härte erzogene Postbeamte im Ruhestand, trat neben sie und legte zärtlich seinen linken Arm auf ihre Schultern. »Es tut mir so weh für dich.«

»Danke.« Ricarda tat es ihm gleich, sie umarmte ihn. »Muss dir gar nicht wehtun. Du glaubst nicht, wie erleichtert ich bin.«

»Freut mich.«

»Was für eine Woche«, murmelte Ricarda eher zu sich selbst. »Ich habe endlich Klarheit über meinen Vater, und wir sind ganz nah an Henry dran, das spüre ich. Sollte es doch einen Gott geben und er nicht an dieser Welt irre geworden sein, dann hat er es so gefügt.«

Eine Weile standen sie Schulter an Schulter beisammen.

Bis Wendelin aufmerkte: »Pippin ist weg.«

»Oh nein!«

Sie riefen nach ihm, woraufhin Pippin aus dem Unterholz gelaufen kam. Er war sichtlich aufgeregt, er winselte und strich ihnen um die Beine, als wollte er ihnen etwas sagen.

»Ganz ruhig, mein Bester, es ist alles gut.« Wendelin bückte sich nach ihm und kraulte ihn beruhigend am Kinn. Aber der Hund ließ nicht locker.

»Kam er nicht direkt oberhalb unserer Grabungsstelle aus dem Dickicht gesprungen?«, fragte Ricarda ahnungsvoll.

»Du meinst, er hat dort etwas gewittert?«

»Lass uns nachsehen.«

Ricarda und Wendelin knipsten ihre Stirnlampen wieder an und eilten zur Grube zurück.

»Schau du in das Loch, Ricarda, du hast die schärferen Augen. Ich leuchte dir.«

Pippin stand neben ihnen, er war nun entspannt. Anscheinend hatte er sie wirklich zurück zum Grabungsort führen wollen.

Ricarda legte sich bäuchlings an das Loch, das beinahe einen halben Meter tief war, ließ sich von Wendelin leuchten und besah es sich näher. Etwas Graues ragte aus der Erde.

»Da! Leuchte mal näher!«

»Was?«

»Da steckt was drin.« Sie zeigte mit dem Finger darauf. »Ich glaube, es ist nur ein Stück einer Plastikplane, jedenfalls kein Körperteil.«

Er legte sich Ricarda gegenüber, die nun für ihn Licht machte, und tastete die Stelle ab. »Tatsächlich. Steckt aber fest.«

Sie hebelten sich zurück in den Stand. Blieb die Frage nach dem weiteren Vorgehen.

»Und jetzt?«, wollte Wendelin wissen. Er knipste die Lampe aus, Ricarda tat es ihm gleich.

»Wir müssen bei Tageslicht weitergraben.« Ricarda klopfte den Staub von der Hose. »Unsere Lampen sind zu schwach, und ich habe schon einen steifen Nacken.«

»Ich auch.«

»Henry ist es nicht, also kann es warten. Wie groß das Loch jetzt ist.« Sie hob die beiden Spaten auf, die etwa zwei Schritt weg auf dem Boden lagen. »Wir sollten es abdecken. Tarnen sozusagen.«

»Ich habe eine dunkle Decke im Auto«, antwortete Wendelin. »Wenn wir noch ein bisserl Reisig und Gras draufflegen, fällt es nicht auf.«

Gesagt, getan. Befriedigt sahen sie sich das getarnte Loch an; vom Weg aus sah man es kaum noch.

Blieb die eine, die letzte Frage, die Ricarda stellte: »Graben wir morgen früh um sechs weiter? Dann wird es hell und wir sind unter uns.«

»Gern.« Wendelin zögerte. »Aber bitte nicht morgen. Nicht am Sonntag, erst am Montag.«

Ricarda hob finster die Brauen, widersprach jedoch nicht. Wendelin hatte recht. Nicht nur das Genick war steif, auch das Graben zehrte an ihren Kräften. Ein Tag Ruhe täte gut. Überdies war es Gottes Tag. Es musste Gott einfach geben. Denn der hatte ihrem Vater die Hölle so heiß gemacht, dass er um sein Seelenheil fürchtete. »Hast recht.« Ricarda reichte Wendelin seinen Spaten.

Sie machten sich auf den Weg zu den Autos; am Spielplatz trennten sie sich.

»Dann bis Montag, Wendelin.« Ricarda war mit ihren Kräften am Ende. »Und danke für alles.«

»Bis Montag.«

Langsam ging Ricarda zu ihrem Honda. Anders als viele Dackel scheute Pippin das Autofahren, sie musste ihn immer hineinheben. Sicher auch eine Folge von Meindls Knute.

SONNTAG
29.07.2018

7 UHR. PIT BALDAUF.

Um 7 Uhr klopfte es in Pits Koje in Degersheim an der Tür. Als er zu sich kam und die Augen aufmachte, stand Susi an seinem Bett, bleich im Gesicht.

»Susi, du?«

»Steve hat mich hergeschickt. In der Nacht ist ein Brandanschlag verübt worden, der wohl deinem Hotel in Gunzenhausen galt.«

Pit sprang aus dem Bett. »Was?«

»Auf den Hotel-Kleintransporter. Mit einem Brandsatz. Einem Molotowcocktail, so nannte es die Polizei.«

Das auch noch. Jetzt musste er Steve agieren lassen. Sonst liefe er in die gezückten Handschellen.

»Käffchen?«, fragte Susi beflissen. Oder war sie nur erleichtert, dass sie ihren Part hinter sich hatte?

Über der ersten Tasse Kaffee stand für Pit der Übeltäter fest. Zwar wünschte halb Gunzenhausen ihm, dem Hotelier, die Pest an den Hals, aber eine solche Tat traute Pit bloß einem zu: dem Letzten Sowjet.

»Wann war der Anschlag? Ist die Kripo vor Ort?«, erkundigte er sich, nachdem er sich in der Einliegerwohnung angezogen hatte.

»Der Nachtportier hat gegen 4 Uhr das Feuer bemerkt und die Polizei und die Feuerwehr verständigt. Steve meldet sich bei dir, sobald es geht.«

Sehr witzig. Pit kippte den Kaffee. Ließ sich von Susi, die jetzt auf Distanz ging, eine weitere Tasse einschenken und lief damit nach unten in sein Refugium. Dort schaltete er, was blieb ihm sonst übrig, nach seinem ersten Schluck das Smartphone an. SMS von Steve, gesendet vor 15 Minuten.

Pit hielt den Atem an und klickte auf »Anzeigen«.

»Polizei ist so gut wie weg, Rest regelt der Hotelchef, komme demnächst.«

Jetzt galt es, Ruhe zu bewahren, klare Kante zu zeigen, Steve an die Kandare zu nehmen. Viel zu lange hatte er ihn rumdoktern lassen.

Als er mit der leeren Kaffeetasse wieder nach oben lief, war ein Frühstück gerichtet und Susi verschwunden. Ihr zarter Duft mischte sich mit dem des Vollkornbrots auf dem Tisch. Frische Semmeln Fehlanzeige. Na schön, es war Sonntag. Er verzehrte ohne Appetit eine Scheibe Brot mit Butter, sah ständig auf die Uhr. In Gedanken lief er Kontrolle, über sein eigenes Grundstück. Die Garagen waren sicher, ihre teuren Schlösser kaum zu überwinden.

Aber die Häuser?

Plante der Letzte Sowjet auch einen Anschlag auf seine eigene Hütte? Es wäre ihm zuzutrauen. Er musste schnell nach Hause zurück.

Pit spülte das zu hastig verschlungene Brot mit dem letzten Kaffee hinunter, dann ging er runter zu seinen Sachen. Krallte sich eine Filterlose, die erste hier in Degersheim, und zündete sie noch im Windfang des Hauses an. Schritt nach draußen und rauchte sie im Akkord. Jetzt war er ruhiger – und genehmigte sich großzügig eine zweite. Beim ersten Zug daran hörte er ein Auto kommen.

Steve.

Pit blieb oben auf den Treppenstufen stehen, ganz Boss.

Steve indessen parkte mit direktem Blickkontakt zu ihm. Schaltete den Motor ab, blieb im Auto sitzen und stierte ihn an.

Pit zog an der Zigarette. Versuchte, sich die Nervosität nicht anmerken zu lassen und den Filius mit regungslosem Blick einzuschüchtern.

Doch der hielt stand.

Bis sich die Zigarette in Rauch aufgelöst hatte. Wissend, wie doof er ohne Zigarette und Cowboygesicht aus seinem T-Shirt ragte, warf Pit die Kippe weg. Packte im Haus seine Siebensachen. Zurück bei Steves Audi, stellte er seine Tasche in den Fond, nahm, eine neue Zigarette im Anschlag, Platz auf dem Beifahrersitz und suchte hektisch nach seinem Feuerzeug.

Steve verkniff sich Triumphgesten, er nickte ihm zu und griff in die Ablage seiner Fahrertür, von wo er zu Pits Verblüffung eine Schachtel sündhaft teurer Zigarillos hervorzauberte, ehe Pit die Zigarette angezündet hatte.

»Du rauchst wieder?«, fragte Pit und griff zu.

»Ja, leider.« Steve fingerte sich auch einen Zigarillo, zog den Zigarettenanzünder und den Bord-Ascher heraus und steckte beide Zigarillos an. »Wundert dich das?«

Schweigend rauchten sie etwa zur Hälfte, dann zückte Steve die Schlüssel. »Bist du parat?«

»Ja.«

»Gut.« Steve stieg aus, ging zur Haustür und sperrte zu.

Pit schluckte. Die Flucht vor der Realität war zu Ende. Wie ging es weiter? Vor allem, wohin? Pit langte nach hinten zu seiner Reisetasche, nahm sein Smartphone heraus und checkte Mails und Chats. Volles Risiko. Leider nichts von Jost. Pit klemmte das Handy in den Schoß.

»Die Polizei hat den ausgebrannten Wagen sichergestellt und zur Dienststelle abgeschleppt«, sagte Steve unvermittelt und steckte sein Handy in die Halterung.

»Hat man dich nach mir gefragt?«

»Klar.« Steve wandte den Blick von ihm ab. »War aber bloß die PI Gunzenhausen. Die Kripo wird sich jedoch in die Sache einklinken.«

»Was hast du den POMs gesagt?«

Steve schwieg.

Egal, dachte Pit, ist ja eh klar. »Wohin fahren wir jetzt?«

»Heim.«

»Was?«

»Wohin denn sonst?« Steve ließ den Motor an. »Allein wegen unserer Häuser. Oder meinst du, ein Nachbar von uns würde die Polizei rufen, bloß weil ein rostiger Lada vorbeigefahren kommt?«

Pit schwieg. Steve fuhr rückwärts aus der Einfahrt, erreichte die Dorfstraße, wo prompt ein Kiebitz aus dem Hof gelaufen kam und ihnen lange hinterhersah. Gottlob blieb er der Einzige.

Als sie Degersheim hinter sich gelassen hatten, schaute Pit wieder auf sein Smartphone. Obwohl Jost, der in jedem Rechner ein US-Spionageprogramm verortete, ihm keine E-Mail schreiben würde.

Belauerndes Schweigen. Steve, der mal ein Bleifuß gewesen war, drosselte das Tempo, legte sich am Lunkenberg nicht in die Kurven. In Meinheim bremste er kurz vor der Abzweigung nach Treuchtlingen, als folge er einer Eingebung. Und bog rechts ab, statt geradeaus Richtung Gunzenhausen weiterzufahren.

»Was soll das?«, knurrte Pit. »Du wolltest doch so rasch wie möglich nach Hause!«

»Alles zu seiner Zeit«, antwortete Steve.

An der Staatsstraße griff Pit Steve ans Lenkrad, als er kapierte, dass es seinen Filius zum Karlsgraben zog.

»Spinnst du?« Steves Blicke töteten. »Noch 'n Schrotthaufen können wir uns nicht leisten!«

Pit ließ los. Er sah den letzten Kilometern bis zum Tatort entgegen. Niemals hätte er gedacht, dass sein eigener Sohn ihn vor diese Wahl stellen könnte: Friss oder stirb!

Sie erreichten Graben, wo Steve nicht zum Tatort fuhr, sondern zu dem großzügigen Anwesen, das damals Pits Großvater gehört hatte und das von Pits geschäftstüchtigem Vater an einen nicht ortsansässigen Unternehmer verkauft worden war. Für ein Heidengeld, das Pits Hotel-Imperium schließlich den Weg geebnet hatte.

Der Audi stoppte. Pits Handy vibrierte. Jost.

»Steve, ich muss schnell dran.« Pit drückte auf die grüne Taste, begrüßte seinen Freund und griff nach dem Türöffner, um auszusteigen.

Der Hebel aber versagte. Steve hatte die Zentralverriegelungstaste an der Innenseite der Fahrertür aktiviert, und war, sein Grinsen sprach Bände, sogar so unverschämt gewesen, es erst dann zu tun, als Pit den Anruf entgegengenommen hatte.

»Jost, du ...« Finster sah Pit zu Steve hinüber. »Was hast du mir zu erzählen? Bitte leise, bin leider nicht ungestört!«

»Die Tussi, von der du mir berichtet hast, buddelt tatsächlich am Graben. Ich weiß jetzt auch, wie sie heißt: Ricarda Held. Sie gräbt mit einem Mann, so um die 60, den ich nicht kenne. Sie hatten den Hund bei sich, der Meindl gehört hat.«

Es war zu erwarten gewesen. »Und wo genau?«

»Unmittelbar links neben der Holzbrücke, ein paar Meter weiter weg vom Weg.«

»Danke.« Pits Stimme zitterte. »Ich rufe dich später noch mal an, ja?«

»Okay.«

»Bis denn.« Pit kappte die Verbindung und legte das Handy zurück in die Reisetasche.

Steve ließ ihn aufreizend lange zappeln, dann fragte er: »Mit wem hast du telefoniert?«

»Was geht dich das an?«

»Rück endlich heraus mit der Sprache: Was ist damals passiert? Was hat dein Großvater getan?«

»Steve!« Pit fuchtelte fuchsteufelswild mit den Armen. »Du überwirfst dich mit deinem Vater? Pfui!«

»Du willst es ja nicht anders, Papa«, konterte Steve. »Was auch immer geschehen ist oder auch nicht, es ist nicht deine Privatsache. Weil es darum geht, dass unsere Hotels, unser Geschäft und somit ich selbst noch eine Zukunft haben. Wenn ich den Anruf richtig verstehe, kommt die bittere Wahrheit eh bald ans Licht.«

»Es reicht, Steve. Okay, ich erzähle dir alles. Aber nicht hier. Fahr bitte irgendwohin, wo wir allein und unbeobachtet miteinander reden können. Und nicht zum Karlsgraben.«

»Warum nicht?«

»Kapierst du es immer noch nicht? Ist eh geschissen auf den Biergarten!«

»Allerdings.«

Steve startete den Motor und steuerte die Straße Richtung Bubenheim an. Kurz nach den Sportplätzen bog er auf einen schmalen Weg zur Altmühl ab und blieb am Ufer des Flusses stehen.

»Noch einen Zigarillo?«, fragte Steve.

»Ja.«

Sie stiegen aus, gaben einander Feuer. Pit jedoch ahnte es – dieser Zigarillo war leider keine Friedenspfeife. Zu eisig war Steves Blick.

»Ich höre?«, fragte Steve.

Wann war sein Sohn jemals so abgebrüht gewesen? Oder war er's schon immer? Hatte Pit ihn sträflich unterschätzt?

Pit streckte sich. »Es ist eine alte, lang verjährte Geschichte. Mein Großvater hat beim Melken einen GI dabei erwischt, wie er im Kartoffelkeller gestohlen hat. Und dann ist der freche Bursche auch noch renitent geworden. Da hat ihm Großvater eine Abreibung verpasst. Nicht gezielt, aber leider war der Kerl dann tot.«

»Das hat er dir weisgemacht? Tut mir leid, das nehme ich dir nicht ab.«

»Steve!« Pit stemmte wütend beide Arme in die Flanken. »Das hat er mir erzählt und es war so. Punktum! Exakt einen Tag nach dem Bombenangriff auf Treuchtlingen! Ja, die Geschichte des Mannes kam nie raus. Na und? Einige dieser GIs sind bei dem Luftangriff von der Flak abgeschossen worden. Himmelherrgottsakrament! Wieso offiziell nicht auch er? Mein Großvater hat das nicht gewollt und hat den Toten in seiner Panik im Graben verscharrt.«

»Glaubst du im Ernst, ein Pilot der Alliierten schleicht sich ausgerechnet zur besten Melkzeit in einen Keller, um dort zu stehlen? Das sind Burschen, die sich versteckt, die sich die paar Wochen bis zum erhofften Einmarsch der alliierten Bodentruppen in den Wäldern durchgeschlagen haben.«

»Aber …«

»Sag mir endlich die Wahrheit!«

»Steve, Schluss jetzt!«

Pit erschrak. Über die Altmühl-Brücke kamen Radfahrer gefahren – Gäste seines Hotels in Gunzenhausen. Er lief zu Steves Auto. Tat geschäftig, wagte nicht, die Leute zu grüßen.

Anders Steve, der winkte ihnen. »Grüß Gott!«

Die Radfahrer erwiderten den Gruß. Anscheinend hatten sie von dem Streit nichts mitbekommen.

Pit schäumte ob der Blöße, die er sich damit gegeben hatte. Seinen Brass steigerte Steve noch, denn der kam ihm nicht etwa entgegen – nein, er wartete in aller Seelenruhe, bis Pit zu ihm zurückgelaufen war.

Dann sagte er: »Mag sein, dass dein Großvater dir das so erzählt hat. Allerdings bist du gescheit genug, um einzusehen, dass es so nicht gewesen sein kann. Aber wenn du die Wahrheit nicht zugeben willst, ist es allein dein Problem.«

»Quatsch.«

»Sehr wohl. Weil du, wenn es zum Strafprozess gegen dich kommt, die Karten auf den Tisch legen und die Tat erklären musst, um das Schlimmste abzuwenden. Diese Geschichte mit dem GI jedenfalls wird dir kein Richter abnehmen.«

Pit rang um Worte. Wusste nicht treffend zu kontern.

Anders Steve: »Lass mich endlich ans Ruder. Selbst wenn du den Kopf aus der Schlinge kriegst, bist du konkursreif, als Hotelier und als Mensch.«

»Da schau an, mein Sohn wird frech. Gut, ihm geschehe, wie er es haben will.«

Auf der Fahrt nach Gunzenhausen fiel kein Wort mehr, Pit hatte abgeschlossen. Mit Steve und mit seinen Hotels. Mochte der Filius sehen, wie er alleine zurechtkam. Umso mehr fieberte Pit den nächsten Schritten entgegen. Ihm blieb nicht mehr viel Zeit, die Held zu liquidieren; die Bullen saßen schon in den Startlöchern. Und dann ab in die Karibik. Das erforderliche Kleingeld hatte er von Degersheim aus den Hotels entnommen und über seine Freundin Lara auf den Kanalinseln geparkt.

Oder gleich in die Staaten? Da gibt es keine Korinthenkacker. Dort steigt man aus dem Flieger und beginnt neu.

24.02.1945, 18.15 UHR. WILHELM BALDAUF.

Wilhelm Baldauf ließ ab von seiner letzten Kuh; er stand auf und brachte die kärgliche Ausbeute und den Melkschemel in den Milchraum. Der große Bottich darin war auch nur mäßig gefüllt. Seit gestern waren die Viecher unruhig und gaben wenig Milch. Der Grund lag auf der Hand: der Angriff der Alliierten auf Treuchtlingen am gestrigen Vormittag. Vernichtende Bomben auf den Bahnhof, Einschläge, welche bis hierher zu hören und zu spüren gewesen waren. Dazu kam der infernalische Lärm der abdrehenden Jagdbomber.

Er machte Licht – die Birne flackerte hilflos, erhellte kaum den grau gefliesten Raum. Wären nicht sogar Eimer und Bottiche knapp in diesem Kriegswinter, hätte er vor Zorn alles kurz und klein geschlagen. Bomben. Auf die letzten noch intakten Gebäude und Verkehrswege. Auf wehrlose Menschen, die eh schon alles verloren hatten. Wozu immer und immer wieder die Schaufel drauf? Sie haben diesen Krieg doch längst gewonnen. Kaum ein Treuchtlinger, der bei diesem Angriff gestern nicht zumindest einen Arbeitskollegen, Freund oder Angehörigen verloren hatte.

Wilhelm Baldauf zweigte etwas von der knappen Milch ab, für wenigstens ein Pfund Butter, und deckte den Bottich zu. Dann machte er sich auf, wie immer nach dem Melken, zu seinem abendlichen Kontrollgang durch Ställe und Schuppen. Als er damit fertig war und frierend über den Hof lief, vernahm er ein dumpfes Grol-

len. Aus dem Schacht des Kartoffelkellers. Klang so, als wären Kartoffeln ins Rutschen gekommen. Keiner aus seiner Familie wäre derart tollpatschig, nein, fahrlässig. Angestoßene oder aufgeplatzte Kartoffeln faulten schneller, und das konnte man sich in dieser Zeit nicht leisten. Es musste also ein Dieb sein.

Wilhelm ballte die Fäuste. Schnurstracks lief er ins Haus, eilte über den Flur zur Kellertreppe, wo seine stets scharf geladene Jagdflinte hing. Nahm sie vom Haken und lief die Stufen hinunter.

Auf dem Treppenabsatz kam ihm seine Frau Gerda entgegen. »Wilhelm, der Bursche hockt in der Falle. Habe ihn im Kartoffelkeller eingesperrt.«

»Recht so, Gerda!« Wilhelm verbarg die Waffe ein wenig vor seiner Frau, die in ihren Holzschuhen an ihm vorüber die Treppe hinaufstieg. Gut, dass es finster war; sie hatte das große Licht nicht angeschaltet. Ohnehin war sie folgsam; alles andere war nun sein Geschäft.

Wilhelm machte Licht. Widerstand der Versuchung, einen plakativen Probeschuss abzufeuern. Stattdessen stapfte er vor dem Kellerloch, in dem dieser Eindringling gefangen saß, in seinen schweren Stiefeln herum, sodass seine Schritte im Gewölbe widerhallten. Dazu schrie er: »Holla, wen haben wir denn da? Will da etwa jemand stehlen?«

Fehlte nur noch eine starke Taschenlampe, im Kartoffelkeller gab es kein elektrisches Licht. Drei Stück hatte er hier gelagert, von denen er sich eine nahm. Anschließend öffnete er den Riegel und trat in den Raum. Setzte den am Boden kauernden Einbrecher in den Lichtkegel und fragte ihn höhnisch: »Schau an, wem gehörst denn du?«

In seiner Verzweiflung und weil er, vom Licht der Lampe geblendet, das Gewehr in Wilhelms linker Hand nicht erkennen konnte, richtete sich der Eindringling auf. »Bitte. Nur Kartoffel! Hunger! Bitte! Bitte!« Mit flehentlich gefalteten Händen kam er auf Wilhelm zu. Er trug einen Sträflingsdrillich, an den Füßen verschlissene Halbschuhe.

»Gehörst du der Wülzburg, du Schuft?«

Ohne die Flinte loszulassen, schaltete Wilhelm die Lampe aus und hieb mit ihr auf den Kopf des Eindringlings, sodass der zu Boden sank. »Für den Diebstahl!« Abermals schlug er auf den Kopf des jetzt am Boden Kauernden, bis es aus einer Wunde an der Schläfe blutete. »Für Treuchtlingen!« Nun trat er mit den nagelbeschlagenen Stiefeln gegen Kopf, Rumpf und Bauch. »Für Nürnberg! Für Dresden!« Wilhelm zog die Waffe, entsicherte sie. »Für Stalingrad!« Sein Gebrüll fing sich in dem niedrigen Kellergewölbe. Als der Hall verklungen war, schloss Wilhelm den Kellerschacht gegen den Schall und schoss dem regungslos am Boden liegenden Gefangenen jeweils zweimal in die Genitalien und in den Oberkörper. Nun machte der keinen Muckser mehr.

Er ließ den Toten liegen. Reinigte die Waffe und hängte sie an ihren Haken zurück. Seine Gerda stellte ihm gewiss keine bohrenden Fragen. Blieb die Leiche. Er würde sich die Hände nicht schmutzig machen. Wofür war er der Reichste im Ort? Trotz des Krieges waren all seine Scheunen gefüllt. Sollte ihn ein Kleinbauer um Schmalz und Blutwürste bitten, würde dieser im Gegenzug die Leiche abseits im Karlsgraben verscharren müssen. Und zwar mindestens einen Meter tief.

11.30 UHR. EKHK FRED ARNSCHWANGER.

Arnschwanger musste sich setzen. Hektisches Kopf-
schütteln in der Kripo Ansbach. Linksextremismus mit
scheunentoroffenem Visier.

Derjenige, der den Molotowcocktail auf Baldaufs
Hotel-Van geworfen hatte, hatte ein plakatives Beken-
nerschreiben dort hinterlassen. Und war, laut glaubwür-
diger Augenzeugen, mit einem klapprigen Lada unterwegs gewesen, ohne jegliche Tarnung, nicht einmal mit
geklautem Nummernschild.

Woraufhin die Gunzenhäuser Kollegen den Letzten
Sowjet Altmühlfrankens vorläufig festgenommen hatten.

Ein Bekenntnistäter also. »Hier stehe ich, ich kann
nicht anders, Gott helfe mir. Amen.«

Klar, ein Kapitalist wie Baldauf zog den Zorn des
»Sowjets« auf sich. Dennoch überraschte Arnschwanger
die Diskrepanz: vom angesägten Hochsitz direkt zu
einem potenziell tödlichen Molotowcocktail. Wollte
er mit dem Anschlag auf den Van noch was anderes
sagen? Zum Beispiel: »Sperrt endlich die echten Ver-
brecher ein!«

Arnschwanger stieß sich mit seinem Fuß vom Schreibtisch ab und fuhr mit seinem Drehstuhl Karussell. Da
klopfte es an seiner Tür, ein Klopfen, das er kannte, das
jedoch anders, energischer als sonst war.

Er beendete die Rotation. »Herein!«

Wie vermutet war es Wörle. Arnschwanger stutzte.
Nicht dass er über Wörles Eintreffen überrascht war,

denn dieser ließ ihn nie hängen, wenn die Hütte brannte. Sein Kollege hatte sicher von dem Brandanschlag gehört. Nein, es waren Wörles Augen, voll Freude und Tatendrang. War in letzter Zeit nicht immer so gewesen.

»Ertappt!« Arnschwanger zupfte Wörle, der nun neben ihm stand, ein verräterisches Haar von dessen Jeans. »Dackel Pippin scheint dich in sein Herz geschlossen zu haben. Den hättest du behalten sollen.«

Sie lachten im Chor und gingen auf Arnschwangers Wink hin an den Konferenztisch.

»Habt ihr den ›Sowjet‹ festgenommen?«, fragte Wörle, als sie sich setzten.

»Ja, die Kollegen aus Gunzenhausen. Er sitzt schon bei uns in der Zelle.«

»Den Lada sichergestellt?«

»Klar.«

Wörle langte nach seinem gelben Notizbuch. »Ist der Lada mit Bodenblech oder ohne?«

Arnschwanger schmunzelte. »Na, so schnell rosten die Kisten nicht, aber das Getriebe leiert gern. Wie wenn du in altem Kartoffelbrei herumrührst.«

Kichern.

Arnschwanger berichtete, ging währenddessen hinüber zum Kaffeeautomaten und ließ sich einen Kaffee raus.

Wörle machte sich eifrig Notizen in sein gelbes Büchlein; darin hatte er sich nicht verändert. »Gibt es Neues in Sachen Karlsgraben?« Er stand auf und stellte seine eigene Tasse dazu.

»Milch, Zucker?«

»Sahne.« Wörle öffnete das Fach mit den Portionsdöschen. »Weißt du doch.«

»Ich frag halt.« Arnschwanger drückte Wörle die Tasse in die Pranke. »Hätte ja auf dich abfärben können.«

»Was?«

»Staatsanwältin Grünberg mag den Kaffee sicher schwarz wie die Sünde. Die inhaftiert im Wochentakt, hier in Ansbach, wohlgemerkt.«

Wörle ignorierte diese kleine Spitze.

Immer deutlicher zeichnete sich ab, dass mit Wörle etwas nicht stimmte. Hing das etwa mit eben dieser Grünberg zusammen? Arnschwanger bat Wörle, Platz zu nehmen. »Du fragtest nach dem Karlsgraben. Leider noch nichts Neues von der Fahndung nach der Tatwaffe.«

Prompt klingelte Arnschwangers Telefon.

11.45 UHR. RICARDA HELD.

Ricardas Schlaf war labil gewesen. Der Sonntag kam nicht in die Gänge. Daher trotz des tropischen Wetters ein Mokka. Ricarda streckte ihn mit Sahne und lief mit dem Tablett auf die Terrasse. Der Tisch klebte vom gestrigen Rotwein. Zu viel auf einmal war es gewesen.

Vorhin in der Küche hatte sie das Radio eingeschaltet – Radio 8, wie immer – und es gleich bereut. »Bombenanschlag auf das Baldauf-Hotel in Gunzenhausen«. *Venceremos.* Das konnte doch nicht wahr sein!

Die Luft glühte schon jetzt am Vormittag. Von keinem Baum oder Busch abgeschirmt, brannte die Sonne auf Garten und Terrasse. Ricarda öffnete den Sonnenschirm. Holte in der Küche einen Lappen und wischte die Rotweinränder auf dem Tisch ab. Als sie den Lumpen in der Küche auswusch, klingelte das Telefon. Wendelin? Hatte er Angst, im Karlsgraben weiterzusuchen? Was käme nach einem Molotowcocktail?

»Ricarda Held, guten Tag?«

»Ja … guten Tag.« Eine zögerliche, männliche Stimme, die sich das »Guten Tag« abzuringen schien. Sicher sagte der Anrufer sonst »Grüß Gott«.

Sie ging ins Wohnzimmer hinüber. »Wer spricht da?«

»Guten Morgen, Frau Held. Hier Pfarrer Zwick, katholische Gemeinde Treuchtlingen.«

Ricarda sank aufs Sofa, ihre Hand zitterte. Wie kam Zwick an ihre Telefonnummer? Vor allem aber: Sollte sie sich auf das Gespräch einlassen, zumal am Sonntag? Lag es ihm derart auf der Seele, dass er es nicht auf morgen verschieben konnte?

Der Pfarrer schien ihre Befangenheit zu spüren.

Eine Stille, die Ricarda bald unerträglich wurde. Sie sah davon ab, sich dumm zu stellen, und fragte rundheraus: »Rufen Sie wegen meines Vaters an, der sich bei Ihnen gemeldet hat?«

»Ja.«

Beiderseitiges Aufatmen.

»Sind Sie noch dran?«, fragte Pfarrer Zwick verschüchtert, als befürchtete er, dass sie aufgelegt haben könnte.

»Bin ich, Herr Pfarrer, und ich bleibe auch dran.« Sie ging kurz in sich. »Herr Hartnagel hat mir bereits alles erzählt. Auch, dass Sie sich deshalb an ihn gewendet haben.«

»Ja, genau.« Abermals Stille in der Leitung, dazwischen Asthma und Seufzen. »Mein aufrichtiges Bedauern dafür, dass ich Herrn Hartnagel dazu verdonnert habe, Bote zu spielen. Ich war zu feige, selbst anzurufen.«

Ein Staubsauger im Pfarrhaus jaulte durch die Telefonleitung und erstarb binnen Sekunden.

»Es tut mir leid.« Zwick flüsterte nun. »Meine rechte Hand hier im Haus.«

Die Pfarrhaushälterin also. Rasch hatte Ricarda ein Bild vor Augen. Gouvernantengesicht, blütenweiße Schürze, Dutt. Dazu jener Blick, der Ricarda an ihre eigene Mutter erinnerte. »Keine Problem, Herr Pfarrer. Sollte Kirchendiener Hartnagel Ihnen meine Telefonnummer gegeben haben, dann sehe ich es ihm ausdrücklich nach.«

»Danke.« Pfarrer Zwicks Erleichterung oszillierte durch das Kupferkabel. »Jetzt meine Bitte, nein, zunächst eine Nachricht für Sie: Pfarrer Reulein, Ihr … äh … Vater, bereut seine Verantwortungslosigkeit. Er würde sich gern mit Ihnen treffen. Noch ist er gesundheitlich dazu in der Lage. Er könnte nach Treuchtlingen reisen. Nicht dass Sie meinen, er bereue sein Tun nur um seiner heiligen Sterbesakramente willen. Können Sie sich ein Gespräch mit ihm vorstellen?«

Ricarda ließ ihn eine Weile zappeln. Sie versuchte, sich ihren Vater vorzustellen. Bierbäuchlein. Salbungsvoller Blick wie Pfarrer Kindlein in Ludwig Thomas »Lausbubengeschichten«. Auffällig kleine Ohren, die Ricarda an sich selbst stets irritiert hatten. Ricarda reizte es, eine scharfe Erwiderung zu geben, sie vermochte es jedoch nicht. »Ich hoffe, er hat sein Unrecht selbst erkannt und bereut es.« Das Wort »Vater« vermied sie. »Ehrlich gesagt überfordert mich das alles gerade etwas. Lassen Sie mich in Ruhe darüber nachdenken und ich melde mich dann, wenn ich bereit dazu bin. In Ordnung?«

»Selbstverständlich, Frau Held. Für mich kam es ja auch wie aus heiterem Himmel. Man mag es Gottes Fügung nennen, auch wenn dieser Schluss ein Anthropomorphismus ist.«

Nun also ein theologisches Oberseminar? »Was meinen Sie damit?«

»Wir stellen uns Gott gerne als gütigen alten Mann in weißem Kleid und mit einem wallenden Rauschebart vor«, erklärte der Pfarrer. »Das liegt an den Grenzen unserer menschlichen Vorstellungskraft. So, wie der Dichter des Kirchenlieds ›Wachet auf, ruft uns die Stimme der Wächter sehr hoch auf der Zinne‹ sich das weit entfernte Jerusalem bloß als mittelalterliches Rothenburg mit Stadtmauer, Turm und Zinnen hat vorstellen können.«

»Aha.«

»Entschuldigen Sie, ich schweife ab.« Zwick wurde leiser. »Eigentlich geht es mir um etwas anderes. Auch ich würde diese Angelegenheit gerne persönlich mit Ihnen besprechen, nicht am Telefon. Mit Ihnen zusammen die Versäumnisse der Kirche aufarbeiten und mich stellvertretend für meinen Vorgänger bei Ihnen entschuldigen. Es wäre die Chance, Wunden heilen zu lassen. Womit ich nicht bloß die Ihren, sondern auch die der Kirche meine. Vor allem wegen des Briefs, Herr Hartnagel erzählte Ihnen ja davon. Ihr Vater hat meinen Vorgänger aufgefordert, die Sache unter den Teppich zu kehren. Bruder Eder hat den Brief versteckt; aus den Augen, aus dem Sinn. Leider.«

»Ihre Bitte ehrt Sie.« Ricarda lag jetzt entspannt auf ihrem Terrassen-Liegestuhl. »Aber lassen Sie mir bitte ein paar Tage oder eine Woche Zeit. Ich muss das erst mal sacken lassen.«

»Gern, Frau Held. Sie allein wissen, wann der richtige Moment dafür gekommen ist.«

Ricarda ließ sich Pfarrer Zwicks Rufnummer geben, die sie auf einen gelben Klebezettel schrieb und an der Ladeschale ihres Telefons anbrachte. »Sie hören bald von mir.« Ricarda verabschiedete sich von Zwick, der sich abermals bei ihr bedankte. Als sei ihm eine Zentnerlast von der Seele gefallen.

13 UHR. KOK HANS WÖRLE.

Inzwischen halfen sie alle zusammen bei der Kripo Ansbach. Die Tatwaffe im Fall Meindl war aufgetaucht.

Es war ein Beamter der Kripo Augsburg gewesen, der vorhin angerufen hatte. Und er hatte nicht nur die Tatwaffe gefunden, sondern auch den Kassenbeleg des Münchner Waffenladens. Kollegen aus München hatten das Geschäft bereits aufgesucht und die Aussage des Ladenangestellten bezüglich des Käufers aufgenommen. Pit Baldauf hatte nicht an den Kassenzettel gedacht, der noch im Karton lag, als er diesen zusammen mit der Jagdwaffe im Silo eines verlassenen Bauernhofs nahe Fünfstetten versteckt hatte.

Der Angestellte hatte Baldauf auf einem Foto wiedererkannt. Baldauf stand somit als Käufer der Waffe fest.

Dass ihm ein solcher Schnitzer unterlaufen war, war zwar überraschend, zeigte aber, dass er nicht der Al Capone war, für den er sich hielt.

Nun galt es, in Windeseile einen Haftbefehlsantrag gegen Baldauf startklar zu machen, der sofort morgen früh zum Amtsgericht Ansbach ging, hoffentlich zum genesenen Ermittlungsrichter Specht und nicht zu Richter Zögerlich.

Bei den Ermittlungen in Sachen Brandanschlag war nur Steve Baldauf zugegen gewesen; Pit Baldauf war also nach wie vor auf der Flucht. Nichts sprach derzeit dafür, dass der Sohn in den Mord verwickelt war.

Leonid Ost, der Letzte Sowjet Altmühlfrankens, war vorläufig festgenommen worden; auch gegen ihn war daher Haftbefehlsantrag zu stellen.

KOK Wörle glühte vor Stolz. Er hatte nun Oberwasser, das ihn hochmotiviert durch die Arbeit trug. Vor versammelter Mannschaft war er von Arnschwanger dafür gelobt worden, dass er den richtigen Riecher gehabt hatte. Dass Baldauf, der größenwahnsinnige Nachfahre eines Großbauern, die Waffe in einem alten Bauernhof versteckt haben könnte.

Um 13.15 Uhr hatte Wörle endlich alles beisammen. Nach einem starken Espresso à la Julia schickte er die Unterlagen an den Oberstaatsanwalt. Zeit für eine Pause. Er steckte den Kopf in Arnschwangers Tür: »Anträge sind draußen.«

Der Chef nickte anerkennend und verordnete ihm eine ganze Stunde Auslauf.

Wörle widerstand der Versuchung, zu Hause auf dem Sofa eine Tiefkühlpizza zu verdrücken. Ein Waldspaziergang war besser für die Fantasie.

Im Wald angekommen, mäßigte er den Schritt und atmete durch. Das Licht, das zwischen den schütteren Fichten hindurchflimmerte, strengte seine Augen an, weshalb er die Sonnenbrille aufsetzte.

Dabei dachte er an Ricarda. Nicht die Kriminaltechnik, sondern sie könnte entscheidend für die Überführung Baldaufs werden. Ihr Gedankengang war plausibel: Von der Wülzburg war am Ende des Zweiten Weltkrieges ein Häftling entkommen, dessen Spuren sich in den Wirren der allerletzten Kriegstage verloren. Nun war

Meindl getötet worden, der im Karlsgraben nach was auch immer gegraben hatte.

Konnten Baldaufs Biergarten-Projekt und der Schuss auf diesen Meindl tatsächlich daher rühren, dass die Leiche des Häftlings im Graben lag und Pit Baldauf das wusste?

Wollte er Vater oder Großvater decken, um der Ehre der Baldaufs willen?

Wörle blieb stehen. Als er sich gestern von Ricarda verabschiedet hatte, hatte ihn eine Ahnung beschlichen, die sich nun zu erhärten schien: Sie suchte selbst nach diesem Häftling von der Wülzburg! Und wäre somit in Lebensgefahr! Baldauf würde auch vor einem weiteren Mord nicht zurückschrecken.

Wörle rannte zurück zur Dienststelle und ging schnurstracks zum Chef. »Fred, ich habe da so ein Bauchgefühl ... Wir sollten auch den Karlsgraben observieren.«

»Warum?«

Betreten setzte Wörle die Sonnenbrille ab, die er noch immer trug, und verdeutlichte Arnschwanger seinen Gedankengang von soeben.

Der nickte. »Du hast recht.«

Jetzt kam es Schlag auf Schlag. Eine Angestellte erschien im Türstock, mit den richterlichen Anordnungen. Zwecks Ortung und Observation.

»Avanti, avanti!« Arnschwanger eilte durchs Kommissariat und trommelte die Truppe zusammen. »Wir dürfen keine Zeit mehr verlieren.«

13.30 UHR. PIT BALDAUF.

Pit sank rücklings auf seine Chaiselongue und legte sich den Colt auf den Bauch. Endlich hatte er die Waffe gefunden, die Britta vor der polizeilichen Durchsuchung versteckt hatte, mit vollständiger Munition. In Brittas Nähsachen und bedeckt von Wollknäueln.

Warum war er nicht früher darauf gekommen?

Egal. Er musste schleunigst weg – ein Nummernschild mit dem unverfänglichen Kürzel des nicht weit entfernten Landkreises Schwäbisch Hall hatte er schon in Degersheim gestohlen. Jetzt brauchte er noch ein Auto. Um zunächst zum Karlsgraben zu fahren und der Held aufzulauern. Um sie aus dem Weg zu räumen, bevor sie auf das Skelett dieses Häftlings stieß.

Pit sprang auf. Sein Tarnhandy hatte er vorhin ans Netz gesteckt. Jetzt zog er das Ladekabel ab und wollte es einschalten. Doch es war tot, das Display blieb schwarz – auf welche Taste er auch drückte.

»Himmelherrgottsakrament!«

Sollte er sein eigenes Phone benutzen? Nein, auf keinen Fall. Dies wäre der sichere Weg in den Knast. Vielleicht hatte er Glück und es fand sich ein Handy in dem Auto, das er entwenden musste; ansonsten würde er sich eins ergaunern. Vor allem durfte er keine Zeit mehr verlieren.

Er steckte sein Telefon in die Reisetasche, diese würde er in den nächsten Stunden nicht anrühren und daher nicht in Versuchung geraten, das Handy zu benutzen.

Für Colt und Munition genügte ein dezenter Rucksack. Zur Tarnung eine dunkle Sonnenbrille und eine ins Gesicht gezogene Schirmmütze.

Nur mit dem Nötigsten verließ er das Haus. Vielleicht fand er einen älteren VW? Ein solches Schloss hatte er schon mal geknackt.

Pit hatte Glück, unverschämtes Glück. Einige Ecken weiter fuhr ein unauffälliger Golf an ihm vorbei. Der Fahrer hielt an. Stieg aus, öffnete die Heckklappe und lud eine Sprudelkiste aus, die er ins angrenzende Anwesen trug.

Fort war er – ohne den Motor ausgeschaltet zu haben. Ein sträflicher Leichtsinn, den sich Pit nicht entgehen ließ. Das ersehnte Handy fand er nicht. Egal, es hätte das Glück nur unnötig überstrapaziert.

Pit mied die größeren Straßen und fuhr über die Käfer zum Karlsgraben. Gleich im Wald hinter Oberasbach schlug er sich mit dem fremden Golf in die Büsche und wechselte die Nummernschilder aus. Es musste nun ohne Telefon gehen, jedenfalls bis Ricarda in seiner Gewalt war. Blieb zu hoffen, dass sie auch heute Abend grub.

Er passierte Alesheim, gab Gas. Bei Tempo 120 kam er ins Grübeln. Hatte Jost nicht von einem Mann gesprochen, der der Held beim Buddeln half? Und von einem Hund noch dazu? Gottverdammte Kacke, wieso konnte er sich so etwas nicht mehr merken?

Dazu diese alte Rostlaube, die war bei diesen schmalen Straßen potenziell tödlich. Um Haaresbreite hätte es ihn aus einer Kurve getragen.

»Reiß dich zusammen!«

Sein Anschiss an sich selbst wirkte nicht. Er war viel zu schnell und viel zu unkonzentriert unterwegs. Und diese alte Mühle besaß weder ABS noch ESP. Zweimal noch wurde es brenzlig, doch er bekam knapp den Kopf aus der Schlinge. Kurz vor dem Karlsgraben das nächste Problem. Er brauchte das Auto so nah wie möglich an der Stelle, wo diese beiden gruben. Andererseits sollte der VW nicht jedem Passanten ins Auge stechen. Wenn auch die Straße von Graben nach Grönhart nur mäßig befahren war.

Am Karlsgraben angekommen, bog Pit ohne zu bremsen auf den Feldweg ab, der zum nördlichen Ende führte. Nach 100 Metern hielt er kurz, besann sich: Führte nicht ein Feldweg am östlichen Saum des Grabens entlang? Den überwiegend Spaziergänger und Radfahrer nutzten, der aber zumindest so breit und befestigt war, dass er nötigenfalls einen heißen Reifen riskieren konnte?

So war es. Pit folgte dem Weg, bis er genau auf Höhe der Grabungsstätte war. Dort stellte er den alten Golf ab. Vorerst konnte er sich in einem der Schuppen und Bauwagen auf der anderen Seite des Grabens verstecken.

Er nahm die Waffe aus seinem Rucksack und lud sie durch, ließ sie aber im Auto. Er stieg aus und lief auf die andere Seite des Grabens. Blieb zu hoffen, dass er nicht gestört wurde. Auch hier fügte es sich; in keinem dieser Bauwagen schien sich was zu regen, einer davon war sogar unversperrt.

Er trat ein, sah sich um und traute seinen Augen kaum. In einem Regal an der Wand lag ein uraltes Handy, noch mit Tasten. Das daher nicht zu orten war. Daneben ein

Ladekabel und ein Adapter für einen PKW-Zigarettenanzünder.

Vorsichtig um sich blickend verließ Pit den Bauwagen und ging zurück zum Auto. Dort startete er den Motor, steckte den Adapter in den Zigarettenanzünder, schloss Ladekabel und Handy an und schaltete das Gerät ein. Es funktionierte! Und war sogar ohne PIN-Sperre. Glück hatte eben nur der Tüchtige.

17 UHR. STEVE BALDAUF.

Steve war nach dem Zerwürfnis mit seinem Vater nicht gleich nach Degersheim gefahren, sondern zu Susi in die Klinik, um sie nach Dienstschluss dort abzuholen. Sie fiel ihm vor lauter Freude um den Hals. Hatte sie Angst um ihn gehabt?

»Und?«, fragte sie auf dem Weg zu den Autos. Als ahnte sie es schon.

»Lass uns erst heimfahren.« Wobei das »heim« für ihn nun Degersheim sein würde – zumindest bis bei seinem Dad die Handschellen klickten.

Sie schlang ihren Arm um ihn. »Ich merke es dir an. Und es freut mich für dich.«

»Was denn?«

»Dass du mit deinem Vater gebrochen hast. Er hat es nicht anders verdient. Wie geht es jetzt weiter? Auch mit den Hotels?«

»Ich bin bereits Mitgeschäftsführer sämtlicher Hotels. Aber nur auf dem Papier. Ich durfte bei ihm nur die Semmeln fürs Frühstücksbuffet bestellen.«

Sie hielten inne. Erleichtert, aber auch besorgt über die ungewisse Zukunft fielen sie einander um den Hals und küssten sich.

»Lass uns nach Degersheim fahren«, bat Steve schließlich. Löste sich aus der Umarmung. »Ich brauche Abstand zu alledem.«

»Ja, ich auch.«

Ihm war mulmig zumute. Auf der Fahrt zur Klinik war ihm klar geworden, dass er nun Herr über vier klamme Hotels war. Denn sein Vater würde entweder festgenommen werden oder ihm gelang die Flucht ins Ausland.

Daneben beschäftigte ihn noch etwas: das Handygespräch seines Vaters in Graben. Er hatte nur Wortfetzen des Anrufers vernommen, es ging darum, dass noch immer jemand grabe. Nachdem er nun um das Familiengeheimnis wusste, musste er nur eins und eins zusammenzählen. Die Gefahr, dass alles rauskam, war nicht gebannt, solange an der Stelle noch jemand grub. Sein Dad schien noch eine Rechnung mit jemandem offen zu haben. Wer einmal scharf geschossen hatte, tat es auch ein zweites Mal.

Steve musste handeln. Die Hotels konnten warten. Sollte sein Vater tatsächlich jemanden im Fadenkreuz haben, durfte er nicht lange fackeln.

In Degersheim angelangt, bat er Susi in die Küche und erzählte ihr alles. Zum Schluss sagte er: »Ich brauche jetzt einen starken Kaffee und dann muss ich sofort die Kripo verständigen.«

»Wieso?«, fragte sie und fütterte die Kaffeemaschine. Steve berichtete von dem Streit mit seinem Vater. »Er hat noch jemanden im Visier. Dieser Anruf, den er bei mir im Auto erhalten hat und den er mir verheimlichen wollte, lässt keinen anderen Schluss zu. Es gräbt jemand im Karlsgraben, und zwar an der Stelle, wo der Häftling liegt.«

»Verstehe. Ich frage mich nur, wieso dein Vater so große Angst davor hat, dass diese Leiche gefunden wird. Denn dass dein Urgroßvater der Täter war, wird sich kriminaltechnisch heute nicht mehr ermitteln lassen.«

»Mag sein. Es wird jedoch Mitwisser geben, Nachfahren zum Beispiel von Leuten, die meinem Urgroßvater geholfen haben. Oder von Zeugen, die etwas mitbekommen haben. Mein Vater ist nicht sehr beliebt, mancher hat auch eine Rechnung mit ihm offen. Wenn eine Leiche ans Licht kommt, brechen sie vielleicht ihr langes Schweigen und reden.«

Susis Filterkaffee tropfte in die Kanne. Steve wusste, was sein erster Beitrag zu einem gemeinsamen Haushalt sein würde: ein Espressoautomat. Wenn alles ausgestanden war.

»Da ist noch was. Irgendetwas kommt mir komisch vor mit den Zahlen, schließlich habe ich BWL studiert.

Entweder hat mein Vater nicht mehr den vollen Überblick oder, und dies ist meine Vermutung, es gibt eine schwarze Kasse oder eine Person, die Zugriff aufs Geld hat. Von Mama weiß ich, dass sich mein Vater in letzter Zeit erstaunlich oft in Nürnberg herumtreibt. Zugegeben, dort gibt's auch ein Hotel von uns, trotzdem …«

»Du meinst, er hat eine Geliebte?«

»Genau.« Steve stand auf. »Ich feiger Strick. Ich hätte ihn mit dem Verdacht konfrontieren sollen. Schon meiner Mutter zuliebe.« Abgesehen von der Frage, wie es nun, da sein Vater entweder in den Knast wandern oder auf die Malediven ausreißen würde, mit den Hotels weiterging. Stets hatte sein Vater ihn für einen Leichtmatrosen gehalten. Jetzt stand er selbst auf der Brücke, ganz allein.

Es sei denn, auch er zöge die Reißleine. Doch was würde dann aus den Hotels?

Susi stellte zwei Tassen auf den Tisch und schenkte ihnen von dem starken Kaffee ein. Dazu zauberte sie zwei Stück Zwetschgendatschi hervor, die sie vor dem Dienst gekauft hatte. Beide setzten sich wieder.

Dies war es, was er an Susi schätzte. Alles an ihr war unprätentiös. Sie plusterte sich nicht auf, sie tat einfach nur. Zärtlichkeiten verteilte sie nicht im Übermaß, sondern wohltemperiert. Dennoch kam alles von Herzen.

Er würde gegen seinen Vater aussagen und die Kripo darum bitten, ihn zu observieren, damit er nicht noch mehr Unheil anrichtete. Und danach seine Mutter ins Bild setzen. Wobei ihm Letzteres mehr an die Nieren ging.

»Dann werde ich jetzt telefonieren«, seufzte Steve nach dem letzten Schluck Kaffee.

»Soll ich mit dabei sein und zuhören, als deine Zeugin?«

»Unbedingt.«

Er zückte sein Handy, gab »Kripo Ansbach« in die Suchzeile ein und klickte auf »Verbinden«. Nachdem er einer Angestellten sein Anliegen erläutert hatte, wurde er zu einem Herrn KOK Wörle durchgestellt, der ihn gleich unterbrach und über sein Zeugnisverweigerungsrecht als Angehöriger belehrte. Denn: Was er sage, könne gegen seinen Vater verwertet werden.

»Ist mir klar.« Steve atmete tief durch und berichtete, was er wusste, vor allem aber, dass sein Vater mit einer Waffe zum Tatort zurückkehren könnte, um dort weitere Grabungen von wem auch immer zu stoppen. Und um den Betreffenden um die Ecke zu bringen. Er sei zu allem fähig.

»Besten Dank, Herr Baldauf, keine Sorge, Ihr Vater wird von uns observiert. Noch was: Wir haben in Sachen Brandanschlag einen Verdächtigen vorläufig festgenommen. Zeugenbefragung und Vernehmung laufen noch, außerdem steht die Abgabe der weiteren Ermittlungen an die Kollegen vom Staatsschutz im Raum, weil der Molotowcocktail wohl politisch motiviert war.«

Steve nickte. »Alles klar.« Konnte sich nur um den Letzten Sowjet Altmühlfrankens handeln. Er bedankte sich bei Herrn Wörle. Erklärte sich zu weiteren Befragungen bereit, worauf der Beamte den Dank erwiderte und sich von Steve verabschiedete.

Nie hätte Steve gedacht, dass er bei der Kripo eine Aussage gegen seinen Vater machen würde.

Blieb Mama.

Er blickte zu Susi, die den Daumen nach oben reckte, und rief in den Kontakten die Handynummer seiner Mutter auf. Sein Puls beschleunigte sich, er spürte ihn sogar im Ohr.

Schon nach dem zweiten Klingeln meldete sie sich. »Steve, du?«

»Ja.«

»Wo bist du?«

Steve ließ das Handy sinken. Wusste seine Mutter überhaupt von seiner Freundin?

Susi zwinkerte ihm zu.

»Bei meiner Freundin Susi in Degersheim. Und, um es kurz zu machen, ich werde vorerst auch bei ihr bleiben, denn ich habe mich von Papa losgesagt, zu meinem und hoffentlich auch zu deinem Besten. Er müsste in den nächsten Tagen hinter Gitter kommen.«

Seine Mutter seufzte. Hörbar vor Erleichterung. Im Hintergrund frohe Stimmen, Gläserklingen, wie in einem Restaurant. Als säße seine Mutter schick beim Abendessen. Bei Schneckenburger, dem erfolgreichen Rivalen seines Vaters.

Jetzt war es raus. »Störe ich dich beim Essen?«, fragte Steve. »Soll ich dich später anrufen?«

»Du hast eine Freundin? Wie schön! Ja, ich sitze im Restaurant, habe aber noch nichts bestellt. Seid so gut und kommt, ich ...« Seine Mutter zögerte. »Arbeitet deine Freundin morgen – Susi heißt sie, sagtest du?«

»Susi hat morgen keinen Dienst, sie ist Krankenschwester in Gunzenhausen. Darf ich das Gespräch laut stellen?«

»Gerne. Kommt bitte her, ihr beiden. Ich lade euch ein, du weißt ja, zu Schneckenburger am Rothsee. Und bleibt bei mir nach dem Essen, ich buche für euch ein Zimmer. Lasst uns in Ruhe besprechen, wie es weitergeht.«

Steve schaute zu Susi, sie hielt den Daumen nach oben. »Wie lieb von dir, Mama, wir machen uns sofort auf den Weg.«

»Ich freue mich so auf euch.«

»Wir freuen uns auch, bis gleich.«

Gut, dass er neulich ein paar schicke Outfits mitgebracht hatte. Aufgeregt wie Teenager standen sie vor dem Kleiderschrank, und Steve staunte über den Schneid seiner Mutter. Er entschied sich für die blaue Chino mit Bügelfalte und das schwarze Hemd mit Haifischkragen. Susi wählte ein luftiges weißes Leinenkleid, das ihr bei jedem Schritt frische Luft zufächelte. Sie richteten sich ein kleines Gepäck.

Steve schmunzelte. Wenn sein Vater wüsste, dass sie bei seinem Intimfeind Schneckenburger nächtigten!

18 UHR. RICARDA HELD.

Nach einer langen, jedoch wenig erholsamen Siesta draußen auf der Terrasse stromerte Ricarda zappelig durch das Haus. Unmittelbar zuvor hatte sie zweimal telefoniert.

Mit Wendelin, um ihn zu warnen. Baldauf stand inzwischen im Fadenkreuz der Kripo. Wörle hatte sie zuvor telefonisch auf den neuesten Stand gebracht und ihr erneut gesagt, sie solle gut auf sich aufpassen. Die Schlinge um Baldaufs Hals zog sich zu – und damit wuchs die Gefahr für sie und Wendelin, dass Baldauf sie aus dem Weg schaffen wollte. Mit Sicherheit hatte er seine Kontakte, die den Tatort beobachteten und ihm längst mitgeteilt hatten, dass Ricarda und Wendelin dort gruben.

»Das ziehen wir jetzt durch«, hatte Wendelin gesagt.

Bestimmt ahnte der KOK, dass Ricarda nach dem verschollenen russischen Häftling suchte. Er hätte sie explizit danach fragen und es ihr verbieten können. Das hatte er jedoch nicht getan, er hatte sie sogar indirekt zum Weitermachen ermutigt, indem er ihr den aktuellen Stand der Ermittlungen mitgeteilt und sie gewarnt hatte.

Sie musste also weitergraben, um Baldauf bei einer Gegenüberstellung persönlich mit Henry zu konfrontieren.

Zudem hatte sie Pippin, ohne den sie nach Einbruch der Dunkelheit nicht mehr aus dem Hause gehen würde. Gestern bei der spätabendlichen Gassirunde hatte er gezeigt, dass ein Wachhund in ihm steckte. Ein Betrunkener war ihnen begegnet und hatte Ricarda angepöbelt. Hätte sie Pippin nicht an der Leine gehabt, wäre er vermutlich auf den Mann losgegangen.

Ricarda kochte sich einen Tee, ließ ihn zehn Minuten ziehen, sodann weitere zehn Minuten abkühlen.

Auch Pippin lief unruhig durchs Haus, lag mal in seinem Korb, mal ihr zu Füßen. Nirgends hielt er es längere Zeit aus. Vielleicht half ein Spaziergang?

Sie goss den Tee abwechselnd von einer in eine andere Tasse, damit er schneller abkühlte, sog den Melissenduft ein und kostete. Vor ihr auf dem Tisch lag die Münze aus der Nazizeit, die sie ausgegraben hatten, und sie dachte an das Stück Plane. War Henrys Leiche darin eingewickelt worden?

Der Tee bremste das Gedankenkarussell ein wenig. Ricarda stand auf und nickte Pippin zu, der bereits erwartungsvoll mit dem Schwanz wedelte.

Sie verließ das Haus, vorbei an Nachbar Schäfer, der ihr von der Hecke aus zuwinkte. Ricarda war schon zuvor aufgefallen, dass die Leute ihr gegenüber offener geworden waren, seit Pippin bei ihr war. Und keiner schien sich über ihren neuen Gefährten zu wundern.

Sie spazierte weit hinaus über den Weinberg und an der Altmühl entlang. Richtung Dietfurt. Pippin beobachtete jeden Mann, der ihnen unterwegs begegnete. Hatte er Angst, Meindl könne wiederauferstehen?

Ricarda dachte an das Gespräch mit Pfarrer Zwick, an ihren Vater. Er wollte sie kennenlernen. Was hatte Zwick gesagt? »Noch« sei er reisefähig. Vielleicht blieb nicht mehr viel Zeit … Baldauf hin oder her, es gab wichtigere Dinge, die sie nicht aufschieben durfte, auch wenn sie ihr Angst machten. Also beschloss Ricarda, gleich nach ihrer Rückkehr Pfarrer Zwick anzurufen und ihn um ein Treffen mit ihrem Vater zu bitten. Das für Zwick so wichtige klärende Gespräch über die Versäumnisse der Kirche beziehungsweise seines Vorgängers konnte noch etwas warten.

In ihrem Sinnen war Ricarda bis nach Dietfurt gelaufen, jetzt drängte die Zeit. Sie hastete nach Hause und gab Pippin zu essen und zu trinken. Dann griff sie zum Telefon.

Schon nach dem ersten Klingeln ging Zwick dran mit »Guten Abend, Frau Held«.

Ricarda erwiderte den Gruß. »Ich stehe für ein Gespräch mit meinem Vater zur Verfügung.«

»Das freut und erleichtert mich sehr. Möchten Sie selbst mit ihm Kontakt aufnehmen?«

Ricarda überlegte. Ein Telefongespräch scheute sie vorerst, das liefe auf ein Sich-Anschweigen hinaus. Eine Mail? Nein, besser einen Brief.

»Vielleicht wäre es am besten, wenn ich ihm zunächst einen Brief schreibe.« Was ihr lieber Matthias zu all dem gesagt hätte? Die Gefühle übermannten sie, und unter Tränen schrieb sie die Adresse auf, die Pfarrer Zwick ihr nannte, bedankte sich für seine Unterstützung und verabschiedete sich.

MONTAG
30.07.2018

5.15 UHR. RICARDA HELD.

Der Löffel blieb beinahe stecken im Kaffee, nach einer Nacht ohne Schlaf.

Ricarda machte sich fertig. Trotz der Hitze hatte sie Matthias' Sicherheitsschuhe mit den Stahlkappen bereitgestellt, die er als Architekt auf Baustellen hatte tragen müssen. Gut, dass er eher kleine Füße gehabt hatte, so passten sie ihr. Wie ein Arbeiter hatte Ricarda auch gefrühstückt: Müsli mit Rosinen, Walnüssen und ein wenig Rohrzucker, danach zwei Vinschgauer mit frischem Tiroler Speck. Von dem sie auch Pippin etwas in den Napf getan hatte, zur inneren Stärkung.

Denn das Graben hatte seine Spuren hinterlassen bei ihr, die meist am Schreibtisch saß. Trotz eines Vollbades vorgestern und gestern Abend zwickte sie der Muskelkater. Unschlüssig stand sie im Gang vor der Garderobe und schaute in den kleinen Spiegel.

Auch die geistige Frische fehlte ihr; da war doch noch was … ach ja, das Pfefferspray.

Ricarda schaute an sich herab. Ihr sommerliches

Outfit hatte keine Taschen, in die sie das Spray stecken konnte. Für einen schnellen Zugriff darauf wäre es aber sinnvoll, die Dose am Körper zu tragen. Sie sollte daher die Wanderhose anziehen, die sie, sobald ihr beim Graben warm wurde, im Bein kürzen konnte.

»Ist alles nicht so einfach«, seufzte sie. Blickte zu Pippin, der daraufhin den Kopf schief stellte, und lief wegen der Hose ins Schlafzimmer.

Ricarda zögerte, sie setzte sich aufs Bett. War es ein Omen, dass sie so schlecht geschlafen hatte? Eine Warnung, das Graben heute besser sein zu lassen? Was, wenn Baldauf ihnen tatsächlich auflauerte?

Sie zog die zu dünnen Socken aus. Holte ein Paar Trekking-Socken aus dem Kleiderschrank. Als sie in die Wanderhose schlüpfte, stand ihr Entschluss fest. Sie musste es wagen, schon wegen Henry.

Zurück an der Garderobe zog sie die Sicherheitsschuhe an und steckte das Pfefferspray ein. Den Spaten hatte sie noch im Kofferraum liegen.

Sie verließ das Haus, sperrte sorgfältig zu und holte aus dem Gartenhaus die kleine Schaufel. Im Auto hing sie ihren Gedanken nach. Wo sollte sie parken? Auf der Ostseite des Karlsgrabens vielleicht. Dort gab es einen schmalen, unbefestigten Weg abseits der Straßen.

Sie fuhr den Feldweg an. Gleich eingangs kam ihr eine Gruppe Fahrradfahrer entgegen, sie musste halten. Acht feindselige Radler-Augenpaare waren auf sie gerichtet. Beklommen fuhr sie weiter, der Weg war hier viel zu schmal zum Parken. Kurz darauf weitete er sich, aber an der geeigneten Stelle stand bereits ein älterer VW Golf mit Schwäbisch Haller Kennzeichen. Ein weiterer Radfahrer näherte sich ihr mit hohem Tempo. Nur knapp gelang es ihr, dem Fahrrad sowie dem geparkten Golf auszuweichen. Ricardas Hände zitterten. Dann hatte sie den Karlsgraben passiert. Was für eine Schnapsidee, hier zu parken.

Wo aber dann?

Sie beschloss, die Touristin zu mimen, also ordnungsgemäß am westlichen Grabeneingang zu parken. Wie sie es beim ersten Mal getan hatte.

Ricarda steuerte den Parkplatz an. Zu ihrer Erleichterung hatte Wendelin es ihr gleichgetan; sein Twingo stand bereits da. Anders als am Samstag wieder mit dem Unterlegkeil am Hinterrad.

Ricarda fiel der Golf mit dem Schwäbisch Haller Nummernschild ein. Wieso parkte jemand aus Schwäbisch Hall so abseits? Sollte das Auto nicht gesehen werden? War das vielleicht Baldauf? Auch die Schuppen und Bauwagen böten ihm ein gutes Versteck.

Ricarda blieb kurz im Wagen sitzen, in der Hoffnung, ihr treuer Freund hole sie ab. Wendelin jedoch war nirgends zu sehen. Ricarda ließ Pippin aus dem Auto, schulterte den Spaten und stieg die Treppe zum Grabenwall hinauf. Drosselte droben ihr Tempo und schaute bei jedem Schritt um sich. Hinter jedem Baum könnte Pit lauern.

Pippin schnüffelte an einem Stein. Witterte, lauschte. Immer wieder erwog Ricarda umzukehren, heimzufahren, tat es aber nicht. Wendelin war ebenso gefährdet und wartete auf sie, also musste sie sich erst mit ihm beraten. Durfte ihn nicht im Unklaren lassen.

Sie leinte Pippin an, als sie den Spielplatz erreichte, wo zwei Männer auf der Bank an der Grabenböschung saßen. Neben ihnen zwei kräftige Schäferhunde, unter deren Beinen Pippin durchlaufen könnte.

Auch das noch. Nun konnte sie Pippin selbst an der Grabungsstelle nicht von der Leine lassen. Zu nahe waren diese Hunde und Pippin ihnen hoffnungslos unterlegen. Immerhin waren auch sie angeleint.

Ricarda bog ab, nach rechts in Richtung Brücke, ohne dass die Hunde von ihr und Pippin Notiz nahmen. Wider Erwarten erwiderten die Männer Ricardas »Hallo«.

Pippin zog den Schwanz ein. Kluges Tier, er akzeptierte seine Grenzen.

Sie erreichte die Holzbrücke. Wendelin war schon am Loch zugange. Als er Ricarda sah, winkte er aufgeregt. »Verdacht auf Knochen!«

»Bitte, nicht so laut.« Ricardas Blut stockte, die Hände waren eiskalt.

Waren sie dem Grab auf die Spur gekommen?

Zögernd trat sie näher, sah sich um, auch Pippin witterte in alle Richtungen. Stille.

»Ist alles gut?«, fragte Wendelin, »du wirkst so zögerlich und angespannt.«

»Alles gut.« Noch immer hatte Pippin die Ohren hochgestellt, seinen Schwanz eingezogen. »Nur …«

»Was?«

Ricarda wies mit dem Kopf den östlichen Wall hinauf. »Oben am Feldweg steht ein Auto, das dort nicht hinpasst.«

»Wieso?«

»Bauchgefühl. Ein älterer Golf mit Schwäbisch Haller Kennzeichen an dem Weg für Fußgänger und Radler. Ich frage mich, warum der da steht? Naturfreunde nutzen die Parkplätze, die parken nicht wie im Wilden Westen.«

»Da hast du recht.« Wendelin ließ es dabei bewenden.

Ricarda schlang Pippins Leine um eine Birke, um Wendelins Fund in Ruhe zu betrachten. Neben dem Loch in der Erde lag nun das Stück einer womöglich sehr viel größeren Plane, das sie am Samstagabend gefunden hatten. Wendelin hatte es freigelegt. War Henry etwa darin eingewickelt gewesen?

Ricarda beugte sich über die Grube, wagte es aber nicht, das lang gezogene Gebilde darin anzufassen. Sah tatsächlich wie ein menschlicher Knochen aus, wie eine Elle oder Speiche. Wieder ganz Historikerin, nahm Ricarda ihre kleine Schaufel und stieß damit in die Erde rings umher.

»Du, Ricarda, Pippin ist unruhig.«

Ricarda erschrak. Blickte hoch. Der Dackel zog an der Leine, etwas schien ihn zu beunruhigen. Sie ging zu ihm und versuchte, den Knoten in der Leine zu lösen, doch vergeblich.

Wendelin kam, um ihr zu helfen, und stieß gleich darauf einen Schrei aus, der Ricarda durch Mark und Bein fuhr.

Sie sah auf – und in den Lauf einer Pistole, die aus etwa fünf Metern Entfernung auf sie gerichtet war.

»Da schau an, wen haben wir denn da?« Pit Baldauf trat einen Schritt näher. »Was schnüffelt ihr hier im Graben herum?«

Instinktiv hob Ricarda den Blick, fixierte Pits Augen, denen, wie ihr schien, die letzte Entschlossenheit fehlte.

»Was soll die dumme Frage? Sie wissen es besser als ich. Also?«

Pits Lider zuckten, seine Lippen zitterten. Im Augenwinkel sah Ricarda, dass Wendelin in die Hosentasche griff und ein Taschenmesser hervorzog.

»Also?«, wiederholte Ricarda.

»Was ›also‹?« Baldauf senkte die Waffe ein wenig. Überlegte er etwa, was er als Nächstes tun sollte? Nun zitterte auch die Hand, in der er die Waffe hielt, und er musste sie mit der anderen Hand abstützen.

In diesem Moment sprang Pippin an Ricarda vorüber, auf Baldauf zu, Wendelin hatte ihn also befreien können. Er bekam Baldaufs entblößtes Bein zu fassen – und biss fest zu.

Pit schrie auf, ließ die Waffe zu Boden fallen. Blitzschnell zog Ricarda das Pfefferspray aus ihrer Hose und setzte Pit damit außer Gefecht. Wendelin drückte den Taumelnden zu Boden und setzte sich auf ihn.

»Zugriff!«

Die zwei Männer vom Spielplatz kamen angelaufen, und drei scharf bewaffnete uniformierte Polizeibeamte sprangen den Wall hinunter. Zwei von ihnen nahmen den Überwältigten fest, der dritte hob die Waffe auf.

Er ging damit lächelnd auf Baldauf zu und demonstrierte ihm, dass sie entladen war. »Fürs nächste Mal: Gehe nie ohne die Waffe zum Pinkeln!«

Ricarda fiel es in diesem Moment wie Schuppen von den Augen. Klar hatte Wörle geahnt, dass sie selbst nach Henrys Leiche suchte. Und sie somit als Lockvogel benutzt, um Baldauf zu finden und ihn auf frischer Tat zu ertappen. Die Polizei hatte die Gegend hier schon mindestens seit gestern beobachtet, vielleicht sogar seit Samstag, nachdem Ricarda Wörle von ihrem Verdacht erzählt hatte. Sie hatten Baldauf entdeckt und in einem günstigen Moment die Munition aus seiner Waffe entfernt.

6.15 UHR. PIT BALDAUF.

Das hatte er nun davon.

Viel zu lange gefackelt. Weil er sich von dieser Held hatte aus dem Konzept bringen lassen, er, Pit Baldauf!

Und einen zubeißenden Dackel hatte er auch nicht erwartet.

Am allermeisten ärgerte ihn, dass er der Polente in die Falle gegangen war. Wie blöd konnte man sein?

Als die Handschellen saßen, kamen weitere Männer auf ihn zu, von denen sich einer mit Dienstmarke als Kripobeamter zu erkennen gab und Ricarda Held konspirativ zulächelte.

»Gestatten, Kriminaloberkommissar Wörle. Wir sehen uns gleich in Ansbach. Ich wünsche eine angenehme Reise.«

Die Fahrt nach Ansbach im gepanzerten Einsatzwagen ließ Pits Blut abkühlen. Bei der ersten Vernehmung in der Kripo äußerte er sich bloß zur Person. Wider Erwarten ließ Wörle ihn mit Rechtsanwalt Heidingsfelder telefonieren, sogar per Apparat der Polizei.

»Handschellen?«, fragte Heidingsfelder knapp.

»Ja.«

»Kacke. Gib mich als Verteidiger an, ich komme morgen zum Ermittlungsrichter.«

Womit das Gespräch beendet war.

Wörle legte Pit wieder die Handschellen an und brachte ihn in die Arrestzelle, von wo aus er später von zwei Uniformierten in die JVA Ansbach gefahren wurde.

Der Zufall wollte es, dass ihm dort ein anderer Häftling über den Weg lief, der offenbar gerade vom Hofgang zurück in die Zelle geführt wurde. Ein Spitzbart à la Lenin; das konnte nur der Letzte Sowjet Altmühlfrankens sein.

Zu einem Gespräch kam es nicht. Das Lächeln dieses Bartes aber sprach Bände: »Ich bin fei viel schneller wieder draußen als du!«

MITTWOCH
26.09.2018

16.30 UHR. KOK HANS WÖRLE.

Die Lachsschnittchen waren verzehrt, die Sektflaschen leer. Wie bei jedem Ausstand brach sich nun Abschiedsschmerz Bahn.

Arnschwanger blickte versonnen in sein Glas, eben hatte er ein drittes Mal mit Wörle angestoßen. Traurig darüber, dass er ihn nach Nürnberg verlor.

In einem aber hatte Arnschwanger recht behalten: Ansbach war für eine Liebe zwischen einem Kripobeamten und einer Staatsanwältin zu klein.

»Auf euer Wohl!« Er trat zwischen Wörle und Julia. Stieß ein viertes Mal mit Wörle an, lächelte jedoch dabei Julia an, für Wörle eine Prise zu verschwörerisch.

Diese nickte Arnschwanger nur beiläufig zu und wandte sich dann an Wörle. »Hach, Hans, ich freue mich so auf Nürnberg!« Julia strahlte über das ganze Gesicht. »Ich bei der Staatsanwaltschaft und du bei der Kripo.«

»Auf in den Kampf!« Hans schlang seinen Arm um Julia und küsste sie. »Ran an all die weißen Krägen, Computerdateien und Aktenberge!«

»Nein, Hans.« Julia erwiderte seinen Kuss. »Ein Mord ist ein Mord ist ein Mord.«

»Exakt.« Arnschwanger grinste Wörle an. »Ich habe in Nürnberg vorgefühlt. Du weißt ja, Dienstwege können sehr kurz sein.«

»Bitte?« Wörle traute seinen Ohren nicht.

»Du kommst natürlich in ein Mordkommissariat, Hans. Nicht zu den weißen Krägen.«

»Im Ernst?«

»Na klar. Dass du genug Fantasie besitzt, hast du jetzt bewiesen.«

SONNTAG
18.11.2018

19.30 UHR. STEVE BALDAUF.

Der kleine Saal im Hotel Schneckenburger am Rothsee war feierlich geschmückt und illuminiert. In den silbernen Kübeln wartete edler Champagner. Aufmerksame Angestellte legten letzte Hand an das Festbuffet; ihre Gesichter verrieten, dass ihnen die Arbeit Spaß machte.

Unter den Anwesenden waren Schneckenburger senior und junior sowie Steve und Britta Baldauf. Die notariellen Verträge waren unter Dach und Fach; bereits zum 1. Januar 2019 gingen alle vier Baldauf-Hotels in den alleinigen Besitz der Schneckenburger-Hotel-Holding über.

Wie Feuer in dürrem Forst hatte sich die Kunde von Baldaufs Verhaftung ausgebreitet. Die Übernachtungen in allen Hotels waren rückläufig gewesen, der Konkurs nur eine Frage der Zeit. Da hatte es sich gefügt, dass die Schneckenburgers schon lange auf das Baldauf-Hotel in Nürnberg geschielt hatten. Ein Kronjuwel, wie selbst Schneckenburger junior schwärmte, in dessen Augen Pit Baldauf ein übler Hochstapler war. War die Frage geblieben, was mit den drei anderen Hotels geschah und mit den Mitarbeitern, die um ihre Existenz bangten. Doch auch das hatte sich in Wohlgefallen aufgelöst, denn sie gingen nun in den Besitz der Schneckenburgers über.

Steve war froh, nicht in die Fußstapfen seines Vaters treten zu müssen und sein eigenes Leben aufbauen zu können. Im Hotelbereich wollte er aber bleiben. Vielleicht fand er irgendwo eine Stelle als Geschäftsführer?

Dennoch war ihm in diesem Moment nicht recht zum Feiern zumute. Zwar hatte sein Vater, dessen Verteidiger es bislang nicht gelungen war, die Außervollzugsetzung des Haftbefehls gegen Kaution zu erwirken, dem Verkauf aller Hotels letztlich zugestimmt, jedoch mit dem Dolch im Gewand. Der Vorwurf, ein Verräter zu sein, lastete schwer auf Steves Herz.

Er hielt sich im Saal abseits, anders als seine Mutter. Hier war sie keine Deko in weißer Bluse.

Außerdem sorgte er sich um Susi. Sie war am Morgen Hals über Kopf zum Fürther Klinikum gefahren, wo ihr Vater am Herz notoperiert worden war.

Der Plopp des ersten Champagnerkorkens holte Steve in die Gegenwart zurück.

Schneckenburger senior, der lange nahe bei seinem Sohn gestanden und sich offenbar mit ihm beraten hatte, fuhr die Arme aus und kam auf ihn zu. »Lieber Herr Baldauf, seien Sie uns herzlich willkommen! Bitte treten Sie in unsere Mitte.«

Eine Angestellte schenkte den Champagner ein und kam mit dem Tablett auf Steve und seine Mutter zu. Geschmeichelt griff Steve danach. Erst als alle Gäste ein

Glas in Händen hielten, kredenzte die Angestellte den zwei Hausherren die beiden letzten Gläser.

Der Senior, in feinstem Zwirn, champagnerfarbenem Hemd und bordeauxroter Fliege, hob sein Glas. »Liebe Familie Baldauf, mein Sohn und ich, vor allem jedoch unsere großartigen Mitarbeiterinnen und Mitarbeiter heißen Sie herzlich willkommen. Stoßen wir an auf Ihr und auf unser aller Wohl.«

Schneckenburger junior stieß zuerst mit Steves Mutter an und dann mit ihm. Der Seniorchef ließ eine weitere Flasche entkorken, und abermals war es Steve, der als Erster ein Glas erhielt.

»Zum Wohl.« Die Angestellte lächelte und lenkte Steves Augenmerk diskret und ohne Zeigefinger zur Saaltür. Susi trat ein in Begleitung des Concierge, der sie zu Steve geleitete.

Auch Schneckenburgers hatten Susis Kommen bemerkt, sie blieben aber taktvoll auf Distanz, sodass Steve in Ruhe nach ihrem Vater fragen konnte.

»Die Operation ist sehr gut verlaufen, Gott sei Dank.« Steve hob sein Glas. »Auf deinen Vater.«

»Und auf uns.«

Worauf Schneckenburgers zu ihnen kamen und Susi herzlich willkommen hießen.

Anschließend wurde das festliche Buffet eröffnet. Es schmeckte aufs Beste – und zuletzt ließ der Seniorchef einen Bordeaux Cru Classé aus dem Weinkeller holen, eine Noblesse, die bei Steves Vater undenkbar gewesen wäre.

»Bitte keine Bange wegen des Autofahrens – Sie sind selbstverständlich alle drei bis morgen unsere Gäste!«

Die Hotelangestellte entkorkte die Flasche. Schneckenburger senior kostete. »Comme il faut.«

Nach dem Toast und dem gemeinsamen ersten Schluck von diesem formidablen Tropfen wandte Schneckenburger junior sich Steve zu. »Bestimmt ist das heute auch ein Tag der Wehmut für Sie. Vielleicht auch der Sorge um Ihre Mitarbeiter. Seien Sie versichert, dass wir sie möglichst halten möchten. Die Hotels in Gunzenhausen und Absberg werden wir weiterführen, und Muhr werden wir zu einer schlanken Ferienapartment-Anlage ohne Verpflegung umbauen. Bleibt Ihr Haus in Nürnberg, ohne das wir, wie Sie wissen, nicht zugegriffen hätten. Mein Vater und ich würden uns sehr freuen, wenn Sie, lieber Herr Baldauf, uns dort als Hotelchef und Geschäftsführer zur Verfügung stünden. Wir können und wollen auf Ihr Know-how nicht verzichten.«

Steve war baff und verschluckte sich an dem Bordeaux, von dem er gerade trank. Wie peinlich. Susi musste ihm auf den Rücken klopfen.

Er staunte über das offenherzige Entgegenkommen – ein Neuanfang für ihn, genau so, wie er es sich gedacht hatte, als Geschäftsführer eines Hotels. Susi fände in Nürnberg sicher eine Stelle als Krankenschwester und wäre viel näher bei ihrem kranken Vater.

»Verzeihen Sie bitte«, brachte er hervor, und nicht nur er, sondern auch seine Mutter kämpfte nun mit den Tränen. Ihr war alles zu verdanken, sie hatte den Stein ins Rollen gebracht. Hatte sich Urlaub von Pit bei der Konkurrenz verordnet – und aus Konkurrenten Partner werden lassen.

»Keine Ursache.« Schneckenburger senior reichte Steves Mutter diskret ein Taschentuch. Er wartete ab, bis sie sich beruhigt hatte, sah lange in seinen Bordeaux und erklärte schließlich: »Gestatten Sie mir ein Wort zu Ihrem Vater. Mir geht zu Herzen, was ihm widerfahren ist, diese verbissene Tat aus – entschuldigen Sie – Stolz und falschem Ehrgefühl. Möge er daraus gelernt haben, gerechte Richter finden und nicht das restliche Leben im Gefängnis sitzen müssen.«

SAMSTAG
24.11.2018

14 UHR. RICARDA HELD.

»Tausend Dank, liebe Ricarda.«

»Gerne.«

Ricardas Augen schimmerten nahe am Wasser, als sie ihrem gebrechlichen Vater in den zu groß gewordenen Mantel half. Auf das erste Treffen mit ihm hatte sie drei Monate warten müssen. Nicht weil er einen Rückzieher gemacht hätte, im Gegenteil. Er hatte sich sehr über ihren Brief gefreut, ihr umgehend geantwortet und einen Termin Anfang August vorgeschlagen, an dem er nach Treuchtlingen kommen wollte. Doch daraus war nichts geworden, ein Herzinfarkt war in die Quere gekommen. In den letzten Wochen war ihm jegliche Aufregung untersagt gewesen, weshalb Ricarda auch nicht nach Münster gefahren war. Inzwischen hatte er sich einigermaßen erholt und die Ärzte hatten grünes Licht für die Reise und die Aussprache gegeben.

Als sündiger Zachäus hatte er sich nicht für wert gehalten, bei ihr zu Gast zu sein. Doch wo in Treuchtlingen hätte Ricarda für das Treffen einen Tisch in einer

Gaststätte reservieren sollen, um ungestört mit ihm zu sprechen? Ohne dass er dabei Gefahr gelaufen wäre, am Pranger tuschelnder Zeigefinger zu stehen?

So hatte sie ihm lieber einen Hefezopf mit Nüssen gebacken, über den er gestrahlt hatte wie ein Kind, dazu koffeinfreien Kaffee, in den er das Gebäck eingetunkt hatte. Lange hatte sie sich auf diese Begegnung einstimmen können, und trotzdem war sie nervös gewesen. Obschon die Lebensbeichte, die er in Ricardas weichem Ohrensessel ablegte, nichts wesentlich Neues hinzugefügt hatte. Eigensüchtig, feige und gottlos sei er damals gewesen. Habe lieber Karriere gemacht und sich freigekauft, statt das Gottesgeschenk eines eigenen Kindes anzunehmen und ihr ein guter Vater zu sein.

Ricarda hatte ruhig zugehört, verblüfft über ihr Mitgefühl. Daher hatte sie es ihm auch nicht übel genommen, dass er, auf den Brief an Pfarrer Eder angesprochen, zunächst verstummte und sich beschämt an seinem Stück Hefezopf festhielt. Anscheinend brauchte er Zeit, um darüber zu sprechen, ohne die Fassung zu verlieren und in Tränen auszubrechen.

Recht so. Weinende Männer irritierten Ricarda. Vor allem ein alter weinender Mann.

Ein an Leib und Seele wunder Mensch sei zu ihr unterwegs, hatte Pfarrer Zwick ihr tags zuvor telefonisch angedeutet und ein weiteres Mal angeboten, mit zugegen zu sein. Ricarda hatte abgelehnt, so dankbar sie ihm auch war, nicht zuletzt dafür, dass ihr Vater bei ihm im Pfarrhaus übernachten konnte.

Morgen wollte er nach Münster zurückkehren, um dort, wie er es nannte, die Zelte abzubrechen. Danach

zog er in ein Altenheim der Caritas, hier in der Nähe.
Aus Heimweh.

Ob sie ihn dort besuche, hatte er sie gefragt.

»Ja.« Ein »Vater« kam ihr noch nicht über die Lippen.

Der Mantel, in den er fast zweimal reinpasste, zeugte
von einstiger Fülle. Darüber auf einem kurzen Hals ein
arg schmal gewordenes Gesicht. Tatsächlich besaß ihr
Vater grotesk kleine Ohrmuscheln. Zwei Krebsopera-
tionen – Blase, Magen, dazu die Chemos – hatte er hinter sich. Dazu der Infarkt und chronische Polyarthri-
tis. Ob er ohne diese schweren Erkrankungen zu Reue
und Umkehr bereit gewesen wäre?

Ricarda spann es wohlweislich nicht zu Ende, sie
steckte ein Päckchen Taschentücher in ihren Anorak.
Und reichte ihrem Vater den abgegriffenen Stock.

»Hast du Schmerzen?«, fragte sie ihn an der Haustür.

»Ja, am Abend, wenn die Wirkung des Schmerzmit-
tels nachlässt.« Er nannte das ihr unbekannte Präparat,
es klang wie Pest und Cholera zusammen.

Der Honda stand vor der Garage bereit, doch ihr Vater
lehnte Ricardas Ansinnen ab, ihn zum Pfarrhaus zu fahren. Er wolle »zo Foß noh Kölle jonn«. Zusammen mit ihr.

»Ist aber gut eine Viertelstunde.«

»Geschieht mir recht.« Ihr Vater holte mit dem Stock
aus und hatschte los.

An der nächsten Straßenecke blieb er auf dem Gehsteig
stehen, der Stock zitterte in seiner rechten Hand. »Nun
zu dem Brief. Allein wegen ihm hätte ich es dir nicht verdenken können, wenn du mir die Tür gewiesen hättest.«

Ricarda lotste ihren Vater von der drohenden Bord-
steinkante weg und hielt ihm die brüchige Hand.

»Danke.« Er schlug die Augen nieder wie ein Kind, dem vor einer Strafe bangte. »Ja, der Brief ist meine größte Wunde auf meiner dünnen Haut. Aber das ist es nicht allein. In all ihrer Verzweiflung hat sich deine Mutter, die damals noch jung, gerade erst volljährig war, an einen anderen Pfarrer gewandt, und der ...« Er drückte ihre Hand noch fester, mit der sie ihn stützte.

»Was?«, fragte sie.

»Der hat sie bestärkt. Sonst hätte sie dich vielleicht ...« Er senkte verlegen den Blick. »Sonst hätte sie womöglich ... die Schwangerschaft abgebrochen.«

Ricarda schwieg. Wie mochte ihrer Mutter zumute gewesen sein? Niemand schien sich ihrer Not angenommen zu haben, und der ihres Vaters auch nicht.

»Bitte glaube mir, ich habe ihr nicht dazu geraten«, beteuerte ihr Vater, wagte jedoch nicht, wieder zu ihr aufzublicken. »Ich weiß, das macht es nicht besser. Bitte, sei so gut, ich möchte noch in die Kirche. Lass uns weitergehen.«

Ricarda strich sanft über die Hand des Vaters, die sich etwas beruhigt hatte, und ließ sie los.

»Dieser Pfarrer – es war nicht Bruder Eder – nahm nach dem Hilferuf deiner Mutter Kontakt mit mir auf«, erklärte er im Gehen. »Er legte mir ans Herz, zur Vaterschaft zu stehen und sie dem Bistum Eichstätt anzuzeigen.«

Um Besonnenheit bedacht, antwortete Ricarda nicht sofort; sie versuchte, sich ihren Vater, den Seminaristen unter der Knute katholischer Dogmen, in dieser heillosen Zwickmühle vorzustellen. Musste er damals nicht ebenso hilflos gewesen sein wie ihre Mutter?

»Dieser Rat war in deiner Verzweiflung vermutlich eher Stein statt Brot. Ratschläge sind auch Schläge. Die Kirche hat euch damit alleingelassen. Was an eurer Schuld freilich nichts ändert.«

»Ich weiß.« Ihr Vater blieb stehen, er schaute zu ihr her und kämpfte mit den Tränen. Als wäre ihm unverhofft Vergebung zuteilgeworden. »Deswegen bin und bleibe ich es nicht wert, von dir ›Vater‹ genannt zu werden. Denn ich habe Pfarrer Eder damals diesen Brief geschrieben. Worum ich ihn darin gebeten habe, weißt du ja.«

Nun war es draußen. Ihr Vater brach in Tränen aus. Ricarda reichte ihm die Taschentücher, tastete nach seiner Hand. Als er sich ein wenig beruhigt hatte, führte sie ihn zur Kirche und ging auf sein Bitten mit hinein. Er kniete in der vorderen Bankreihe nieder und betete.

Nach einem letzten Vaterunser half sie ihm in den Stand und ging mit ihm zum Pfarrhaus, wo sie von Pfarrer Zwick erwartet wurden.

Morgen würde sie, zum ersten Mal seit dem Tod ihrer Mutter, in die Messe gehen. Ihren Vater zum Bahnhof begleiten und danach in der Kirche Kerzen anzünden.

Eine Kerze dafür, dass es im Karlsgraben gut ausgegangen war.

Eine für Henry, dessen Gebeine nun auf dem Gräberfeld der Kriegsopfer am Nagelberg ruhten.

Und zwei Kerzen für ihre Mutter und ihren Vater, die keine liebenden Eltern hatten sein dürfen.

FINIS

Weitere Titel finden Sie auf den folgenden Seiten und im Internet:

WWW.GMEINER-VERLAG.DE

© ullstein bild

Martin Meyer
Der falsche Karl Valentin
Zeitgeschichtlicher Kriminalroman
310 Seiten
12 x 20 cm, Paperback
ISBN 978-3-8392-2696-4
€ 12,00 [D] / € 12,40

München 1926. Der erfolgreiche Komiker und
Sprachakrobat Karl Valentin erhält ein lukratives An-
gebot aus den USA – für zwei Jahre Bühne und Film.
Fast zeitgleich taucht ein dreister Doppelgänger in
München auf, ebenfalls aus Amerika. Zum heiligen
Plagiarius, steckt dahinter etwa ein abgezirkeltes
Komplott? Valentin wird in seinen Grundfesten
erschüttert. Er kämpft mit sich und seinen Ängsten
und fürchtet um seine Originalität und Identität.
Wird es ihm gelingen, den Konkurrenten zu stoppen?

GMEINER SPANNUNG

DIE NEUEN
Lieblingsplätze